Wer sagte was wann wo?

§
FPÖ
FP
UN

Gerhard Vogl

Wer sagte was wann wo?

Österreich in Zitaten und Schlagzeilen

Mit Karikaturen von Ironimus

Viel Freude beim Lesen wünscht der Autor.

K&S
WIEN · MUENCHEN · ZUERICH

Die Karikaturen auf dem Schutzumschlag
und im Buch schuf IRONIMUS

ISBN: 3-218-00716-X

Schutzumschlag: Ernst Meyer unter Verwendung von Karikaturen von Ironimus
Satz: Zehetner Ges. m. b. H. , A-2105 Oberrohrbach
Druck und Bindung: Obersteirische Druckerei und Verlagsgesellschaft m. b. H.,
Leoben

Inhalt

Abfangjäger

Unter diesem Thema steht das Endloskapitel der österreichischen Sicherheitspolitik. Trägt alle Charaktereigenschaften des Homo austriacus in sich, die in diesem Buch auf vielen Seiten trefflich beschrieben werden. Als Wappentier der heimischen Air Force könnte man den Vogel Strauß wählen.

„Wenn die Draken fliegen, scheppern die Dächer."

Schlagzeile in der bürgerlichen „Presse" zur neuerlichen Diskussion um die Abfangjäger, Anfang 2002, den Bürgermeister der betroffenen Gemeinde Fohnsdorf, Hans Straner, zitierend.

„Fliegender Sondermüll"

Schlagzeile der „Kronen Zeitung" während der Diskussion 1986 um den Kauf der Draken.

„Schrottvögel"

Nicht weniger vernichtend die Schlagzeile im „Kurier" während des steirischen Anti-Draken-Volksbegehrens 1986.

„Schnell fliegende Fotoapparate"

Der bekannte TV-Journalist Walter Sonnleitner in einer Reportage über den Einsatz der „Draken" im März 2003 während der Irak-Krise.

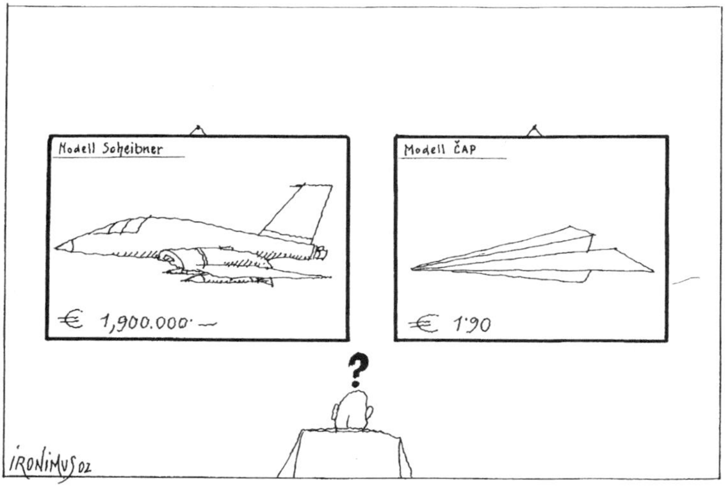

„Kriegsgerät"

Punzierung der Abfangjäger vor der Wahl durch den damals noch der FPÖ angehörigen Finanzminister Karl-Heinz Grasser.

„Die Eurofighter sollen dazu dienen, Bagdad zu bombardieren."

SPÖ-Fraktionschef Josef Cap in der TV-Pressestunde.

„Der Konflikt mit Wien war einfach notwendig, sage ich retrospektiv."

Josef Krainer, anlässlich seines 70. Geburtstages zum Streit um die Stationierung der Draken-Überschallflugzeuge in der Steiermark.

„Nur mit der Militärmusik werden s' uns nicht nehmen."

FPÖ-Generalsekretär Karl Schweitzer in der Debatte über den Kauf von Abfangjägern im März 2002.

Adel

Auch wenn wir ihn als erblichen Stand 1918 abgeschafft haben, füllt das Thema noch viele Bücher. Oder gerade deshalb? In Österreich bleibt er aber als der „verborgene Stand" am Leben. Und das tut ihm gut.

„Albert Sternberg
geadelt von Karl dem Großen
entadelt von Karl Renner"

Neue Visitenkarte von Graf Sternberg nach dem Zusammenbruch der Monarchie.

„Nach der Ausrufung der Republik wurde der Adel in Österreich abgeschafft. An seine Stelle ist der Besitz eines Abonnements bei den Konzerten der Wiener Philharmoniker getreten."

Hans Weigel, legendärer Kulturkritiker, lange bevor er die Schwarzmarktpreise für Karten des Neujahrskonzertes kannte.

„Der Adel war nicht nur was Edles. Da hat es auch viele Gauner gegeben."

Der Soziologe Roland Girtler in seinem Buch „Die feinen Leute. Von der vornehmen Art, durchs Leben zu gehen".

„Die können wenigstens mit Messer und Gabel essen."

Der damalige Außenminister Kreisky verteidigte so seine Vorliebe für adelige Diplomaten.

„Die Aristokratie hat den Kampf um den Erhalt der Monarchie verschlafen."

Die Historikerin und Journalistin Gundula Walterskirchen, selbst durch Heirat dem Adelsstand zugehörig.

„Der verborgene Stand"

Literarische Bezeichnung für den österreichischen Adel. Titel des Buches von Gundula Walterskirchen.

„Es ist der Bahnhofsadel, der heute noch den monarchistischen Gedanken hochhält."

Ein ungenannter Abkömmling einer uralten Familie zum Thema: Brauchen wir eine Monarchie. Anmerkung des Autors: Unter „Bahnhofsadel" versteht der Hochadel jene Standesgenossen, die von Kaiser Karl erst bei der Abfahrt ins Exil nobilitiert worden sind.

„Die Habsburger haben das Erbe verschwendet, bis auf den letzten Tropfen Salböl, und Adelige, Bischöfe und Hofräte haben ihnen dabei geholfen."

Der Schriftsteller Friedrich Torberg einmal in anderer Rolle: als kritisches Gewissen der Geschichte.

„Als die geadelt worden sind, waren wir schon lange degeneriert."

Oberst „Mini" (Graf) Attems auf die Frage, welches das ältere Geschlecht sei – sie oder die Familie des Generals (Graf) „Meinzi" Spannocchi.

„Der Mensch fängt erst beim Baron an."

Fürst Alfred zu Windischgrätz, Feldmarschall, der 1848 den Aufstand in Prag und später in Wien niederschlug, Führer des konservativen föderalistischen Adels.

„Ich wohne auf dem nach mir benannten Stalinplatz."

Fürst Heinrich Schwarzenberg in der Besatzungszeit auf die Frage eines ausländischen Gastes, wo er wohne.

Alter

Nicht nur zum Tod, nein, auch zum Alter hat der Österreicher einen besonderen Bezug. Da er nicht den Lebenden ehrt, sondern erst den Toten, hat auch das Alter nicht einen besonderen Stellenwert – höchstens einen spöttischen.

„Keine Grenze verlockt uns mehr zum Schmuggeln als die Altersgrenze.“

Nicht von Dagmar Koller, sondern von Robert (Edler von) Musil, Autor des Jahrhundertwerkes „Der Mann ohne Eigenschaften“. Andere nennen Karl Kraus als den Schöpfer des Zitats.

„Ehre die Alten, aber lass sie nicht reden.“

Der frühere Handelsminister Josef „Pepi“ Staribacher zu seiner eher öffentlichkeitsscheuen Rolle als Politpensionist.

„Mit 70 besteht die Gefahr, dass man glaubt, weise geworden zu sein. In Wahrheit besteht die Gefahr, dass man verblödet.

Wiens Altbürgermeister Leopold „Poldi“ Gratz altersweise bei seinem eigenen siebzigsten Geburtstag – Friedrich Torberg zitierend.

„Wenn ich arbeite, fühl ich mich wie mit 40. Privat, als wär ich 60. Und in der Nacht, wenn ich dreimal aufstehen muss und mir alles wehtut, wie mit 90.“

Der Volksschauspieler Fritz Muliar in einem Interview mit Georg Markus zu seinem 80er.

„Es gibt keine Altersweisheit, es gibt nur Altersschwachsinn.“

Thomas Bernhard, einmal nicht bissig, sondern weise.

„Ab einem gewissen Alter erscheint jeder kluge Mensch gefährlich.“

Elias Canetti, der mit 76 Jahren den Nobelpreis für Literatur erhielt.

„Intelligenz ist mit dem Kopf und nicht mit dem Alter verbunden.“

Androsch auf die Frage, ob der 31-jährige Karl-Heinz Grasser nicht zu jung für das schwere Amt eines Finanzministers sei.

„Das Gute an der Senilität ist, dass sie einen selbst hindert, sie zu bemerken.“

Von keinem Arzt, aber von einem genauen Menschenbeobachter: Alfred Polgar.

„So richtig tät man die Jugend erst brauchen, wenn man alt ist.“

Das riecht nach Otto Schenk – und ist auch von ihm.

Androsch

Für die einen ist er noch immer das größte politische Talent der Zweiten Republik – zumindest der SPÖ. Seine (unerbittlichen) Gegner sehen in ihm nach wie vor nur einen Steuerdefraudanten. Der Zitatensammler freut sich über viele Bonmots von und über ihn – und viele noch in anderen Kapiteln.

„Der beste Bundeskanzler, den es nie gab."

Liselotte Palme in ihrem Buch „Ein Leben zwischen Geld und Macht" – Freunde von Hannes Androsch zitierend.

„Hätten wir Androsch als Kanzler gekriegt, würden wir vielleicht noch heute regieren."

Stammt von keinem Sozialdemokraten, nein, vom Exvizekanzler der rotblauen Koalition Norbert Steger. Da schwingt Wehmut mit.

„Hannes, was willst werden? Bundeskanzler oder reich?

Gerd Bacher zu seinem Freund Hannes Androsch. Als Androsch antwortete: „Ich werde beides", meinte Bacher: „Das schaffst net amal du." (So wird's zumindest erzählt.)

„Ich wäre als sein Nachfolger sicher gescheitert. Der Kreisky-Bonus hat sieben Prozent ausgemacht, der Androsch-Bonus höchstens drei."

Androsch versucht zu erklären, warum er die Kreisky-Nachfolge nicht angestrebt hat; er wollte Chef der Nationalbank werden.

„Leider nein!"

Langlebige Antwort von Hannes Androsch auf die Frage von ORF-Chefredakteur Hans Benedict, ob er Millionär sei. Inzwischen schaut die finanzielle Lebensbilanz des einstigen Finanzministers weit besser aus.

„Vom ‚Leider nein'-Millionär zum ‚Leider ja'-Milliardär."

So stellte Helmut Zilk seinen Freund Hannes Androsch in der TV-Sendung „Lebenskünstler" vor und traf damit – wie so oft – den Nagel auf den Kopf.

„Androsch hat den Finger schon im Topf, bevor noch Geld drinnen ist."

Der damalige Wirtschaftsminister Robert Graf über Bemühungen von CA-Generaldirektor Androsch, 1987 zur Steyr-Sanierung den noch nicht existierenden Innovationstopf heranzuziehen.

„Hannes Androsch ist ein Unternehmer mit intakter sozialdemokratischer Seele."

Nach Helmut A. Gansterer investiert er nur dort, wo ein Einverständnis mit der Basis gesichert ist.

„Eine Spende für die SPÖ ist wie ein Rettungsziegelstein für den Stephansdom. Jeder ist aufgerufen, auch wenn er nicht römisch-katholisch ist."

Das einstige SPÖ-Präsidiumsmitglied Androsch zum Spendenaufruf des neuen Parteichefs Alfred Gusenbauer, das fast 400-Millionen-Schilling-Defizit der Partei abzutragen.

„Er soll lieber ordentlich spenden. Er ist ja für das Schlamassel verantwortlich."

Androsch an die Adresse von Ex-SPÖ-Geschäftsführer Andreas Rudas, fleißig für die finanziell schwer angeschlagene Partei zu spenden.

„In theoretischer und angewandter Arroganz ist der Androsch sicher selbst eine Koryphäe."

Rekonter des früheren Androsch-Sekretärs Franz Vranitzky zum Vorwurf seines einstigen Chefs, er sei arrogant.

Anschluss 1938

Aus der Reihe der österreichischen Schicksalsjahre ragt 1938 besonders heraus. Waren wir Opfer oder Täter?

„Wir weichen der Gewalt."

Bundeskanzler Schuschnigg am Abend des 11. März, nachdem er aus Berlin das Ultimatum erhalten hatte, Innenminister Arthur Seyss-Inquart als Kanzler Platz zu machen.

„Bis in den Tod: Rot – Weiß – Rot!"

Letzte Parole Schuschniggs, am 24. Feber 1938 vor dem ständestaatlichen Bundestag.

„Mit einem deutschen Gruß und Herzenswunsch …"

Abschiedsworte beim Rücktritt am 12. März 1938. Auch im Augenblick der Niederlage konnte Schuschnigg sein Deutschtum nicht verleugnen.

„Die österreichische Bundesregierung bittet die deutsche Reichsregierung um die Entsendung von Truppen zur Aufrechterhaltung der inneren Sicherheit."

Text des von Hermann Göring beim Nachfolger Schuschniggs, des vormaligen Innenministers Arthur Seyss-Inquart, bestellten Telegramms, um den Einmarsch der deutschen Truppen eine Legitimierung zu geben.

„Man kann 1938 nicht mit den Augen von 1998 betrachten."

Der altersweise, einstige KZ-Häftling Franz Olah anlässlich einer Diskussion zu „60 Jahre Anschluss".

„Langsam geht es mir auf die Nerven, dass man so tut, als ob wir in Deutschland einmarschiert wären."

Fritz Hoess, Österreichs langjähriger Botschafter in Washington und Bonn auf den Umstand verweisend, dass die NSDAP in Österreich bereits im Juni 1933, fünf Monate nach der Machtergreifung in Deutschland, verboten worden ist.

„Österreich, die Erste Republik, war Opfer, die Österreicher waren es nicht."

Der Zeitgeschichte-Chef des ZDF, Guido Knopp, zur Diskussion, welche Rolle Österreich 1938 gespielt habe: Opfer oder Täter.

Der souveräne Staat Österreich war buchstäblich das erste Opfer des Nazi-Regimes. Sie nahmen Österreich mit Gewalt."

Viel diskutierte Aussage von Bundeskanzler Schüssel am 8. November 2000 in der „Jerusalem Post".

„Für mich ist der Anschluss die Erfüllung geschichtlicher Notwendigkeit."

H. Schneidmadl, erster Chefredakteur der „Arbeiter-Zeitung" nach 1945.

„Damals, als ich zu dem barbarischen Geräusch des Stechschrittes meine Heimat verließ, da hab ich mir gedacht: ‚Zu so was san mir net gebor'n!'"

Der weltberühmte Komponist Robert Stolz.

Antisemitismus

Ein nicht sehr erfreuliches Kapitel in Österreichs Geschichte, besonders der Wiens, denn hier wurden die Gegensätze im 19. Jahrhundert entsprechend politisiert.

„Wenn es keine Juden gäbe, müßten die Antisemiten sie erfinden."

Der Dichter Hermann Bahr 1893 in „Der Antisemitismus – ein internationales Interview".

„Der Antisemitismus ist der Morphinismus der kleinen Leute."

Hermann Bahr, nachdem er 1893 in europäischen Hauptstädten zu diesem Thema Interviews mit verschiedenen Persönlichkeiten geführt hatte.

„700 Jahre Antisemitismus sind genug."

Wiens Bürgermeister Michael Häupl bei der Eröffnung des Mahnmals am Wiener Judenplatz am 25. Oktober 2001.

„Der Antisemitismus ist die zweite Natur der Österreicher."

Thomas Bernhard in seiner letzten Abrechnung mit der Heimat, im Theaterstück „Heldenplatz".

„Bis 1986 war der österreichische Antisemitismus im wesentlichen ein privater, ein Antisemitismus ohne (öffentliche) Antisemiten."

Der Sozialforscher Bernd Marin zur antisemitischen Stimmung nach dem Waldheim-Wahlkampf 1986.

„Österreich ist ein Land der Phänomene: eines ist der Antisemitismus ohne Juden."

Fritz P. Rinnhofer, Publizist und Aphoristiker.

Arbeit

Nicht nur Themen des Geisteslebens schaffen spannende Zitate – wie die folgenden Beispiele zeigen.

„Alle Räder stehen still, wenn dein starker Arm es will."

Bundeslied (Hymne) des Deutschen Arbeitervereins, aber auch von der österreichischen Arbeiterbewegung gesungen. Text von Ferdinand Lassalle 1864; wurde 1910 in Deutschland verboten.

„Solange die Fabriken stinken, haben wir a Arbeit."

Bruno Kreisky an die Adresse der Naturschützer gewandt.

„Solange der Staat das Bewahren von Arbeitsplätzen für wichtiger als das Schaffen von neuen hält, entsteht nicht der Zwang zu neuen Ideen in den Unternehmen."

Der einstige ÖVP-Klubobmann und spätere Nationalbankpräsident Stefan Koren, als Mahner in der Politik oft „Kassandra vom Dienst" genannt.

„Wenn das Arbeitslosenheer marschiert, dann brennt die Republik."

Der Gewerkschaftssekretär Rudolf Kaske am 28. 9. 2000 in einer heftig kritisierten (Über-)Reaktion auf das schwarz-blaue Sparprogramm.

„Die Tragödie der österreichischen Arbeiterbewegung bestand darin, dass Otto Bauer einen Minderwertigkeitskomplex gegenüber den Arbeitern hatte und die Arbeiter einen Minderwertigkeitskomplex gegenüber Otto Bauer."

Oskar Helmer, führender Sozialdemokrat der Zweiten Republik, der noch in der Ersten Republik wurzelte.

Architektur

Zählt in Österreich nicht unbedingt zu den Themen, mit denen man sich gerne beschäftigt. Dabei haben wir ein großes Erbe zu verwalten. Genau das scheint aber zu hemmen.

„Alles ist Architektur."

Für Österreich ungewöhnlicher Ausspruch von Stararchitekt Hans Hollein. Er vertrat die Meinung, dass Architekten aufhören müssen, nur in Bauwerken zu denken.

„Wissen wir, wie viel Drogensüchtige, Alkoholiker es auf Grund unserer grausamen Architektur gibt?"

Peter Noever, Rektor der Universität der bildenden Künste.

„Nicht zufällig heißt der Hollein des kleines Mannes Friedensreich Hundertwasser."

Der Architekturkritiker Christian Kühn in der „Presse" über Holleins kunsthandwerklichen und skulpturalen Baustil am Beispiel des „News"-Towers in der Wiener Taborstraße.

„Postmoderne Architektur – das ist Lächerlichkeit."

Harry Seidler, international renommierter Architekt mit Wiener Wurzeln, der 1938 Österreich verlassen musste und von Helmut Zilk eingeladen wurde, ein Wohnhochhaus am Rande der UNO-City zu bauen.

„Alle Architekten sind Verbrecher."

Der Satz fiel nicht angesichts der vielen baulichen Scheußlichkeiten der sechziger und siebziger Jahre, er stammt vom großen Reaktionär der Baukunst: Adolf Loos.

„Ornament und Verbrechen."

Titel der Kampfschrift von Adolf Loos, mit der er gegen den überladenen Historismus der Wiener Ringstraße zu Felde zog. Er hat aber nie, wie oft zitiert, gesagt: „Ornament ist Verbrechen."

„Architektur ist geronnener Geist."

Günther Nenning bezeichnete damit das Museumsquartier, das für ihn ein Beweis der Impotenz moderner Architektur ist.

„In Wien verschandeln die Architekten die Stadt, ohne von der Polizei dazu veranlasst zu werden."

Der Architekt Adolf Loos.

„Keine Altstadt, auch nicht Wien, soll zu einem Museum für Touristenpulks verkommen."

Der Architekt Gustav Peichl zur Diskussion um das Hochhausprojekt Wien-Mitte.

„Bezirksvorsteher-Architektur"

Der Chefredakteur der Wiener Stadtzeitung „Falter" Armin Thurnher zur Wiener Baupolitik bis zum Hollein-Haus am Wiener Stephansplatz.

„Politiker kommen und gehen – die Architektur bleibt."

Raimund Abraham, der Architekt des viel beachteten österreichischen Kulturinstitutes in New York. Er spricht offenbar aus Erfahrung.

„Eine hübsche Ironie des Schicksals, dass so ziemlich das erste vernünftige sezessionistische Gebäude großen Stils in Wien für die Irrsinnigen erbaut worden ist."

Die „Neue Freie Presse" über Otto Wagners monumentale Kirche am Steinhof.

„Das Hochhaus ist ohne Zweifel die interessanteste Architekturform des 20. Jahrhunderts."

Von einem der erst im Alter hohe Häuser, wie etwa den Millenniumstower, baute: Gustav Peichl, auch als Meister (Ironimus) des feines Striches bekannt.

„Das ist typisch Wien: Hochhaus ja, aber bitte nicht zu hoch."

Der vor allem international erfolgreiche Architekt Hans Hollein, der in späteren Lebensjahren auch in Wien bauen durfte, etwa das Haas-Haus.

„Das Wohnen im Hochhaus führt am Wochenende zur Flucht in die Zweithäuser am Land."

Der Doyen der Wiener Stadtplanung und Architekt der Gartenstadt Puchenau Roland Rainer zum neuen Hochhausboom.

„Reihenhäuser sind nicht meine Sache."

Der erst 30-jährige Jung-Baulöwe Georg Stumpf, der mit 202 Metern das höchste Gebäude Wiens baute: den Millenniumstower.

„Es hat zwar jeder das Recht zu sagen, es gefällt mir nicht, doch allen kann man es ohnedies nie recht machen. Architektur ist in diesem Sinn nicht demokratiefähig."

Gerhard Buresch, Leiter der Bundesimmobiliengesellschaft und selbst Architekt.

Ärzte

Ein Berufsstand, um den sich gern Zitate ranken, ist jener der Ärzte. Schon Marie Freifrau von Ebner-Eschenbach befand: „Ärzte werden gehasst aus Überzeugung oder aus Ökonomie." Womit schon einiges vorgegeben ist.

„Gibt es nur wenige gute Ärzte, so gibt es noch weniger gute Leidende."

Klemens Wenzel Reichsgraf und Fürst von Metternich-Winneburg-Beilstein (1773–1859), österreichischer Staatsmann.

„Eine der verbreitetsten Krankheiten ist die Diagnose."

Könnte auch von einem Arzt stammen; die Urheberschaft gehört aber Karl Kraus.

„Jeden Beruf kann man aufgeben, aber den des Arztes nicht."

Von einem Arzt, der den Beruf kaum ausgeübt hat: Arthur Schnitzler.

„Der Andreas Hofer der Ärzte"

Ehrentitel für den streitbaren Primarius Poigenfürst vom Lorenz-Böhler-Krankenhaus, verliehen von einem ebenso unbequemen Geist, seinem Oberarzt Werner Vogt.

„Er war nicht nur der Arzt der Könige, er war auch ein König der Ärzte."

Georg Marcus über den weltberühmten Wiener Internisten Professor Karl Fellinger, der vor allem von Kaisern, Königen und Prinzen aus dem Morgenland konsultiert wurde.

„Ich bin ein Hypochonder der gesamten Heilkunde"

Gerd Bacher bei der Verleihung des Goldenen Buches an den Arzt und Erfolgsautor Siegfried Meryn.

„Ich bewundere die Arglosigkeit und Kühnheit vieler Ärzte, ausgerechnet diesen Beruf zu ergreifen."

Der Obige bei obigem Anlass.

„Jeder Buschneger hat die Möglichkeit, seine Kollegen in Österreich zu behandeln."

Haider zur Novelle des Ärztegesetzes 1998. Ist unter seinen vielen groben Sprüchen untergegangen.

Auto

Auch dazu haben die Österreicher ein komplexes Verhältnis. Deshalb sind die meisten Zitate von Psychiatern.

„Ein Mensch, der sich im Auto zu Hause fühlt, legt seinen Hut ab."

Von Erwin Ringel also stammt die Warnung vor Menschen, die im Auto den Hut aufbehalten, als schlechte Autofahrer. Nachzulesen in: „Freiheit mit hundert PS. Der Österreicher und sein Auto."

„Der Mensch verliert seinen Charakter, wenn er ins Auto einsteigt."

Von Erwin Ringel zitiert, aber von einem anderen Autor.

„Nicht das Auto verdirbt den Charakter, aber Leute ohne Charakter sollten nicht Auto fahren.“

Horst Knapp, unvergesslicher Doyen der heimischen Wirtschaftspublizistik.

„Ein Auto darf nicht kochen.“

Konstruktives Credo des berühmtesten österreichischen Autopioniers Ferdinand Porsche. Erfuhr seine erfolgreiche Erfüllung im „Käfer“, dem luftgekühlten Volkswagen.

„Die Autobahnen sind die größte offene psychiatrische Anstalt des Landes.“

Ein ungenannt bleiben wollender höherer Exekutivbeamter.

„Ein Auto ist an und für sich schon ein Delikt.“

Werner Schneyder, Schriftsteller und Kabarettist.

Bacher

Es gibt viele Zitate über und von Gerd Bacher. Wen wundert's, dass die von ihm meist prägnanter und pointierter als die über ihn sind. Wenige in diesem Land beherrschen die Sprache so wie er, wenige trauen sich, die Dinge so auf den Punkt zu bringen. Er fordert damit aber auch die, die über ihn etwas sagen.

„Bacher bildet sich ein, dass er den ORF geschaffen hat. Und das Merkwürdige daran ist, dass er Recht hat.“

Alfred Worm, „Edelaufdecker“ der Nation und nicht unbedingt ein Bacher-Fan. Das steigert den Wert des Urteils.

„Bacher sicher nicht im ORF“

Titelzeile der „AZ“ am Vorabend der Generalintendanten-Wahl 1978.

„Kreisky in Paris, Benya in Sofia, Bacher im ORF“

Pullitzerpreis-verdächtige Schlagzeile der „Kärntner Tageszeitung“ am Tag der 1. Wiederwahl Gerd Bachers am 29. September 1978.

„Ich weiß nicht, ob jemand so tollkühn ist, sich mich anzutun.“

Gerd Bacher, wenige Tage vor seiner Wahl zum ersten ORF-Generalintendanten 1967. Die ÖVP war's und hat damit viel zum Aufstieg Bruno Kreiskys beigetragen, denn der nützte Bachers „Informationsexplosion“ besser als die Schwarzen.

„Auf dem Gipfel ist man frei, weil nicht für viele Platz ist."

ORF-GI Gerd Bacher zu seinem Lebensmotto, das ihm die Kraft gab, zwei Mal ein Comeback zu versuchen.

„Nie interessierte mich Kleines – klein bin ich selbst."

Gerd Bacher, mit seiner Körpergröße kokettierend.

„Die Erfolgserlebnisse eines Tigers sind nicht das Brüllen, sondern die Beute."

Kann nur von einem stammen, der sich mit Raubkatzen auskennt: vom „Tiger" Gerd Bacher.

„Er scheut sich nicht, Entscheidungen zu treffen. Das gilt unter Lavierern als Machthunger."

André Heller über Gerd Bacher.

„Er ist treu. Anderen und sich selbst. So einen nennen Dummköpfe rasch schwierig."

Nochmals Heller, nochmals über Bacher.

„Der Bacher ist der Chef einer Einmannpartei mit Aufnahmesperre."

Bruno Kreisky über Gerd Bacher, von diesem dann genussvoll als Wappen vor sich hergetragen.

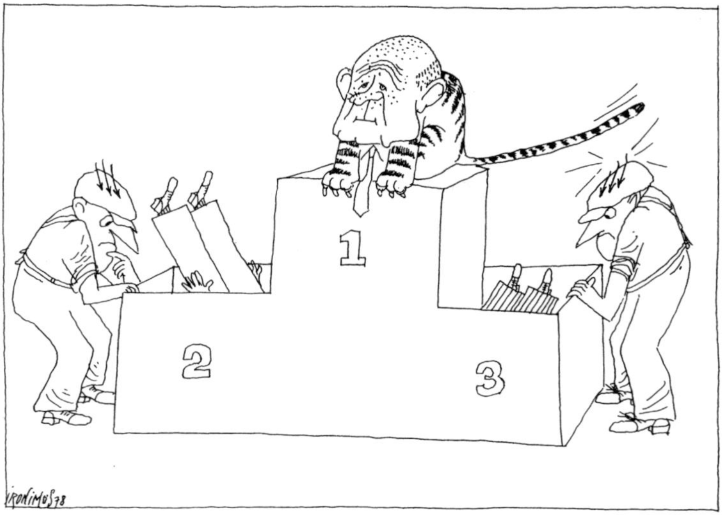

„Ich bin ein heimatloser Rechter.“
Gerd Bacher, EX-ORF-GI auf die Frage, wo er ideologisch einzuordnen sei.

„Gerd Bacher wurde gleich dem Hause Habsburg die Ehre zuteil, Inhalt eines Gesetzes ad personam zu werden.“
Rudolf Bayer, Dichter, Gourmet und ORF-Landesintendant von Salzburg.

Balkan

Ja, ja, der beginnt ... Schon falsch, denn Metternich hat damit einen anderen Erdteil gemeint. Trotzdem war dieser Teil Europas immer ein schicksalsschwerer Boden für Österreich. Aus dieser Richtung kamen die Türken, dort brach der Erste Weltkrieg aus, von dort holten wir uns billige Arbeitskräfte.

„Wien gehört noch zu Europa, aber am Rennweg beginnt der Balkan.“
Wird dem Fürsten Metternich zugeschrieben, der allerdings wörtlich gesagt haben soll: „... auf der Landstraße (3. Bezirk) beginnt Asien.“

„Von Neuwaldegg nach Simmering fährt man etwa eine Stunde lang – und dabei überquert man die Grenze zwischen West- und Osteuropa.“
Aktualisierte Form des Metternich-Zitates von Judith Cenkl.

„Nach Ägypten wär's nicht so weit. Aber bis man zum Südbahnhof kommt.“
Schon vor 100 Jahren muss es in der Prinz-Eugen-Straße einen permanenten Verkehrsstau gegeben haben. Zumindest für Karl Kraus.

„Der Österreicher sieht den Balkan im eigenen Auge nicht.“
Karl Kraus in Abwandlung des Bibelzitates:
„Was siehst du aber den Splitter in deines Bruders Auge, und wirst nicht gewahr des Balkens in deinem Auge.“

„Der Balkan beginnt nicht am Stephansplatz. Auch ein Herr Dogudan muss sich an Gesetze halten.“
Der kampfeslustige Vorsitzende der Gewerkschaft Gast und Hotel, Rudolf Kaske, über den Umgang des Gastronomen Attila Dogudan mit arbeitsrechtlichen Bestimmungen.

„Nachbar in Not“

Höchst erfolgreiche Hilfsaktion des ORF und der Bundesregierung am Beginn des Balkankrieges im Mai 1992. Der Slogan fiel Kurt Bergmann beim Rasieren ein.

Ballhausplatz

Der gesamte Platz, also auch die vis-à-vis gelegene Hofburg, steht als Symbol für jenen Ort, an dem seit mehr als 200 Jahren österreichische Politik, zuerst die Außenpolitik, die sich um den Namen Metternich rankt, dann ab 1918 die gesamte Politik stattfand. Hier wird demonstriert, gestorben, wie Kanzler Dollfuß, und gefeiert.

„Der verspielte Ballhausplatz“

Erster politischer Bestseller von Alexander Vodopivec, dem scharfzüngigen Analytiker der Zweite Republik. Nennt ohne Umschweife die Gründe, warum die ÖVP-Alleinregierung unter Josef Klaus gescheitert ist.

„Handelskammerbarock“

Bruno Kreisky über die dunkle, düstere Täfelung des Kanzlerzimmers, aus dem der einstige Kammersekretär Wolfgang Schüssel nun auszog.

„Zigarrenkammerl“

So wurde das Kanzlerzimmer unter Julius Raab genannt. Wohl weil es so verraucht war.

„Auf dem Wiener Ballhausplatz residiert eine Regierung, deren Namensliste auch das Bundeskabinett eines slawischen Nachbarstaates repräsentieren könnte.“

Der langjährige Korrespondent der „Süddeutschen Zeitung“ in Wien, Michael Frank.

Bauherren

Ein Begriff, der – völlig zu Unrecht – aus der Mode gekommen ist. Dementsprechend schauen viele unserer Bauten aus. Als es noch Bauherren gab, wurde bis heute Akzeptiertes gebaut.

„Architektur ist auch ohne Architekten denkbar, nicht aber ohne den Bauherrn.“

Von einem, der sich stets als solcher gefühlt hat: Gerd Bacher.

„Die Bauherren sind der Zeitgeist, die Architekten repräsentieren ihn."
Bacher ließ die ORF-Bauten von zwei Meistern ihres Faches entwerfen: Roland Rainer und Gustav Peichl.

„Der öffentliche Bauherr von heute baut nicht, er verbaut Geld und Gegend."
Berechtigte Kritik an der einfallslosen Bauherrenmentalität des beamteten Staates. Gerd Bacher.

„Wenn die Wiener Bauordnung in Venedig gelten würde, wäre ganz Venedig voller Geländer, damit niemand ins Wasser fallt."
Friedrich Achleitner, gleichermaßen begabt als Schriftsteller und Architekt.

„Der Kaiser hat's in 14 Jahren gebaut, der Bund hat's in 40 Jahren restauriert."
Der damalige Wirtschaftsminister Wolfgang Schüssel 1992 bei der Wiedereröffnung der „Dauerbaustelle" Palmenhaus in Schönbrunn.

„Der eigentliche Bauherr des Museumsquartiers ist die ‚Kronen Zeitung'."
Der Architekturkritiker Dietmar M. Steiner zum Umstand, dass signifikante Merkmale des preisgekrönten Entwurfes, wie etwa der Leseturm, dem Plebiszit des Massenblattes zum Opfer fielen.

„Heute zählt nur mehr: wer mehr Geld hat, baut größer."
Der international anerkannte Architekt österreichischer Abstammung Raimund Abraham.

„Wer das Geld anderer Leute nur verbaut, ist nicht Demokrat, sondern Bürokrat."
Nochmals Bacher in einem Vortrag über das mediale Bauen des ORF.

„Jeder möchte in einer Villa im Grünen wohnen, mit U-Bahn-Anschluss am Wiener Stephansplatz, aber ohne Nachbarn."
Leopold Gratz, Wiener Bürgermeister der Jahre 1973–1984.

Bayern

Nachbarn? Freunde? Brüder? Vorfahren? Zu den Bayern haben wir einfach ein anderes Verhältnis als zu anderen Völkern und Stämmen. Und das schlägt sich natürlich in einer Fülle von Zitaten nieder.

„Die Bayern sind der missglückte Versuch, aus Preußen Österreicher zu machen."

Der deutsche Aphoristiker Willy Meurer.

„In einem Bayern vereinen sich preußisches Taktgefühl und österreichische Tatkraft."

Treffend, aber von unbekannt.

„Die Bayern sind ja die Österreicher Deutschlands."

Günther Nenning über das besondere Nahverhältnis zum unmittelbaren Nachbarn.

„Österreich ist eine Mischung aus bajuwarischer Lebensfreude, slawischer Melancholie, krowotischer Verschlagenheit und ungarischer Temperamentsquadrierung."

Diese ungewöhnliche Charakterisierung stammt vom Autor Fritz von Herzmanovsky-Orlando, selbst eine Mischung par excellence.

„Ich fahre gerne nach Bayern, denn dort bin ich nicht mehr in Österreich – und noch nicht in Deutschland."

Bruno Kreisky über sein beliebtestes Urlaubsziel, als er noch in Bad Wörishofen und nicht auf Mallorca ausspannte.

„Ich reise nicht nach Deutschland, weil ich mir nicht die Illusion zerstören will."

Fritz Mauthe, der Vater von Jörg Mauthe, Chefredakteur der „Presse" und Chefideologe der Großdeutschen.

„Als Brecht in München schon langweilig war, durfte er in Wien noch immer nicht gespielt werden."

Joachim Kaiser, einer der „Großmeister" der deutschen Kulturkritik.

Beamte

Eine Sammlung österreichischer Zitate kann natürlich an einem Berufsstand nicht vorbeigehen, der wie kein zweiter die Mentalität dieses Landes widerspiegelt: der des pragmatisierten und damit unkündbaren Beamten samt Pensionsberechtigung. Wen wundert's, dass er oft Zielscheibe bösen Spotts wurde.

„Ob großes oder kleines Amt: Gehorsam sind wir allesamt."

Der Dichter Josef Weinheber, den (Staats-)Charakter des österreichischen Beamten beschreibend.

„Der Bürokrat tut seine Pflicht von neun bis eins! Mehr tut er nicht!“

Aus dem 2. Akt der Operette der „Obersteiger“ von Carl Zeller und beschreibt das Ideal des kaiserlich-österreichischen Beamten.

„Wenn ein österreichischer Beamter in der Früh ins Büro kommt, will er seine Ruhe haben.“

Der „Frosch“ im 3. Akt der „Fledermaus“ von Johann Strauß.

„Alle besseren Dummheiten geschehen am Vormittag. Der Mensch sollte erst erwachen, wenn die Amtsstunden zu Ende sind.“

Erraten? Karl Kraus!

„Zittere, du großes Österreich, vor deinen kleinen Beamten.“

Eduard von Bauernfeind, Literat des Vormärz des 19. Jahrhunderts, also noch im Zeitalter der Zensur.

„Als Beamter, da hat man nur die Wahl, Anarchist oder Trottel.“

Der Hofrat Winkler in Schnitzlers „Professor Bernardi“. Er ließ aber offen, wofür er sich entschieden hatte.

„Am besten hat's ein Fixangestellter. Er hat hinten nix, er hat vorne nix, doch was er hat, das hat er fix.“

Legendäres Couplet von Hermann Leopoldi, der wie durch ein Wunder dem Tod im KZ entkam.

„Kein anderer Beruf kommt dem Wesen des Österreichers so entgegen wie der des Beamten.“

Aus Otto Friedländers Buch „Der letzte Glanz der Märchenstadt“, in dem er das Wien des ausklingenden 19. Jahrhunderts beschreibt.

„Es ist interessant, dass die meisten österreichischen Dichter früher Beamte waren – ja, Müßiggang ist aller Laster Anfang!“

Der „Wiener Spaziergänger“ Daniel Spitzer, nach dem Studium zunächst Gewerbekammerkonzipist.

„Doch wo sie standen, hielten sie den Posten, selbst wenn der Posten ein verlorner war.“

So beschwor Anton Wildgans in seinem „Österreichischen Credo“ den Geist des heimischen Beamten.

„Nichts denken, nichts hören, nichts sehen, als was den Amtsgeschäften dient.“

Ist keine aktuelle Berufsbeschreibung eines Berufsbeamten, war vielmehr das Beamtenideal des großen Reformers, Joseph II.

„Beschäftigt meine Beamten mehr, denn ich höre, sie lesen."

Der schreibende Geheime Hofrat Franz Grillparzer legt dies seinem Kaiser Joseph II. in der „Zauberflöte Zweiter Teil" in den Mund.

Befreiung 1945

Für manche der Tiefpunkt in der Geschichte des 20. Jahrhunderts – für viele aber ein Aufbruch in eine neue Freiheit.

„Hitler will in Österreich Krieg, wenn in Europa schon Frieden ist."

Stand im April 1945 nach dem Befehl Hitlers zum Ausbau der so genannten „Alpenfestung" auf alliierten Flugblättern.

„1945 – und das ist zur Staatsideologie geworden – sind wir angeblich vom Faschismus und der Tyrannei befreit worden und in die nächste Tyrannei geraten."

Kernsatz der heftig umstrittenen Rede des FPÖ-Volksanwaltes Ewald Stadler auf einer Sonnwendfeier im Juni 2002 in Niederösterreich. Löste eine nachhaltige Debatte über das Jahr 1945 und seine Aufnahme bei der Bevölkerung aus.

„Befreit oder besetzt? Das war uns wurscht. Hauptsache, der Krieg war zu Ende."

Professor Herbert Krejci, Weltkriegsteilnehmer und Verteidiger der Kriegsgeneration, zur 2002 wieder aufgelebten Debatte über den 8. Mai 1945

„Der 8. Mai war auch für Österreich das Signal, dass das große Sterben endlich aufhört."

Der Direktor des Heeresgeschichtlichen Museums, der Historiker Manfried Rauchensteiner, zu dieser Diskussion.

„Und biete Ihnen, Herr Marschall, persönlich sowie dem russischen Volke aufrichtige Glückwünsche zur siegreichen Beendigung des Krieges. Die Glorie Ihres Namens ist unsterblich."

Handgeschriebener Nachsatz des mit „Verehrter Genosse Stalin" eingeleiteten Briefes des Kanzlers der Provisorischen österreichischen Staatsregierung, Dr. Karl Renner, am 9. Mai 1945 an Josef Stalin. „War es Speichelleckerei, Berechnung oder Ahnungslosigkeit", fragt der Historiker Manfried Rauchensteiner zum 50. Todestag Stalins.

Begräbnis

In einem Land, in dem der Tod einen derart überhöhten Stellenwert hat, darf auch das damit verbundene Ritual nicht zu kurz kommen. Daher folgende Zitate über das Begräbnis:

„Die schöne Leich' ist ein Lebensziel"

Peter Wehle in seinem Buch „Singen sie wienerisch".

„Ich habe das Glück gehabt, alle Friedhöflichkeiten schon zu Lebzeiten zu hören."

Kirchschläger zum Umstand, dass er der erste Bundespräsident war, der nicht wie seine Vorgänger Renner, Körner, Schärf und Jonas im Amt verstorben ist.

„Ich verbiete mir jeden Pomp bei meinem Begräbnis. Hat mich das Vaterland bei meinen Lebzeiten für einen Dreck gehalten, so genügt es mir auch, nach meinem Tode mit dem Mistwagen zu Grabe geführt zu werden."

Feldmarschall Conrad von Hötzendorf (1852–1925), verbittert nach seinem Konflikt mit Kaiser Karl.

„Kein Souverän kann mit größeren Ehren zu Grabe getragen werden."

Der deutsche Botschafter über das Begräbnis des Wiener Idols „Herrgott von Wien" Karl Lueger am März 1910.

„Hier in Wien sammelt man seine großen Söhne und Töchter, so wenig man sie zeitweilig schätze, gern als verblichene Hüllen wieder ein und verstaut sie in ‚Ehrengräbern'."

Hilde Spiel, die während des „Dritten Reiches" vertrieben und posthum durch ein Ehrengrab am Wiener Zentralfriedhof geehrt wurde.

„Schulden wie ein Stabsoffizier."

Ist längst auch unter Zivilisten gebräuchlich. Konnte aber auch für einen General, sogar Feldmarschall gelten, wenn man an Wenzel Graf Radetzky denkt. Er stand beim Armeelieferanten und Schuhproduzenten Josef Pargfrieder mit 50.000 Gulden in der Kreide und musste seinen Leichnam verkaufen. Liegt daher nicht in der Kapuzinergruft, wo ihm Franz Joseph aus Dank einen Platz reserviert hatte, sondern zusammen mit dem noch vor dem Begräbnis geadelten Lieferanten Pargfrieder und Feldmarschallleutnant Baron Wimpfen auf dem Heldenberg in Klein Wetzdorf im Weinviertel.

Bernhard

Zuerst haben sie ihn gehasst, zuletzt fast schon verehrt: den Österreichbeschimpfer aus dem oberösterreichischen Ohlsdorf, unweit von Braunau. Vielleicht liegt darin ein Grund für seinen Hass.

„Er hat sein Leben lang ein einziges Buch geschrieben. Jedes einzelne davon ist großartig."

Der deutsche „Literaturpapst" Marcel Reich-Ranicki über Thomas Bernhard.

„Ich brauch überhaupt nix erfinden. Die Wirklichkeit ist viel scheußlicher."

Thomas Bernhard begründete in einem Interview seine oft als übertrieben kritisierte Sicht der Dinge.

„Die tollste Komödie aller Zeiten ist Österreich. Kein Theaterstück der Welt kommt an dieses heran."

Unschwer zu erraten: ist von Thomas Bernhard.

„Alle Figuren von Bernhard tragen ein Todesvogerl auf der Schulter."

Für Gert Voss ist Bernhard ein österreichischer Molière, der auch ein Übertreibungskünstler war.

„Ich halte dieses Stück für eine grobe Beleidigung des österreichischen Volkes."

Bundespräsident Kurt Waldheim über Thomas Bernhards Stück „Heldenplatz."

„Der Bürger bezahlt das."

Bundeskanzler Franz Vranitzky erstaunlich populistisch zur umstrittenen Aufführung im Jahr 1988.

„Mir scheint der mit seinem kleinbürgerlichen Geschimpfe sehr in die Nähe des Jörg Haider zu kommen, womit er genau jenen Tendenzen Vorschub leistet, die er doch bekämpfen will."

Der Kommunikationswissenschafter Eugen Semrau wünscht sich, was die Inhalte des „Heldenplatz" betrifft, eine Diskussion, in welcher auch der politische Standpunkt Bernhards zur Sprache kommt.

„Der deutschen Literatur düsterster Poet und bitterster Prophet."

Marcel Reich-Ranicki in einem Nachruf auf Thomas Bernhard.

„Hinaus mit diesem Schuft aus Wien. Die Burg wird unter Hawlicek zu einem Narrenturm und einer Spielwiese für Egozentriker."

Jörg Haiders Reaktion auf das Stück „Heldenplatz". Die geistige Anleihe wurde bei Karl Kraus genommen; allerdings war Bekessy wirklich ein Schuft.

„Der Minister ist nicht der oberste Kunstrichter. Er bestimmt beim Theater nur den Direktor, und dann hört sein Einfluss auf."

Hilde Hawliceks Antwort auf Jörg Haiders Angriff.

„Das Stück ‚Heldenplatz' ist eine paranoische Selbstdarstellung eines Menschen, der ein Leben lang nicht mit sich selbst fertig geworden ist."

Der „Erfinder" Peymanns, Helmut Zilk, spielt auf dem Klavier der Emotionen.

„Die Leut werden auf der Welt mit allem betrogen."

Thomas Bernhard; er war so ehrlich, um im Originaltext anzufügen: „Alle Menschen, solange sie leben, fühlen sich in dem Betrogenwerden ja sauwohl. Das sieht man an sich selbst."

„Der Autor wird zunehmend zu einem Thema der Wissenschaft, wobei ich nicht die Literaturwissenschaft alleine meine."

Der damalige Unterrichtsminister Herbert Moritz über seinen einstigen Journalistenkollegen Thomas Bernhard, mit dem er sich beim Salzburger „Demokratischen Volksblatt" den Schreibtisch geteilt hatte.

Bescheidenheit

Ein Stichwort eher aus der Vergangenheit – wie die folgenden Zitate beweisen. Oder sollten wir sie wieder in Mode kommen lassen?

„Ein Künstler hat das Recht, bescheiden, und die Pflicht, eitel zu sein."

Nahm da jemand an sich Maß? Dieser Satz stammt von Karl Kraus.

„Bescheidenheit ist eine Zier, doch weiter kommt man ohne ihr."

Aus dem klassischen Zitatennähkästchen von Österreichs Nationaldichter Franz Grillparzer.

„Bescheidenheit ist der Anfang aller Vernunft."

Ludwig Anzengruber, bürgerlich Ludwig Gruber, bodenständiger Dramatiker des 19. Jahrhunderts, in Wien geboren.

„Die Bescheidenheit kriecht aus demselben Loch wie die Eitelkeit.“
Kann nur von einer Frau stammen: Marie von Ebner-Eschenbach.

Bildung

Nicht unbedingt ein verlässliches Gut hierzulande. Deshalb ist auch die Ausbeute geringer.

„Ohne Wissensbildung keine Gewissensbildung.“
Dieser Grundsatz war für Friedrich Heer ein Herzensanliegen. Ist leider kein Lehrsatz für die Erziehung unserer Jugend geworden.

„Das wichtigste Resultat aller Bildung ist die Selbsterkenntnis.“
Der Philosoph und Arzt Ernst von Feuchtersleben (1806–1849), ganz in der Tradition der Aufklärung.

„Bildung ist das, was die meisten empfangen, viele weitergeben und wenige haben.“
Karl Kraus, polemisch wie immer.

„Meine Bildung besteht zum größten Teil aus Lücken.“
Wer gesteht sich solches ein? Alfred Polgar.

„Eine umfassende Bildung ist wie eine gut sortierte Hausapotheke. Aber es besteht keine Sicherheit, dass nicht für Schnupfen Zyankali gereicht wird.“
Karl Kraus natürlich.

„Die Kunst ist keine Frucht der Bildung. Denn das Wesen der Bildung ist Vielseitigkeit, die Kunst beruht aber auf Einseitigkeit.“
Nicht von Jörg Haider, nein, der Herr Hofrat Grillparzer.

„Wir bilden nicht aus, sondern wir bilden.“
Bildungspolitisches Credo der ersten Wissenschaftsministerin der Zweiten Republik: Hertha Firnberg.

Boulevard

Da fühlen wir uns schon mehr zu Hause. Immerhin hat Österreich die größte Boulevarddichte unter den Zeitungen weltweit!

„Wer sich mit dem Boulevard einlässt, geht darin unter."

„Kurier"-Herausgeber Peter Rabl zum Umstand, dass Bundespräsident Klestil seine Eheprobleme Anfang 1993 just dem Magazin „News" anvertraute.

„Eine Boulevardzeitung wird auf der Straße verkauft, darf aber nicht der Straße nachgeben."

Stammt leider von keinem österreichischen, sondern von einem deutschen Journalisten: Claus Larass, Axel-Springer-Verlag.

„Die Wahrheit ist nicht am Boulevard."

Der militärische Leitartikler der Heereszeitung „Soldat", ein hoher Offizier, der sich unter dem Pseudonym „Observer" verbirgt.

„Die ‚Krone' ist keine Boulevardzeitung, sondern eine echte Volkszeitung, vom kleinen Mann bis zum Universitätsprofessor."

Hans Dichand, den unbestrittenen Erfolg seiner Schöpfung erklärend.

„Im Vergleich zu so manchem Boulevardblatt ist die ‚Schwarzwaldklinik' eine intellektuelle Frischzellenkur."

Über den Boulevard kann nur einer so trefflich spotten, der dort selbst einmal tätig war: Gerd Bacher

„Zeitung muss brennen"

Hat mit Karl Kraus und der „Fackel" nichts zu tun. Stammt von Wolfgang Fellner, Österreichs erfolgreichstem Zeitungsmacher der letzten 25 Jahre.

„Die Schlagzeilen der Boulevardpresse bestimmen die politische Zielrichtung der Parteien."

Rupert Gmoser, steirisches SPÖ-Urgestein und einer der raren intellektuellen Vordenker aus der Gewerkschaftsbewegung.

Buch

In einem Buch Zitate über Bücher? Natürlich, denn zu diesem Thema gibt es höchst Lesenswertes – speziell in Österreich, das nicht unbedingt als „Land der Leser" bezeichnet werden kann.

„Einem Büchlmacher geb ich keinen Orden."

Die Haltung war bis ganz oben hinauf verbreitet: Kaiser Franz I., der letzte Kaiser des Heiligen Römischen Reiches (1768–1835).

„Waun i a Biachl siech, hab i scho' g'fressen.

Der christlich-soziale Reichsratsabgeordnete Hermann Bielohlawek (1861–1918), der mit diesem dummen Spruch sogar als Hinterbänkler in die Archive einging. Soll später auch an ÖVP-Stammtischen die Runde gemacht haben.

„'s ist möglich, daß in Sachsen und am Rhein
Es Leute gibt, die mehr in Büchern lasen …"

Ottokar von Hornek offenes Urteil über des Österreichers Schwächen: „Drum ist der Österreicher froh und frank, Trägt seinen Fehl …" aus König Ottokars Glück und Ende/III. Aufzug.

„Literatur ist, was ein Jud vom anderen abschreibt."

Dafür wurde Bielohlawek von seinem Vorbild Karl Lueger noch gelobt.

„Ich habe mit Ernest Hemingway das Schreiben immer für eine der schlimmsten Plagen gehalten."

Gerd Bacher, der mehr als 400 Aufsätze und Reden geschrieben hat, zu seinem 75. Geburtstag.

„Ist ja eine Art Geschlechtsverkehr, ein Buch zu schreiben."

Thomas Bernhard, noch um eine Spur direkter.

„Ich habe nur ein einziges Buch bis zum Ende gelesen: den ‚Schatz im Silbersee' von Karl May."

Auch mit so einem Eingeständnis kann man in Österreich populär werden: Erwin Pröll, Landeshauptmann von Niederösterreich.

„Der Mann, der ein Buch weniger gelesen hat als Erwin Pröll."

Böser Spott des Schriftstellers Robert Menasse über den damaligen Kunststaatssekretär Peter Wittmann.

„Es soll Länder geben, in denen es unter Politikern zum guten Ton gehört, das eine oder andere Buch nicht nur gelesen, sondern auch geschrieben zu haben."

Günther Traxler, bissiger Kolumnist des „Standard".

„Erhard Busek hat der Ruf der Belesenheit in der ÖVP schwer geschadet."

Traxler zum Thema: Buch und Volkspartei.

„Die guten Bücher sollte man verbieten, damit sie auch gelesen werden."

Der Schöpfer dieses Zitates kennt die Menschen: Karl Farkas.

„Es gibt über Marilyn Monroe mehr Bücher als über den Zweiten Weltkrieg. Darin liegt eine gewisse Ähnlichkeit. Es war die Hölle, aber es hat sich gelohnt."

Der Altösterreicher Billy Wilder im späten Rückblick über seinen bei Dreharbeiten äußerst schwierigen Star.

„Man hört nicht auf, ein Buch zu lesen – weil es Fernsehen gibt."

Von Gerd Bacher, der beides gemacht hat: Bücher und Fernsehen.

„Wir leiden nicht an einem Übermaß an Analphabeten, aber, im Gegenteil, an einem Übermaß an Individuen, die schlecht schreiben und schlecht lesen."

Joseph Roth, nicht so scharfzüngig wie Karl Kraus, aber ein ebenso treffsicherer Beobachter der österreichischen Menschen.

„Wie kann der Mensch noch Bücher kaufen, seitdem die Illustrierte existiert?"

Wurde nicht im „News"-Zeitalter erfunden, nein, stammt von Johann Nestroy aus der Posse „Die beiden Herren Söhne."

„Bücherschreiben ist das einzige Verbrechen, bei dem sich der Täter bemüht, Spuren zu hinterlassen."

Der PR-Profi Hansjörg Wachta, den Schriftsteller Gabriel Laub zitierend.

Budget

Hier geht's weniger ums private Budget, obwohl das oft genauso überfordert ist wie das öffentliche. Die Zitate darüber sind auch drastischer.

„Das Budget ist die in Zahlen gegossene Politik."

Standardsatz jeder Budgetrede, egal, welcher Couleur der Finanzminister ist. Nur Karl-Heinz Grasser stellte das „Nulldefizit" an den Anfang.

„Eher lasse ich meinen Hund auf meine Wurst aufpassen, als die ÖVP auf das Geld der Steuerzahler."

Finanzminister Rudolf Edlinger am 31. 1. 2000, knapp bevor die Koalitionsverhandlungen mit der ÖVP platzten. Edlinger hat diesen „Sager" bei seinem berühmten Vorgänger Joseph Schumpeter „entlehnt", der allerdings 1919 nur sieben Monate im Amt war:

„Man darf eher dem Hund die Kontrolle über die Wurst als dem Parlament jene übers Budget anvertrauen."

Dass der Hund und die Wurst eine große Rolle in der Finanzwelt spielen, bezeugt das folgende Zitat:

„Eher legt ein Hund einen Wurstvorrat an, als dass ein Finanzminister Reserven bildet."

Diese Feststellung wird dem weltberühmten amerikanischen Wirtschaftstheoretiker J. M. Keynes zugeschrieben.

„Wir haben die Wurst gerettet, und ich bin froh, dass sie nicht von Edlingers Hund gefressen wurde."

Kunststaatssekretär Franz Morak über das von der schwarz-blauen Regierung reduzierte Kunstbudget.

„Wenn es um das ‚Gürtel-enger-Schnallen' geht, fummelt man gerne am Gürtel der anderen herum."

Die „Presse" über die Superpläne von Schwarz-Blau.

„Beim Budget ist jeder dafür, dass es saniert wird, bis zum Zeitpunkt, wo es ihn trifft."

Josef Taus, Politiker, Banker und Unternehmer.

„Ein Budget, über das nicht gestritten wird, ist ein schlechtes Budget."

Nochmals Taus; diesmal eher als Politiker.

Burgtheater

Der Musentempel am Ring fordert geradezu alle klugen Köpfe des Landes, etwas G'scheites zu sagen. Hier eine kleine Auswahl ohne Anspruch auf Vollständigkeit.

„Man sollte in jedem Land das Wichtigste sein: in den Dolomiten eine Kuh, in Mexiko ein Sombrero und in Wien ein Burgschauspieler."

Alexander Moissi (1880–1935), einer der Großen im Haus am Ring.

„Einen Bundespräsidenten finden sie an jeder Ecke. Aber einen Burgtheaterdirektor müssen sie lange suchen, bevor sie einen guten finden."

Claus Peymann, gar nicht selbstbewusst.

„Das Burgtheater ist ein Ort der Aufklärung und der Wahrheit."

Theaterchef Klaus Bachler pathetisch, nachdem Demonstranten am Tag vor der Angelobung der Regierung Schüssel die Bühne gestürmt hatten.

„Das Burgtheater ist der Petersdom des Welttheaters."

Der Dramatiker Fritz Hochwälder in einer Grußadresse zur Wiedereröffnung des Burgtheaters am 14. Oktober 1955.

„Das war kein Biotop, das war eine Leichenhalle."

Claus Peymann auf die Frage, ob das alte Burgtheater nicht ein schützenswertes Biotop gewesen wäre.

„Das Burgtheater wird alles überleben."

Thomas Bernhard, der Aufreger – einmal abgeklärt.

„Ich wünsche mir an diesem Burgtheater, dass es eine Republik der ersten Künstler ist."

Klaus Bachler, Peymann-Nachfolger, gar nicht unbescheiden, sich auf Max Reinhardt beziehend.

„Ich werde noch einmal ins Burgtheater kommen – und wenn ich mir die Karte selbst kaufen muss."

Karl Farkas schwor auf seinen Lebenstraum auf der Bühne des Kabaretts „Simpl".

Busek

Er erfand die „bunten Vögel" und blieb in seiner Volkspartei selbst ein exotisches Gefieder. Er las nicht nur viele Bücher, sondern schrieb auch welche, blickte früh und weit über unsere engere Heimat hinaus und verschreckte viele mit seiner Intelligenz.

„Wir sind vom Typ sehr ähnlich: zwei kalte Knackwürste mit Brillen."

Neo-Generalsekretär Erhard Busek 1975 über seine künftige Zusammenarbeit mit Neo-Parteiobmann Josef Taus.

„Wohin gehört dieser Busek eigentlich, seit er mit den Linken die Internationale gesungen hat?"

„Cato" in der „Krone", ein Pseudonym, hinter dem sich der Herausgeber Hans Dichand verbirgt.

„Busek stammt aus einer Zeit, wo es zum Morgensport gehörte, den Koalitionspartner zu hauen."

FPÖ-Kurzzeitminister Michael Schmid zum Koalitionsstil früherer Tage.

„Wer will, dass die Zustände bleiben, muss für Veränderung eintreten."

Wird gerne von Erhard Busek zitiert und ist von Brecht'scher Dialektik.

„Wir übersehen gerne die wirklich Wichtigen im Land. Die drucken wir dann posthum auf die Rückseite einer Banknote."

Erhard Busek, der uns wie kein anderer den Spiegel vors Gesicht hält.

„Busek ist ein fragwürdiger Donaumonarchist."

Der FPÖ-Politiker Thomas Prinzhorn zum Wunsch der Freiheitlichen, Busek als Regierungsbeauftragten für die EU-Erweiterung abzusetzen.

Denkmal

Ist Österreich auch ein Land der Denkmäler? Da sind wir wohl zurückhaltender als andere europäische Nationen. Die stärksten Zeichen des Sieges, egal ob über die Pest oder die Türken, setzte eigentlich die Kirche. Standbilder von Schlachtenlenkern sind selten. Nach zwei verlorenen Kriegen hat man dazu auch eine andere Einstellung.

„Sobald ein Mensch endgültig seinen Einfluss verloren hat, setzt man ihm ein Denkmal."

Der Schriftsteller Robert Musil, dessen Roman „Der Mann ohne Eigenschaften" zu einem Denkmal der untergegangenen Welt der Donaumonarchie wurde.

„Für mich ist Denkmal ein lebenslanger Imperativ, der aus zwei Wörtern besteht."

Fritz Grünbaum, Schauspieler, Texter, Kabarettist, künstlerischer Leiter des „Simpl", starb 1940 im KZ.

„Denkmäler sind dazu da, nicht beachtet zu werden."

Der Chronist Alt-Österreichs Robert Musil.

„Ums Lebenswerk und um die Anbetung des eigenen Denkmals ging's mir nicht."

Gerd Bacher, von der „FAZ" zu seiner zweimaligen Wiederkehr in den ORF befragt.

„Die Ansicht über Begriffe Ehre und Heldentum mögen sich im Laufe der Zeit ändern. Tatsachen von damals unterliegen aber nicht der Korrektur von Epigonen."

Unterrichtsminister Heinrich Drimmel zum Versuch, das Gefallenen-Denkmal in der Aula der Wiener Universität zu entfernen.

Deutschland – Österreich

Das Spektrum reicht von Gabriele Matzner-Holzers „Verfreundete Nachbarn" bis „Ungleiche Brüder" – also eine ganz normale Familiengeschichte. Wenn es da nicht zwei Weltkriege, einen Adolf Hitler und sonst noch einige unliebsame Zusammenstöße gegeben hätte. Aber die Geschichte heilt manche Wunden, und der Wohlstand dazu. Trotzdem genügend Stoff für reizvolle Pointen.

„Deutsche und Österreicher trennt die gemeinsame Sprache."

Stammt nach neuesten Forschungen nicht von Karl Kraus. Könnte von Polgar oder auch Torberg sein. Erstmals ist es nach dem Zweiten Weltkrieg von Alexander Lernet-Holenia verwendet worden.

„Deutsch ist die Sprache derer, die zwar deutsch fühlen, aber nicht Deutsch können."

Karl Kraus, lange vor den Forderungen nach Deutschkursen für Ausländer.

„Nichts schätzt der Österreicher weniger, als mit einem Deutschen verwechselt zu werden."

Aus einer Broschüre für nach Österreich reisende Geschäftsleute.

„Die Deutschen wollen die Welt verbessern. Die Österreicher begnügen sich damit, sie mies zu finden."

Der in beiden Ländern lebende und arbeitende Schauspieler und Kabarettist Ernst Stankovski.

„Die These, daß Österreicher gar nicht Deutsche, sondern eine besondere Nation seien, ist eine absonderliche Konstruktion."

Der Führer der Sozialdemokraten, Otto Bauer, im März 1938.

„Das Verhältnis Deutschland – Österreich ist schlecht, aber wenigstens dauerhaft."

Der scharfzüngige Günther Nenning zum Umstand, dass das nachbarliche Verhältnis bisweilen fragwürdig ist.

„Das Bewußtsein, daß wir Österreicher Deutsche sind, muß wiederbelebt werden."

Nicht von Jörg Haider, aber nicht weit gefehlt. Ist aus: „Das Waffenstudententum in Vergangenheit und Gegenwart" (1980) von Andreas Mölzer, rechtskonservativer Kolumnist der „Krone", zeitweise auch Kulturberater Haiders.

„Der Österreicher hat einen historischen Sinn, der Deutsche lebt nur in der Gegenwart.“

Von Hugo von Hofmannsthal. Ob das auch heute noch so stimmt?

„Die Deutschen spitzen die Probleme zu, während der Österreicher den Problemen ausweicht.“

Hier hat einer den Unterschied zwischen den Nachbarn exakt auf den Punkt gebracht. Auch diese Charakterisierung stammt von Hugo von Hofmannsthal.

„In Österreich redet man viel darüber – bei uns in Deutschland wird gleich totgeschlagen.“

Der Berliner Starregisseur Frank Castorf über den Nationalismus und dessen Auswüchse in beiden Staaten.

„Verfreundete Nachbarn“

Titel eines lesenswerten Buches der Diplomatin Gabriele Matzner-Holzer über das komplexe Verhältnis Österreich – Deutschland.

„Ungleiche Brüder“

Titel eines ebenfalls lesenswerten Buches des deutschen Autors Matthias Pape über die Krisenjahre einer „Qualverwandtschaft“ 1945–1955.

„Die Piefke-Saga“

Mehrteilige TV-Serie von Felix Mitterer, beruhend auf wahren Begebenheiten, von deutschen TV-Anstalten bezahlt und mit großem Erfolg auch vom ORF (1991) gesendet.

„Je deutscher sich ein Österreicher fühlt, umso mehr schimpft er über die Piefkes.“

Fritz P. Rinnhofer, Jurist und Aphoristiker.

„Die Liebe zu Deutschland wurde den Österreichern ein für alle Mal ausgetrieben.“

Der Wiener Rechtsanwalt und prominente Sozialdemokrat Adolf Schärf 1944 zu einem deutschen Abgesandten des Widerstandes gegen Adolf Hitler.

„Der Österreicher ist so deutsch, wie seine Donau blau ist.“

Alfred Polgar in dem Essay „Der Österreicher. Ein Nachruf“.

„Österreich ist: dass man deutsch sprechen kann, ohne Deutscher zu sein.“

Der Kulturkritiker Hans Weigel. Er war in der Schweiz im Exil.

„Es ist eine typisch deutsche Eigenschaft, das Neue so lange zu zerreden, bis es keinen Sinn mehr hat, es zu schaffen."

Gilt uneingeschränkt auch für Österreich. Zumindest in diesem Punkt sind wir voll Deutsche. Stammt auch von einem Deutschen, der in Österreich Karriere gemacht hat: von Paul Hoffmann, Direktor des Burgtheaters von 1968 bis 1971.

„In Österreich hat man schlechte Gesetze, aber man wendet sie lau an. In Deutschland sind sie besser, aber man wendet sie so an, dass sie schlechter werden als die schlechtesten in Österreich."

Elegante Umschreibung für die österreichische Schlamperei, aus einem Briefwechsel zweier prominenter Linker: August Bebel an Friedrich Engels.

„Die Österreicher beneiden die Deutschen um das, was sie selbst um keinen Preis sein möchten."

Der Journalist Hans Habe, Sohn des legendären Zeitungsmachers Imre Bekessy, Herausgeber der „Stunde", des ersten heimischen Boulevardblattes.

„Der Österreicher, wenn er betrunken war, wollte die ganze Welt umarmen; der germanische Bruder, im gleichen Fall, sie kurz und klein schlagen."

Alfred Polgar hat sich mehrfach mit den Unterschieden der beiden Nachbarn auseinander gesetzt. Dieses Zitat stammt aus „Der Österreicher (Ein Nachruf)".

„Ich bin kein deutscher Dichter."

Peter Turrini will sich ganz bewusst abgrenzen und nicht vereinnahmen lassen.

„Der Wiener Dialekt ist die wichtigste Fremdsprache, die es im Deutschen gibt."

Der Poet und Liedermacher André Heller.

„Deutschland ist das einzige Land, in dem die Schlagersänger so aussehen wie ihre Lieder."

Wie oben: André Heller.

„Wir rechnen damit, dass Deutschland sieben Jahre hinter Amerika nach ist und Österreich vier Jahre hinter Deutschland."

Der in Österreich lebende Trendforscher und Soziologe Mathias Horx über die Langsamkeit jenseits des Atlantiks.

„In Österreich und in Deutschland gibt es eine Jammerkultur. Wir trauen niemanden, den Nachbarn nicht, dem Staat nicht, den Politikern schon gar nicht.“

Mathias Horx, Trendforscher und Österreich-Kenner, oft den Finger auf den wunden Punkt haltend.

Dichand

Kaum eine andere Persönlichkeit spaltet dieses Land stärker in erbitterte Gegner und begeisterte Anhänger. Unbestritten ist, dass Hans Dichand ein höchst erfolgreicher Journalist und Zeitungsmacher ist. Über den Weg zum Erfolg scheiden sich bei ihm allerdings die Geister.

„In seinem Bauch ist Österreich.“

Die Zeitschrift „Format“ zum 80. Geburtstag des Zeitungstycoons Hans Dichand. Kopfmenschen bringen es meist nicht so weit.

„Er ist der gar nicht mehr heimliche Herrscher Österreichs.“

Edelfeder Hans „Rau“ Rauscher im „Standard“ über Hans Dichand, den Gründer der „Kronen Zeitung“. Was „Cato“ gegenüber Rauscher nicht milder stimmte – im Gegenteil.

„Dichand, der Fürst der Gegenaufklärung.“

Der Herausgeber der Stadtzeitung „Falter“, Armin Thurnher, über sein liebstes Hassobjekt.

„Im Vorhof der Macht.“

Pseudobescheidenheit des „Krone“-Herausgebers über seine Rolle in der Innenpolitik. Diese Schwelle wurde zumindest bei der letzten Regierungsbildung übertreten.

„Bevor ich Macht ausübe, gehe ich lieber nach Hause und streichle meinen Hund.“

Hans Dichands zweiter Lehrsatz der österreichischen Medienkunde. Ob ihm den jemand auch glaubt?

„Der sanfte Tyrann.“

Dichands Partner bei der „Krone“, „WAZ“-Chef Erich Schumann, über dessen Führungsstil. Das war allerdings noch vor dem Streit um die Einsetzung des Dichand-Sohnes als Chefredakteur.

„Ich bin eigentlich ein Liberaler, der im Moment keine Partei finden würde."

Das werden sie nicht erraten: Hans Dichand, der Heide Schmidt und das Liberale Forum in seiner „Krone" vehement bekämpft hatte.

„Mit Achtzig sind viele Menschen bereits froh, wenn ihnen die Beine gehorchen. Bei Hans Dichand muss es noch immer das ganze Land sein."

„profil"-Autorin Rosemarie Schwaiger in einem Porträt zum 80. Geburtstag von Hans Dichand.

„Dichand hat einen einzigartigen Geruchssinn für Massenausdünstungen."

Stammt von seinem konsequentesten Widersacher Gerd Bacher, jahrzehntelang Cheforganist an der „größten Orgel" des Landes.

„Ich bin an Dichand gescheitert."

Ehrliches Eingeständnis des früheren ÖVP-Obmanns Erhard Busek.

„Mir gefällt's nicht, und es wird wahrscheinlich nicht gespielt werden."

„Krone"-Chef Hans Dichand in einem Hörfunk-Interview Ende 1999 zu einer möglichen schwarz-blauen Regierung. So sah dann auch die Linie seines Blattes aus. Aber auch Zeitungszaren können irren.

„Wir waren dagegen, als Haider in die Regierung wollte, weil wir wussten, das kann nicht gut gehen."

Hans Dichand in einem Interview mit Herbert Lackner, Chefredakteur „profil", im Rückblick auf die schwarz-blaue Koalition.

„Ich hab einmal einen Freund g'habt, und seitdem hab ich gar keine Abscheu mehr vor meinem Feind!"

Stammt von J. N. Nestroy und wurde von Hans Dichand nach dem totalen Bruch mit seinem Langzeitchefredakteur Friedrich „Bibi" Dragon zitiert.

„Es gibt zwischen uns keine Freundschaft mehr."

Friedrich Dragon über Hans Dichand, nachdem ihn die „WAZ" als ihren Vertrauten im Konflikt um dessen Nachfolge installiert hatte.

„Aktien kann man sich nicht an die Wand hängen."

Zeitungstycoon Hans Dichand begründet damit, dass er sein Geld in Bilder der klassischen österreichischen Moderne anlegt – von Klimt bis Schiele, von Egger Lienz bis Boeckl.

„Mit meinen Kindern habe ich wenig darüber geredet. Die leben in einer anderen Welt."

Zeitungstycoon Hans Dichand über seine Kriegserlebnisse.

Die Grünen

Österreichs jüngste politische Partei ist inzwischen in die Jahre gekommen. Sie hat aber auch auf anderen Seiten ihre Duftmarken hinterlassen – etwa im Kapitel „Wald".

„Die Grünen sind die größte Partei der Welt – aber die meisten Mitglieder sind Tiere."

Von keinem Politologen, der Satz wird dem Aktionskünstler Joseph Beuys zugeschrieben.

„Die Wiener Grün-Alternativen begrüßen die bunten Vögel, die immer schon durch eine große Anzahl von grünen Federn ausgezeichnet waren."

Lockruf von Christoph Chorherr an die einstigen „bunten Vögel" Erhard Buseks nach dessen Abwahl als Wiener ÖVP-Obmann.

„Ich wäre glücklich, wenn viele, die da für Grün eintreten, sich wirklich Grünes anschauen würden und nicht nur über Grün viel reden und dabei im Kaffeehaus sitzen."

Gewerkschaftspräsident Benya 1984 während der Au-Besetzung in Hainburg.

„Die Grünen sind nicht der Blinddarm der SPÖ."

Van der Bellen zur jahrelangen Umarmungsstrategie der Sozialisten. Profitiert haben zuletzt jedoch die Grünen davon.

„Die Grünen waren früher wie eine Melone: Außen grün, innen rot. Jetzt sind sie wie ein Paradeiser. Außen rot und innen rot."

Wiens ÖVP-Obmann Bernhard Görg vor Parteifreunden über den Kurswandel seiner grünen Gegner.

„Natürlich sind die Grünen regierungsfähig, wenn es ihnen gelingt, die radikalen Trotzkisten, Maoisten und andere Kummerlgestalten zurückzudrängen."

Das „Gewissen" Österreichs: Hans Dichand, vulgo „Cato", im Januar 2003.

„Haschisch und Weihrauch"

„profil"-Titel am Höhepunkt der schwarz-grünen Regierungsverhandlungen 2003.

„Die permanente Verwechslung von Politik mit Bibelstunden wird allmählich ärgerlich."

„Kurier"-Kommentator Alfred Payrleitner über die Angst grüner Fundis vor einer Regierungsbeteiligung.

„Die Grünen sind eine übliche Partei geworden."

Urteil der grünen „Ahnfrau" Freda Meissner-Blau über ihr einstiges Kind im Jahr 2000. Vielleicht liegt aber darin der Schlüssel zum Erfolg.

„Wir stehen am Rubikon."

Der grüne EU-Abgeordnete und kritische Querdenker seiner Partei, Johannes Voggenhuber, versucht seinen Kollegen Mut zu machen, mit der ÖVP in Regierungsverhandlungen einzutreten.

Diebe und Mörder

Das erste Zitat scheint für das Kapitel zu sprechen. Nein, die Mörder haben eine Sonderstellung. Und die Rechtsanwälte finden sich ebenfalls hier.

„Die kleinen Diebe hängt man, den großen läuft man nach."

Daniel Spitzer, der „Spaziergänger" der „Neuen Freien Presse", in einem Essay über die Korruption in Österreich anno 1877.
Wörtliches Zitat: **„Die Korruption tritt in einer sehr gefälligen Form auf, und die Leute, welche schon längere Zeit mit ihr behaftet sind, haben schöne Frauen, große Häuser, lackierte Equipagen und werden nicht selten geadelt."**
Mit Ausnahme der Equipagen auch heute noch gültig.

„Räuber, Mörder, Kindsverderber, gehen nur zu Doktor Sperber."

Aus Friedrich Torbergs „Tante Jolesch" über eines der letzten Originale des Advokatenberufes.

„Bleibst du gern dem Hefen fern,
Nimm dir nur den Doktor Stern."

Karl Farkas im „Simpl" über den Nachkriegs-Sperber, den legendären Rechtsanwalt Dr. Michael Stern.

„Nicht der Mörder, der Ermordete ist schuldig."

Titel einer Novelle von Franz Werfel aus dem Jahr 1920. Also lange noch, bevor die „Krone" diese These auf ihr Banner geschrieben hat.

„Die ärgsten Mörder sind alle vom ORF: Frodl, Unterweger, Ott haben für den ORF gearbeitet."

Der Leiter der Wiener Mordkommission, Hofrat Ernst Geiger, über die Höhepunkte der österreichischen Kriminalgeschichte.

„Das war Jack Unterwegers bester Mord."

Der einstige ÖVP-Justizsprecher Michael Graff zum Selbstmord des Serienmörders Jack Unterweger. Kommentar der „Tiroler Tageszeitung" dazu: „Michael Graff kann's einfach nicht lassen. Wenn ihm ein vermeintlicher Gag auf der Zunge liegt, muß er raus."

„Die Mordschwestern von Lainz"

Vier Krankenpflegerinnen des Lainzer Pavillons V hatten jahrelang mindestens 40 Männer und Frauen, alles „lästige" ältere Patienten, mit Insulinspritzen und dem Schlafmittel Rohypnol umgebracht. Die Tötungsserie wurde im April 1989 entdeckt.

„Mundpflege"

Noch grausamere Tötungsart der Mordschwestern, die Opfer durch Einflößen von Wasser zu ertränken. Zwei der vier Täterinnen wurden 1991 zu lebenslangem Kerker verurteilt.

„Die Presse"

Hier geht's nicht allgemein um das Pressewesen, nein, um das Zentralorgan des Bildungsbürgertums. Das bringt viel Ehr, aber auch viel Spott. Und das Schönste daran: die klügsten Köpfe haben sich daran gemessen.

„Die ‚Neue Freie Presse' ist auf das Niveau ihrer Leser gesunken."

Bitterböser Satz des einstigen Volontärs über das Blatt, das ihn nicht engagierte. Dabei hat Karl Kraus noch nichts „News" geahnt.

„Es ist unmöglich, gegen die ‚Neue Freie Presse' zu regieren."

Ministerpräsident Thun-Hohenstein (1847–1916) kannte die „Krone" noch nicht. Er wollte einen böhmischen Ausgleich erreichen und musste wegen Obstruktion der deutsch-nationalen Parteien zurücktreten.

„Die ‚Presse' ist das Leibblatt der Hofratswitwen."

Der Medienjournalist Harald Fidler vom „Standard" in seinem Buch „Sendepause".

„Die ‚Presse', das Zentralorgan des Unterganges."

Aus: „Ein Lobgesang auf den Untergang", Robert Menasses hintergründige Laudatio anlässlich des 150. Geburtstages der „Presse".

„Auf den Kulturseiten der ‚Presse' wird Politik gemacht, Kultur aber in der Wochenendbeilage."

Ebenfalls Robert Menasse in seiner Festrede.

„Es gibt zwei schöne Dinge auf der Welt: Der ‚Neuen Freien Presse' anzugehören oder sie verachten. Ich habe nicht einen Augenblick geschwankt, wie ich zu wählen hatte."

Auch von Karl Kraus, nachdem man ihn die Nachfolge des 1892 verstorbenen Daniel Spitzer angeboten hatte.

„Es war nicht die ‚Presse', es war Karl Kraus, der untergehen musste, als er plötzlich Karl Hirschbold hieß."

Nochmals Robert Menasse, nicht minder bösartig als der Todfeind des späteren Großformates.

„Die ‚Presse' ist ein bürgerliches Blatt, dessen Erscheinen die ÖVP nach 1945 zu verhindern versucht hat, weil es als das ‚Judenblatt' galt."

Chefredakteur Otto Schulmeister in einem großen Interview zum 80. Geburtstag.

Diplomatie

Das Zitat liebt die Diplomaten nicht sehr; dafür aber die Gesellschaft. Und sollten Sie sich von den folgenden Aussprüchen betroffen fühlen, werden Sie es uns nicht zeigen – ganz Diplomat eben.

„Die Diplomatie ist ein Schachspiel, bei dem die Völker matt gesetzt werden."

Karl Kraus mit ziselierender Schärfe in seinem Hauptwerk „Die letzten Tage der Menschheit".

„Wie wird die Welt regiert und in den Krieg geführt? Diplomaten belügen Journalisten und glauben es, wenn sie's lesen."

Nochmals Karl Kraus.

„Die Weltgeschichte ist eine Verschwörung der Diplomaten gegen den gesunden Menschenverstand."

Nicht von Kuh und nicht von Kraus: Das ist Arthur Schnitzlers Geschichtsbetrachtung.

„Ein Diplomat ist jemand, der zwischen den Zeilen spricht."

Fritz P. Rinnhofer kann als Aphoristiker undiplomatisch sein.

Donau

Die Donau gilt zwar nicht wie der Rhein als der Schicksalsstrom des Landes, trotzdem haben wir zu ihr einen besonderen Bezug.

„Wien ohne Strauß, das ist Österreich ohne die Donau."

Hector Berlioz, 1803–1869, in seinem Nachruf auf Johann Strauß Vater, veröffentlicht im Oktober 1849 in der „Gazette Musical".

„An der Donau wird der Mohr zum Wiener."

Friedrich Uhl, Chefredakteur der „Wiener Zeitung", konstatierte, dass die Wiener durch Zuzug und Kreuzung entstanden seien.

„DDSG – unter Ferdinand dem Gütigen vor 166 Jahren auf Kiel gelegt und unter Franz dem Ungütigen versenkt."

Böses Wortspiel von Hannes Androsch auf seinen einstigen Sekretär Franz Vranitzky gemünzt, der als Bundeskanzler die staatliche DDSG nach schweren Managementfehlern verkaufen musste.

„Donaudampfschifffahrtsgesellschaft"

Mit 34 Buchstaben einer der längsten Begriffe, auf nur 4 reduziert mit dem Kürzel: DDSG.

„Bei der Donau östlich von Wien kann es keine Kompromisse geben."

Gustav Harmer, Präsident des WWF, des World Wild Found in Österreich, zum geplanten Bau eines Donaukraftwerkes in der Hainburger Au.

Dummheit

Dummheit und Stolz wachsen auf einem Holz – sagt ein altes Sprichwort. Nicht unähnlich sind die folgenden Zitate.

„Was mich wirklich ungeduldig machte, war ein gewisses Maß an unerlaubter Dummheit im öffentlichen Leben."

Klarer Befund des ersten sozialistischen Bundeskanzlers der Zweiten Republik, Bruno Kreisky, der allerdings ohne Besserung geblieben ist. Im Gegenteil: Seine Nachfolger machten Fehler, die man glaubte, schon ausgerottet zu haben.

„Die meisten Talk-Shows fördern Vorurteile und Dummheit."

Medienexperte Bischof Kurt Krenn, der sich erstaunt zeigte, was da alles thematisiert wird und wie sehr der Klamauk im Vordergrund steht.

„Das Geheimnis des Agitators ist, sich so dumm zu machen, wie seine Zuhörer sind, damit sie glauben, sie seien so gescheit wie er."

Karl Kraus, österreichischer Schriftsteller und Zeitkritiker.

„Ich brauche nicht jede Dummheit zu hören, die gesprochen wird."

Mit diesen Worten verweigerte der berühmte Architekt Adolf Loos eine Gehöroperation.

„Macht keine Dummheiten, solange ich tot bin."

Der Schriftsteller und Publizist Theodor Herzl (1860–1904), der mit seinen Schriften die Idee des Judenstaates begründete.

„Der eine heißt den andern dumm,
Am End weiß keiner nix."

Aus dem berührenden Hobellied des Valentin aus dem „Verschwender" von Ferdinand Raimund, das Konradin Kreuzer komponiert hat und mit der Botschaft schließt:

„Das Schicksal setzt den Hobel an
Und hobelt alle gleich."

„Wolferl, stell dich dumm, die G'scheiten mögen's nicht."

Ehrlicher Ratschlag des scheidenden ÖVP-Obmannes Erhard Busek an seinen Nachfolger Wolfgang Schüssel.

„Nichts gibt so sehr das Gefühl der Unendlichkeit als wie die Dummheit."

Ödön von Horvath sollte das lange spüren. Seine „Geschichten aus dem Wienerwald", unter den Nazis verboten, lösten noch 1948 einen Theaterskandal aus.

„Immer lernt der Kluge von Dummen mehr als der Dumme vom Klugen."

Von einem Klugen: Peter Rosegger.

„Die, die sich dumm stellen, sind gefährlicher als die, die dumm sind."

Der Journalist Franz Ferdinand Wolf dazu im „Kurier". Das Originalzitat stammt von Manfred Rommel, dem Sohn des legendären Feldmarschalls Erwin Rommel, der im März 1938 die Militärakademie in Wiener Neustadt übernahm.

„Ich habe nur zwei Dinge, gegen die ich schreibe, das ist die Dummheit und die Lüge."

Ödön von Horvath, als er den braunen Terror heraufziehen sah, vor dem er fliehen musste.

„Ich habe zu wenig Zeit, mich mit dummen Argumenten auseinander zu setzen. Es gibt zu viel Wichtiges, das man kritisieren müsste."

Sir Karl Popper, österreichisch-englischer Philosoph.

„Es gehört eben auch zur staatlichen Ordnung, dass man nicht ein ganzes Land bestraft, wenn irgendeiner eine Dummheit sagt."

Der Schweizer Rechtspopulist Christoph Blocher, Chef der Schweizerischen Volkspartei, der sich gegen Vergleiche mit Haider wehrt.

Ehe

Das Thema drängt sich natürlich für Zitate geradezu auf. Deshalb ist auch die Ausbeute groß. Über die Qualität müssen die Geschlechter urteilen. In der Vergangenheit haben sich vor allem Männer dazu geäußert.

„Wenn der Mann das Amt hat und die Frau den Verstand, dann gibt es eine gute Ehe."

Marie von Ebner-Eschenbach, eine der ersten selbstbewussten Frauen.

„Wer kann schon vor der Hochzeit sagen, ob eine Ehe hält?"

Nicht von einem Priester oder Psychologen, nein, vom Kärntner Ex-ÖVP-Landeshauptmann Christoph Zernatto im Rückblick auf seine zerbrochene Partnerschaft mit der FPÖ.

„Die meisten Ehen scheitern an den Verhältnissen. Aber es sind auch schon sehr schöne Verhältnisse an Ehen gescheitert."

Von Werner Schneyder.

„Die Ehe ist eine Institution zur Lähmung des Geschlechtstriebes."

Gottfried Benn, kein Österreicher, aber hierzulande viel gelesen.

„Unsere Vernunftehe ist etwas Solideres als diese Ehen, die im Himmel geschlossen werden."

Der Boss der bayrischen Hypo-Vereinsbank Albrecht Schmidt nach seinem Deal mit Bank-Austria-Chef Gerhard Randa. Ob beide heute auch noch so darüber denken?

Ehre

Auch wieder so ein abgedroschener Begriff – werden einige Leser denken. Nein, die Ehre ist ein zeitloses, grenzenlos zu schützendes Gut. Dazu sollen die folgenden Zitate helfen.

„Das Leben taugt nur, wenn Ehre und Stolz es begleiten."

Wird hierzulande zwar oft zitiert, stammt nicht aus Wien, sondern aus Potsdam vom Preußenkönig Friedrich II.

„Alles ist verloren, nur die Ehre nicht!"

Franz I. Stephan (1708–1765), Gemahl der Kaiserin Maria Theresia, Begründer des Hauses Habsburg-Lothringen.

„Unsere Ehre heißt Treue."

Motto und Leitspruch von Hitlers SS. Wurde im Juni 2000 durch den Chef der FPÖ Niederösterreich, Ernest Windholz, verwendet, der behauptet, davon nie im Geschichtsunterricht gehört zu haben.

„An der Ehre der Gefallenen und Lebenden des Weltkrieges putzen sich so manche Herren nur allzu gerne ihre Schuhe ab."

Jörg Haider über die Soldaten des Zweiten Weltkrieges am Ulrichsberg.

„Ehren wir das Tote schon zu Lebzeiten."

Sarkastischer Aufruf des Kärntner Autors und Essayisten Egyd Gstättner angesichts der Tatsache, dass in Österreich der Tote mehr wert ist als der Lebende.

„Die Ehre ist der Wurmfortsatz im seelischen Organismus. Ihre Funktion ist unbekannt, aber sie kann Entzündungen bewirken."

Der Spötter vom Dienst: Karl Kraus.

Ehrgeiz

Nicht unbedingt ein Stichwort, vom dem sich der Österreicher angesprochen fühlt. Dementsprechend schmal ist auch die Ausbeute.

„Ehrgeiz ist nur unter Faulenzern unbeliebt."

Gerd Bacher in einer Laudatio auf den viel beschäftigten Arzt und Buchautor Professor Siegfried Meryn.

„Der Ehrgeiz, nicht ehrgeizig zu sein, ist ein großer Ehrgeiz."

Aphorismus der großen österreichischen Schriftstellerin Ilse Aichinger.

„Der Künstler hat nur einen Ehrgeiz: Das Material in einer Weise zu beherrschen, die seine Arbeit von dem Werte des Rohmaterials unabhängig macht."

Der Architekt Adolf Loos, einst umstritten, inzwischen ein Klassiker.

„Ein Politiker ohne Ehrgeiz ist wie ein Jagdhund, den man auf die Jagd tragen muss."

Gerhard Jelasitz, ÖVP, und ewig Zweiter im Burgenland, zur Frage des Ehrgeizes, Karl Stix als Landeshauptmann zu beerben. Die Wähler sahen das anders.

„Zum Stiftungsgedanken gehört auch der Ehrgeiz, sich zu Lebzeiten einen Grabstein zu meißeln."

Der Rechtsanwalt Maximilian Eiselsberg, renommierter Experte zum Thema Stiftungen. Ob er damit auf das Mausoleum angespielt hat, das sich einer der prominentesten Stifter in seinem Stadtpalais bauen ließ – Billa-Gründer Wlaschek.

Eisenbahn

Der Österreicher hat zur Eisenbahn vor allem eine Assoziation: Frühpension. Es steckt aber noch anderer Spott in diesem Stichwort.

„Kleine Nationen sind stolz darauf, dass die Schnellzüge an ihnen vorbeifahren müssen."

Karl Kraus kannte anscheinend schon Erwin Pröll.

„Der Fahrplan der Österreichischen Bundesbahnen ist ein Kompendium von Annäherungswerten."

Herrlicher Spott aus „O du mein Österreich" von Hans Weigel.

„Ursache eines Eisenbahnzusammenstoßes: Die Züge hatten ihre fahrplanmäßige Verspätung nicht eingehalten.“

Von einem Vorläufer Weigels: Anton Kuh.

„Schiene statt Verkehrslawine.“

Slogan des damaligen Verkehrsministers Einem, der allerdings trotz Milliardeninvestititonen ohne Wirkung blieb.

„Das Wort Nebenbahnen ist so ein Mittelding zwischen Fohnsdorf und Zwentendorf.“

Hannes Androsch, 1978, auf die Krise der Verstaatlichten und Kreiskys Niederlage in der Atompolitik anspielend.

„Die Bundesbahn ist für mich der Fall eines Betriebes, wo sich die Gewerkschaft einen Generaldirektor hält.“

Erhard Busek in einem Vortrag vor der „Jungen Wirtschaft“.

„Wir werden begreifen müssen, dass die Eisenbahn nicht für die Eisenbahner, sondern für die Konsumenten da ist.“

Der Unternehmer Klaus Darbo über fehlende Marketinggesinnung der ÖBB.

„Herzmanovsky war bedacht auf die Bewahrung Österreichs vor technischem Fortschritt.“

Nenning auf eine Textpassage des Dichters anspielend, wonach „europäische Expresszüge im Inneren Österreichs schon nach kurzer Frist spurlos versickern – meistens geschieht das in der Gegend von Leoben“. Armes Leoben, kann man da nur sagen.

Eitelkeit

Das erste Zitat spricht gleich fürs Thema:

„Die Triebfeder der Politik ist die Eitelkeit, Ehrgeiz, Machtwille, selten Habsucht und noch seltener uneigennütziger Wille, einer Idee oder einer Menschengruppe zu dienen.“

Richard Graf Coudenhove-Kalergi, Gründer der Paneuropa-Bewegung.

„Ein schwerer Beutel macht leicht eitel.“

Abraham a Sancta Clara (1644–1709), kaiserlicher Hofprediger, wandte sich gegen Hochmut, Prasserei und Sittenverfall, vertrat aber auch Rassenhass und Antisemitismus.

„Die Eitelkeit ist die kreativste Form, sich selbst zu bestätigen. Man muss sich nur dazu bekennen."

Von einem bekennenden Eitlen: der Erfolgsarchitekt und Karikaturist Gustav Peichl.

„Die Eitelkeit der Manager ist die Bilanz."

Leiner-Kika-Chef Herbert Koch, „Trend"-Manager des Jahres 1999.

Ende des Ersten Weltkriegs 1918

Das vergangene Jahrhundert ist voll von Zäsuren – diejenigen, die 1918 traf, sind fast alle schon tot. Trotzdem sind manche Auswirkungen des Endes des Vielvölkerreiches noch bis heute spürbar.

„Ich weiß nicht, ob wir uns 1918 getraut hätten, die Republik auszurufen, wenn der alte Kaiser noch gelebt hätte."

Stammt von Karl Renner, dem ersten Staatskanzler der jungen Republik. Einer der Führer Seiner Majestät gehorsamsten Opposition.

„L'Autriche c'est ce qui reste" – „Der Rest ist Österreich"

Zynische Aussage des französischen Ministerpräsidenten Georges Clemenceau bei den Friedensverhandlungen 1919 in St.-Germain.

„Was übrig blieb, war ein verstümmelter Rumpf, aus allen Adern blutend. Die sechs oder sieben Millionen, die übrig blieben, zwang man, sich Deutsch-Österreich zu nennen."

Stefan Zweig nach der Katastrophe des Jahres 1918.

„Der Staat, den keiner wollte"

Zum Buchtitel gewordener Zustand der Ersten Republik. Der Autor, der Journalist Helmut Andics, begründete damit seinen Ruf als Spezialist der heimischen Zeitgeschichte.

„Österreich ist eine Republik ohne Republikaner."

Staatskanzler Renner 1918 in Hinblick auf die Treue der Österreicher zur untergegangenen Monarchie.

„Entweder Anschluß an Deutschland oder Kurzschluß in Österreich."

So sah die satirische Zeitschrift „Die Muskete" die letzte Chance für das Überleben des zu klein gewordenen Österreich.

„Deutsch-Österreich ist ein Bestandteil des Deutschen Reiches."

Deklaration der provisorischen Nationalversammlung vom 8. November 1918. Hielt nur bis zum Friedensvertrag von St.-Germain am 10. September 1919.

„Deutschland und Deutsch-Österreich kann keine Macht der Welt mehr trennen."

So kann man sich irren. Davor war auch der erste Staatskanzler der Ersten Republik, Karl Renner, nicht gefeit.

Erfolg

Nicht unbedingt eine Lieblingsvokabel unserer Landsleute. Ruft vor allem Neid – siehe diesen – hervor. Da fühlen wir uns schon eher zu Hause.

„Österreichs Erfolg ist vielen ein Rätsel, vor allem den Österreichern."

Helmut A. Gansterer, Wirtschaftsjournalist und Spötter.

„Die Deutschen verdanken das Wirtschaftswunder ihrem Fleiß, ihrer Strebsamkeit und ihrer Ausdauer. Das österreichische Wirtschaftswunder ist hingegen wirklich ein Wunder."

Der Mitschöpfer des österreichischen Wirtschaftswunders, der Baumeister und Bundeskanzler Julius Raab.

„Unser Wirtschaftswunder ist die große Kunst, so lange über unsere Verhältnisse zu leben, bis es uns gelungen ist, im Opel Kapitän ins Armenhaus zu fahren."

Karl Farkas, der selbst meist mit der Straßenbahn fuhr, um Geld zu sparen.

„Es ist in der Welt noch nichts schief gegangen, was nicht in Österreich erfolgreich ausprobiert worden wäre."

Stammt von einem weisen Spitzenbeamten der österreichischen Hochbürokratie.

„Österreich ist ein Land, in dem der Erfolg zu den unverzeihlichen Dingen zählt."

Hans Dichand, der zu den erfolgreichsten Männern des Landes zählt.

„Erfolg ist das Rattengift des Menschen – nur wenige kommen davon."

Vom weisen Elias Canetti, Exilösterreicher und Nobelpreisträger.

„Eine Erfolgsmeldung zur Kenntnis nehmen zu müssen, ist für viele Österreicher geradezu einer peinliche Zumutung."

Bundeskanzler Josef Klaus zum Kleinmut der Österreicher.

„Wer Erfolg haben will, muss sich vom zweiten Platz trennen."

Valentin Hobel, Mental-Coach von Ski-Ass Hermann Maier.

„Erfolge wollen unverdient sein."

Der Schriftsteller Franz Werfel hat auch zahlreiche Aphorismen verfasst.

„Der Erfolg winkt nicht immer dem, der am tiefsten im Unrat wühlt ..."

Andreas Koller in den „Salzburger Nachrichten" in einer Analyse des überraschend hohen Erfolgs von Michael Häupl gegen Jörg Haider bei der Wiener Gemeinderatswahl 2001.

„Nichts ist so unwichtig wie der Erfolg von gestern. Man muss immer wieder von vorne anfangen."

Marianne Mendt, die mit ihrer „Glock'n" zur „Mutter des Austropop" wurde.

„Seilschaften sind nicht die Basis für den Erfolg, sondern schon das Ergebnis."

„Trend"-Herausgeber Christian Rainer in einem Kommentar über die „Netzwerke zur Macht".

Erotik

Es wäre allzu gschamig, ohne dieses Kapitel in Druck zu gehen. Hat doch die Erotik viele kluge Menschen beflügelt und erst zu jenen geistigen und künstlerischen Leistungen angespornt, mit denen sie uns in Erinnerung bleiben. Pornografie gehört nicht dazu.

„Erotik ist Überwindung von Hindernissen. Das verlockendste und populärste Hindernis ist die Moral."

So sieht Karl Kraus die Erotik.

„Das Schönste am Seitensprung ist der Anlauf."

Nicht von einem stadtbekannten Bonvivant, sondern vom Altmeister des Kabaretts: Karl Farkas.

„Reue ist eine nachträglich entrichtete Vergnügungssteuer."

Die in Wien geborene Schauspielerin Senta Berger.

„Das Wiener Landesarchiv ist die zweitgrößte Erotiksammlung Europas. Und die größte? Der Vatikan – aber der gilt nicht: Da dürfen nur die Geistlichen lesen.“

Alexander Sixtus von Reden, Koautor zweier Bücher über Sex und Erotik in Österreich zur Jahrhundertwende 1900.

„Das Unglück der Deutschen: Sie glauben, dass das Wort ‚Erotik‘ von ‚erröten‘ kommt.“

Anton Kuh, Stammgast im Café Central, später Wahlberliner.

„Die Erziehung im Sacré-Cœur ist eine Empfehlung an Lebemänner.“

Karl Kraus über die Erfahrung von älteren Liebhabern, wonach die streng erzogenen Mädchen besonders temperamentvoll seien, weil sie ihre Libido so lange unterdrücken mussten.

„Enthaltsamkeit rächt sich immer. Bei einem erzeugt sie Wimmerln, bei anderen Sexualgesetze.“

Als wenn's von heute wäre: Aus der „Fackel“ Nr. 229 vom 2. Juli 1907.

„Erotik verhält sich zur Sexualität wie Gewinn zu Verlust.“

Nochmals Karl Kraus.

Erster Weltkrieg, das Jahr 1914

Das erste von sechs Schicksalsjahren im 20. Jahrhundert. Ob dieses Jahrhundert ohne 1914 einen anderen Weg genommen hätte? Darüber werden sich noch Generationen von Historikern und Politologen streiten. Als Grundlage dafür liefern wir ein paar Zitate.

„Ich habe alles reiflich geprüft und erwogen.“

Dieser Satz des österreichischen Kaisers war der Startschuss zum Ersten Weltkrieg am 28. Juli 1914. Ob er sich wirklich aller Konsequenzen dabei bewusst war?

„Nach reiflicher Erwägung werden gewöhnlich die größten Schandtaten begangen.“

Der weltberühmte österreichisch-amerikanische Biochemiker Erwin Chargaff trifft den Nagel auf den Kopf.

„Der Erste Weltkrieg ist aus einem entsetzlichen Mangel an Phantasie entstanden.“

Franz Kafka, stiller als Karl Kraus, aber nicht weniger kritisch.

„Ich habe es nicht gewollt."

Mit diesem Zitat wollte der deutsche Kaiser Wilhelm II. nachträglich die Verantwortung für den Ersten Weltkrieg relativieren. Wurde von deutschen Historikern fälschlicherweise Kaiser Franz Joseph zugeordnet.

„Für Gott, Kaiser, Vaterland."

Schlachtruf vieler Tausender Soldaten im Ersten Weltkrieg. Vorläufer der „Sager" des 20. Jahrhunderts; lange vor dem Zeitalter der Spindoctors.

„Der Menschheit scheint die Kugel nicht nur im Ersten Weltkrieg bei einem Ohr hinein- und beim anderen hinausgeflogen zu sein."

Der schärfste Kritiker des Ersten Weltkrieges, Karl Kraus.

„Tag der deutschen Nation"

Mit dieser Schlagzeile begrüßte der legendäre erste Chefredakteur der „Arbeiter-Zeitung", Friedrich Austerlitz, am 5. August 1914 den Ersten Weltkrieg.

Familie

Bei den Zitaten über die Familie leben sich die Spötter aus – allen voran Karl Kraus.

„Das Wort ‚Familienbande' hat einen Beigeschmack von Wahrheit."

Von Karl Kraus. Dabei hatte er gar keine eigene Familie.

„Das Familienleben ist ein Eingriff ins Privatleben."

Noch böser und ehrlicher – siehe oben.

„Wer sich in Familie begibt, kommt darin um."

Heimito von Doderer 1964 im seinem Buch „Repertorium".

„Die Kleinfamilie ist die Keimzelle im Staatsgefängnis."

Umtextung des bekannten gesellschaftspolitischen Leitsatzes „Die Familie ist die Keimzelle des Staates" vom steirischen Schriftsteller Günther Eichberger, geboren 1959, Theodor-Körner-Preisträger.

„Wir sind ja ein Land, wo es in den Familien schon mehr Hunde und Katzen gibt als Kinder."

Der Chef der Bundeskammer Christoph Leitl zur demographischen Entwicklung Österreichs.

Feind

Der Österreicher und Feinde? Wir waren zwar an zwei Weltkriegen wesentlich beteiligt, gelten landläufig aber als konfliktscheu und gemütlich.

„Politik ist die Festlegung des Feindes."

Der einstige SPÖ-Vordenker Egon Matzner, Carl Schmitt, den Kronjuristen Adolf Hitlers, zitierend.

„Die offene Gesellschaft und ihre Feinde."

Titel des grundlegenden Werkes des österreichisch-englischen Philosophen Sir Karl Popper.

„Gespräch der Feinde"

Buchtitel und Lebensinhalt des katholischen Intellektuellen Friedrich Heer, dessen Leben ein Bekenntnis zum intellektuellen Disput als Chance eines Dialoges zwischen gegensätzlichen Weltanschauungen war.

„Wer keine Feinde hat, der muss sich welche schaffen."

Richard „Staberl" Nimmerrichters Devise, wissend, dass man davon gut leben, zumindest schreiben kann.

„Sie kennen ja die Steigerung: Feind, Todfeind, Parteifreund!"

Walter Fremuth, einst Generaldirektor der (verpolitisierten) Verbundgesellschaft.

„Diese Feindschaft auch gegen die eigene Person ist in Österreich allgegenwärtig."

Erwin Ringel, „Psychiater der Nation", ein echter Aufreger seiner Landsleute, über das Seelenbild des Österreichers.

„Wir haben keinen größeren Feind als uns selbst."

Der weise Peter Rosegger in „Wahrheiten und Weisheiten".

„Eine gescheite Frau hat Millionen geborener Feinde: alle dummen Männer."

Sie muss es wissen: Marie von Ebner-Eschenbach.

„Ein erkannter Feind bringt weniger Gefahr als ein verkannter Freund."

Elfriede Hablé – österreichische Schriftstellerin.

Fernsehen

Nicht für Leser, aber für andere der Mittelpunkt des (abendlichen) Lebens. Daher sollten unsere Leser wenigstens wissen, was sich dort abspielt.

„Das Fernsehen ist die größte Trottelzuchtanstalt der Geschichte."

Jörg Mauthe. Er muss es ja wissen, war er doch viele Jahre dort, bevor es ihn in die Wiener Stadtpolitik zog, wo er nachhaltige Spuren hinterließ.

„Rein kommerzielles Fernsehen ist das Lebensgefährlichste unserer Gesellschaft."

Nicht vom US-Kulturpessimisten Neil Postmann, nein, von Gerd Bacher – aber der sah sich auch gerne in dieser Rolle.

„Privates Fernsehen ist erwiesenermaßen nicht schädlich oder gar gefährlich."

Der aus Wien gebürtige Münchner Filmhändler Herbert Kloiber, Miteigentümer von ATV, Nachfolger des „Nudlaug"-Senders W 1, Österreichs einzigem landesweiten kommerziellen Fernsehen.

„Wahrscheinlich wäre es für die Welt besser, wenn es kein Fernsehen gäbe."

Von einem, der mit dem Fernsehen noch populärer als mit dem Medium Bühne und Film geworden ist: Peter Alexander.

„Fernsehen ist keine Kanzel."

Robert Hochners kluge Selbsteinschätzung seiner Aufgabe als Fernsehmoderator. Sehen nicht alle im ORF so.

„Wenn Fernsehen von Mächtigen für Mächtige gemacht wird, verliert es seinen Sinn."

Claus Gatterer, einer der mutigsten Dokumentationsjournalisten im ORF. Nach ihm wurde der angesehendste Journalisten-Preis benannt.

„Fernsehen ist mehr Organisation, mehr Transpiration als Inspiration."

Martin Traxl, Anchorman der „Zeit im Bild", über den Unterschied zwischen den Medien Radio und Fernsehen.

„A neicha Senda, Nudlaug!"

Populistische, aber letztlich doch verunglückte Werbekampagne zum Start des ersten privaten TV-Senders W 1 im Frühjahr 1997.

„Privat-TV in Österreich ist in meinen Augen eine Geldvernichtungsmaschine."

Gerhard Zeiler, RTL-Chef in Köln und vormaliger ORF-Generalintendant. Der muss es wohl wissen.

„Beim Privatfernsehen stehen in der Regel vor der Kamera Holländer und hinter der Kamera Österreicher."

Aus einem Bericht über die Österreichischen Medientage des Manstein Verlages. Hält seit Helmuth Thoma an.

„Rheumadecken-TV"

RTL-Boss Thoma ebenso abschätzig über Fernsehsender, deren Publikum mehrheitlich über 50 Jahre alt ist, also etwa das ZDF, aber auch ORF 2.

„Prolo-TV"

Hans Rauscher zur gesellschaftlichen Übereinkunft, wonach „Big Brother" die Intimsphäre abgeschafft habe.

„Im Seichten kann man nicht ertrinken."

Der Obige zum Vorwurf, das von ihm imitierte RTL-Programm – mit Sex und Schrillem überaus erfolgreich – sei seicht.

„Mir ist das elektronische Hochland von Tibet lieber als das Tiefland von Luxemburg."

Aus einem Vortrag Gerd Bachers: „Reminiszenzen eines dreifachen Generalintendanten", mit einem Schlenzer auf den eben Zitierten.

„Das Programm muss aus den Hoden kommen."

Ernst Wolfram Marboe, eigenwilliger, aber nicht unerfolgreicher Fernsehintendant, mit direktem Zugang zum Programm.

„Unterhaltung im TV ist in der Regel schwachsinnig."

Michael Heltau setzt in „TV-Media" 27/98 noch einen drauf.

„Die Anspruchsvollen erst in der Schlafenszeit zu bedienen, ist auch eine Art der Kulturverweigerung ..."

Der einstige ORF-Chef Gerd Bacher in einem Disput über die Programmierung des öffentlich-rechtlichen Fernsehens unter seinem früheren Mitarbeiter und späteren Nachfolger Gerhard Weis.

Feuilleton

Einst das literarische Schmuckblatt mancher Qualitätszeitungen, ist es durch allgemeine Hektik auf beiden Seiten, bei den Verfassern wie bei den Lesern, schwer beschädigt worden. Ganz unbestritten war es aber nie – wie die folgenden Zeilen zeigen:

„Ein Feuilleton schreiben heißt, auf einer Glatze Locken drehen."
Vom Altmeister der Journalistenkritik: Karl Kraus.

„Ein Feuilleton ist ein Nichts, aber in Seidenpapier."
Der kongeniale Zeitgenosse von Kraus Alfred Polgar.

„Das Wesen des Feuilletonismus: die augenblickliche Wirkung in jedem Fall höher werten als Sachlichkeit, Wahrheit und Folge."
Arthur Schnitzler, „Buch der Sprüche und Bedenken".

„Das Feuilleton ist die Unsterblichkeit eines Tages."
Ludwig Speidel, aus Ulm stammend, wurde in Wien zum führenden Theater- und Opernkritiker der „Neuen Freien Presse".

Figl

Kaum ein Politiker der Zweiten Republik war volksverbundener als der studierte Bauer aus dem Tullner Feld. Für seine politische Gesinnung nahm er viel in Kauf, etwa die Haft im KZ Dachau. Figl verstehen heißt aber, die Zeit nach 1945 verstehen.

„Ich kann euch zu Weihnachten nichts geben. Ich kann euch für den Christbaum, wenn ihr überhaupt einen habt, keine Kerzen geben. Kein Stück Brot, keine Kohle zum Heizen, kein Glas zum Einschneiden. Wir haben nichts. Ich kann euch nur bitten, glaubt an dieses Österreich!"
Leopold Figls immer wieder gespielte, berührende Weihnachtsrede 1945, von der es allerdings kein Tondokument gibt; sie wurde viel später, 1965, aufgezeichnet.

„All diese Scheußlichkeiten sind jenseits der Grenze erdacht worden."
Bundeskanzler Leopold Figl am 10. Jahrestag der Pogrome am 9. November 1948 in der Wiener Kultusgemeinde.

„Ohne Figl gäbe es keine Nation, kein Österreich."

Figl-Nachfolger Erwin Pröll anlässlich des 100. Geburtstages des ersten Kanzlers der Zweiten Republik am 15. Mai 2002 in der Wiener Hofburg.

„Ich kann mir nicht vorstellen, dass Leopold Figl mit vermummten Demonstranten die Republik hätte aufbauen können."

Erwin Pröll ebendort.

Film

Nicht unbedingt ein Genre, in dem wir heute erfolgreich sind. Aber in der Geschichte dieses Mediums haben etliche Österreicher tiefe Spuren hinterlassen – und zwar nicht nur Billy Wilder.

„Es war mein Glück, zur richtigen Zeit dazugekommen zu sein, als der Tonfilm den Stummfilm ablöste."

Paula Wessely, wie immer ihre Stärke herabspielend.

„Es ist schwer, aus einem schlechten Drehbuch einen guten Film zu machen. Umgekehrt ist es schon einfacher."

Die aus Alt-Österreich stammende Regie-Legende Billy Wilder.

„Der dritte Mann"

Titel jenes weltbekannten Filmes von Orson Welles, der Wien nach dem Zweiten Weltkrieg in die Schlagzeilen brachte. Die Leitmelodie, gespielt von Anton Karas auf der Zither, wurde ebenfalls zum Synonym für die zerbombte Stadt an der Donau. Vorlage für den Film war der gleichnamige Roman des englischen Bestsellerautors Graham Greene.

„Film ist mein Leben. Ich bin ein Getriebener dieses Berufes."

Stammt von dem in St. Pölten geborenen Schauspieler und Filmregisseur Bernhard Wicki, der mit seinem Erstling „Die Brücke" einen der wichtigsten Antikriegsfilme drehte.

„Selbst meinen schlechtesten Film habe ich in der Absicht gemacht, dass er gut wird."

Filmprofessor Franz Antel, nachdem er mit „Der Bockerer III" nur einen müden Abklatsch dieser anfänglich originären Thematik geliefert hatte.

FPÖ

Die klassische „dritte Kraft“ wurde unter Haider zeitweise zur zweiten Kraft. Daher beschäftigen sich die Zitate auch mehr mit dieser Zeit.

„Die FPÖ ist eine Idee, die lässt man sich nicht von Schwächlingen kaputt machen.“

Jörg Haider in einem „Format“-Interview zum Jahresabschluss 2002, in dem er mit Riess-Passer, Grasser und Westenthaler abrechnet.

„Die Haider-Wähler repräsentieren doch genau jenen Typus des mit allen sozialen Privilegien ausgestatteten Arbeiters und Angestellten, den er als Erstes abschaffen will.“

Politisch treffliche Analyse von keinem innenpolitischen Journalisten, sondern von Claus Peymann. Da sage noch einer, der kennt sich in Österreich nicht aus.

„Den Leuten geht's gut, die wohnen im Sozialbau mit einer Frührente, schimpfen auf die SPÖ und wählen die FPÖ.“

Wie Peymann, nur in anderer Sprache aus der SPÖ-Sektion 15 in Wien. Aus einer Reportage aus der „Presse“ vom 15. 2. 2000.

„Wir sind eine normale Partei. Alle, die normal sind, sehen das auch so.“

Die amtierende FPÖ-Chefin Susanne Riess-Passer nach dem Ende der Sanktionen in der Zeitschrift „Format“.

„Schluss mit der Deutschtümelei!“

Jörg Haider einmal anders. Damit wollte er die FPÖ auf neuen Kurs bringen und den nationalen Touch seiner Partei übertünchen.

„Die Ergüsse der FPÖ gehören nicht ins Parkett der Gesellschaft, sondern ins Pissoir der Geschichte.“

Der Schriftsteller Doron Rabinovici, eifriger Organisator des Widerstandes gegen Schwarz-Blau.

„Im ORF wird die FPÖ die Widerstandsnester beseitigen.“

Haider beim Neujahrstreffen 2001 der FPÖ. Wurde von seinem Gefolgsmann Westenthaler sofort übernommen.

Franz Joseph I.

Beim längst dienenden Habsburger scheiden sich die Geister. Die einen sehen in seiner absolutistischen Starrheit den Todestrieb für die Monarchie, die anderen meinen, nur er hätte so lang die unterschiedlichen Strömungen zusammengehalten. Lassen wir die Zitate sprechen:

„Es war sehr schön, es hat mich sehr gefreut."

Der ritualisierte Abschiedsgruß von Kaiser Franz Joseph bei allen Veranstaltungen. Wird sehr unterschiedlich beurteilt. Die einen finden ihn genial simpel und für alle Situationen verwendbar, für kritische Geister ist er rhetorischer Ausfluss eines schlicht gestrickten Menschen.

„Mir bleibt wirklich nichts erspart."

Selten musste ein Mann derart viele Schicksalsschläge erleiden wie Franz Joseph: Frau und Thronfolger durch Attentat, den Sohn durch Selbstmord verloren. Nach verbreiteter Ansicht soll diesen Satz Kaiser Franz Joseph gesprochen haben, es konnte jedoch kein Beleg dafür gefunden werden. Wurde dem Kaiser durch Karl Kraus in der „Fackel" in den Mund gelegt.

„Der Allmächtige lässt sich nicht herausfordern. So hat er die Ordnung wiederhergestellt, die ich leider nicht zu erhalten vermochte."

Kaiser Franz Joseph, als ihm die Todesnachricht aus Sarajevo überbracht wurde.

„Ich bin ein Pechvogel."

Kaiser Franz Joseph ungewohnt selbstkritisch 1871, als er in der Auseinandersetzung zwischen Deutschland und Frankreich auf einen raschen Sieg der Franzosen gesetzt hatte.

„Vergessen Sie nicht, ich bin ein deutscher Fürst."

Antwort von Kaiser Franz Joseph auf das Angebot des französischen Botschafters, 1870 mit Frankreich gegen Preußen in den Krieg zu ziehen.

„Ich bin der letzte Monarch der alten Schule. Meine Aufgabe als Kaiser ist es, meine Völker vor ihren gewählten Politikern zu schützen."

Franz Joseph voll Stolz 1910, dass er der letzte absolutistisch herrschende Monarch Europas war.

„In Europa gibt es überhaupt nur einen interessanten Politiker, den Kaiser von Österreich."

Theodor Roosevelt, Präsident der Vereinigten Staaten, nach einem Besuch bei Franz Joseph am 15. April 1910 in Wien. Nachsatz:

„Fünf Minuten länger mit dem Kaiser von Österreich, und ich wäre für die Monarchie."

Der Respekt war übrigens gegenseitig, wie das nächste Zitat von Franz Joseph über Roosevelt belegt:

„Hätte ich nur fünf Minuten länger mit ihnen gesprochen, und ich wäre für die Demokratie."

„Er soll bei mir vergessen, dass er regieren muss."

Die Burgschauspielerin Katharina Schratt, die Lebensfreundin und „heimliche Ehefrau" des Kaisers.

Frauen

Ein schwieriges Kapitel! Was werden die weiblichen Leser dazu sagen?

„Sie war der einzige Mann im ÖMV-Vorstand."

Urteil eines Insiders über die spätere Nationalbankpräsidentin Maria Schaumayer als Finanzvorstand der staatlichen Ölgesellschaft.

„Als eine Frau lesen lernte, trat die Frauenfrage in die Welt."

Politischer Aphorismus einer engagierten Frau: Marie von Ebner-Eschenbach.

„Jede Stimme ist wichtig, auch wenn's die einer Frau ist."

Umstrittener Satz des Wiener ÖVP-Obmannes Alfred Finz bei seinem Wahlkampfeinsatz 2002.

„Die Frau ist da, damit der Mann durch sie klug werde."

Karl Kraus, wie immer bei Frauen, zynisch.

„Man kann eine Frau nicht hoch genug überschätzen."

Da schlägt der Macho im Karl Kraus nochmals voll durch.

„Das einzige Problem der Frau ist: wie mache ich aus einem Windhund einen Neufundländer."

Karl Farkas.

„Von den Frauen siegt nicht die, die nachrennt, nicht die, die davonrennt, sondern siegt die, die wartet.“

Überraschender Autor des Zitates: Elias Canetti, Nobelpreisträger für Literatur.

„Gnädige Frau, für platonische Liebe bin ich impotent.“

Aus der „Tante Jolesch“. Wird dem Herausgeber des „Prager Tagblattes“, Rudolf Keller, zugeschrieben, der so die Avancen einer Dame abwehrte, die nur eine freundschaftliche Beziehung wünschte.

„Wie die Frau ist? Ich weiß es nicht.“

Sigmund Freud zu diesem Thema. Da nützt auch kein lebenslanges Forschen. Wird gern vom Kabarettisten Bernhard Ludwig zitiert.

„Die Frauen sind gelandet. Viele mit Paragleitern, manche mit der Concorde.“

Helmut A. Gansterer in einem Essay über „Powerfrauen“.

Frieden

Endlich ein Thema, wo wir unser Licht hinter den Scheffel stellen müssen – zumindest was unsere Frauen betrifft.

„Die Waffen nieder!“

Berta von Suttners epochales Elaborat gegen den Krieg; war die Basis für den Friedensnobelpreis 1905.

„Der nächste Krieg wird von einer Furchtbarkeit sein wie keiner seiner Vorgänger.“

Suttner dachte nur an den heraufziehenden Ersten Weltkrieg. Ein weiterer Weltkrieg war selbst für sie unvorstellbar.

„Wir müssen für den Frieden Kriege führen.“

Eine Generation später, auch ein mahnendes Gewissen: der österreichische Philosoph im britischen Exil, Sir Karl Popper.

„Einer muss den Frieden beginnen wie den Krieg.“

Von keinem Politiker, keinem Militär, nein, von einem weltberühmten Schriftsteller: Stefan Zweig

„Der Friede beginnt im eigenen Haus.“

Einer der bemerkenswertesten Denksprüche des Katholiken Rudolf Kirchschläger.

„Wer den Frieden will, muss ihn suchen."

Anton Benya – Alt-ÖGB-Chef und Symbol für gelebte Sozialpartnerschaft – zum Konfrontationskurs der schwarz-blauen Regierung.

„Die wahren Sieger sind die, die den Frieden gewinnen."

Rudolf Kirchschläger, Bundespräsident und Mahner.

„Ein scheinbarer Friede ist für mich schlimmer als ein gut ausgetragener Konflikt."

Landeshauptmann Erwin Pröll nach dem Temelin-Gipfel zwischen Bundeskanzler Schüssel und dem tschechischen Ministerpräsidenten Miloš Zeman im Stift Melk.

Friseure

Ein eigenes Kapitel über die Friseure? Sie werden staunen, was dieser Berufsstand leistet, für ein Zitatenbuch – wohlgemerkt.

„Vor dem Friseur sind alle gleich."

Karl Kraus in der „Fackel" Nr. 287. Ob er da auch an die Glatzköpfe gedacht hat?

„Der Friseur erzählt Neuigkeiten, wenn er bloß frisieren soll. Der Journalist ist geistreich, wenn er bloß berichten soll. Das sind zwei, die höher hinauswollen."

Nochmals Karl Kraus, wieder bös der eigenen Zunft gegenüber.

„Ich bin doch kein Friseur!"

Der Dirigent Nikolaus Harnoncourt, nachdem er von einer Journalistin als „Maestro" angesprochen wurde.

„Viktor Klima schaut aus wie einer, der in Wien drei Friseursalons betreibt."

Der bayrische Dramatiker Franz Xaver Kroetz, der auch schon in seiner Heimat gegenüber Politikern viel deftigen Spott abgesondert hat.

„Wissen Sie, wer diesmal die meisten Bankbilanzen macht? Die Brüder Bundy – weil heuer brauchen s' einen guten Friseur dabei."

Der einstige CA-Generaldirektor Hannes Androsch im Jahr 1991.

Gastarbeiter

Dieses Stichwort darf in einer derartigen Sammlung nicht fehlen. Ohne diese Menschen hätten wir große Teile unseres heutigen Wohlstandes nicht. Zumindest in Worten wollen wir Dank sagen.

„Wir riefen Arbeitskräfte, und es kamen Menschen.“

Oft zitiert, meist ohne Quelle: der bemerkenswerte Satz stammt vom ebenso bemerkenswerten Schweizer Dichter Max Frisch.

„Ich haaß Kolaric, du haaßt Kolaric, warum sogn s' zu dir Tschusch?“

Legendäre Plakatwerbung aus dem Jahr 1973, um den Österreichern, speziell den Wienern, die ein einmaliger kultureller Mischmasch sind, den Fremdenhass auszutreiben. Urheber waren Carl Merz und Helmut Qualtinger in einem ihrer legendären Dialoge „Travnicek und das neue Wien“.

„Ich heiß Hojac,
Du heißt Hojac.
Warum sagen's zu Dir Westenthaler?“

Auf einem Protestplakat, anspielend darauf, dass sich Peter Hojac (späterer FPÖ-Generalsekretär) in Westenthaler umbenennen ließ.

„Wir leben mit Fremden unter einem Dach und zünden es nicht an.“

Wiens Exbürgermeister Helmut Zilk zum zweifelhaften Verdienst der Wiener, keine Fremdenasyle wie in Deutschland anzuzünden.

„Wie viel Ausländer verträgt Feldbach noch?“

Aus einem Flugblatt der FPÖ-Steiermark mit der Abbildung einer Imbissstube, die am nächsten Tag brannte.

„Wir müssen Gastarbeiter beschäftigen, viele Tausend aus der Steiermark.“

Leopold Wagner, Kärntens Landeshauptmann von 1974 bis 1988.

Gefängnis

Kurz und bündig wollen wir auch dieses Thema festnageln.

„Die gefängnislose Gesellschaft“

Vision des SPÖ-Justizministers im Kabinett Kreisky, Christian Broda. Wurde oft zitiert und ebenso oft verspottet.

„Freund der Häfenbrüder“

Spottname der Opposition für Broda.

„Wenn ich aus dem Mörder einen Dieb machen kann, dann ist das für die Gesellschaft besser, als ich mache aus einem Dieb einen Sängerknaben.“

Der legendäre Direktor der Strafanstalt Stein, Hofrat Karl Schreiner, über seinen umstrittenen Weg der Resozialisierung von „schweren Burschen“.

„Die Strafen dienen zur Abschreckung derer, die keine Sünden begehen wollen.“

Karl Kraus in der „Fackel“ Nr. 259.

Geld

Dass Geld in unserem Leben eine große Rolle spielt, braucht nicht betont werden. Spielt es aber auch in den Zitaten diese Rolle? Lesen Sie selbst.

„Wer Geld hat, kommt nach Österreich, wer keines hat, ist schon hier geboren.“

Könnte von Nestroy sein, ist aber von Karl Farkas und damit nicht weit gefehlt.

„Die Phönizier haben das Geld erfunden – aber warum so wenig?“

Vom ersten Spötter der Nation: Johann Nepomuk Nestroy.

„Wenn ich Geld sage, meine ich jene Materie, die auf dem Weg zum Finanzamt flüchtig unsere Finger streift.“

Nochmals: Karl Farkas.

„Es genügt nicht, dass man reich ist, man muss auch Geld haben.

Stammt von Karl Farkas und wurde gerne vom Industriellen Manfred Mautner-Markhof zitiert.

„Reich ist jemand, der gar nicht mehr arbeiten muss.“

Alois Guger, Einkommensexperte beim WIFO, dem Wirtschaftsforschungsinstitut.

„Es gibt dreierlei Menschen, die kein Geld haben: die Verschwender, die Geizigen und die Armen.“

Von einem, der vom Geld anderer lebte: Peter Altenberg.

„Deine Sorgen und dem Rothschild sei' Geld möcht i haben."

Geflügeltes Wort, das auch im heutigen Sprachschatz zu finden ist, obwohl die Spuren des einst reichsten jüdischen Bankhauses der Monarchie kaum mehr zu finden sind.

„Erst kommt das Geld, dann die Ideologie."

Finanzminister Lacina, ideologisch klar positioniert, nahm bei Brecht eine Anleihe: „Erst kommt das Fressen, dann die Moral."

„Das Geld ist eines der großartigsten Werkzeuge der Freiheit, die der Mensch erfunden hat."

Friedrich von Hajek (1899–1992), österreichischer Nationalökonom und Nobelpreisträger.

„Politiker sind eine Gefahr. Sie verstehen nichts vom Geldverdienen, sondern nur vom Geldausgeben."

Biochemie-Chef Heinrich Scherfler an die Adresse der heimischen Politik.

„Geldausgeben – das ist das, was die Sozis können."

ÖVP-Klubobmann Andreas Khol, dabei allerdings eine Anleihe bei einem prominenten Vorbild nehmend: Konrad Adenauer.

„Beim Geld hört sich die Gemütlichkeit auf."

Hört sich österreichisch an. Stammt aber vom preußischen Bankier David Hansemann; durch Bankpleiten und Zusammenbrüche der diversen Währungen oftmals bestätigt.

„Geld ist schamloser, als man glaubt."

Der Industrielle Norbert Zimmermann auf die Frage, ob ausländische Investoren Österreich unter einer schwarz-blaue Koalition meiden würden.

„Geld ist wie Dünger. Es muss vernünftig angelegt werden, um der Gesellschaft zu dienen."

Stammt von einem berühmten Auslandsösterreicher: Frank Stronach.

„Geld ist nicht so wichtig. Darum ist es völlig egal, ob ich nun 50 oder 70 Millionen Dollar besitze."

Arnold Schwarzenegger lebt ganz offensichtlich in anderen Sphären.

„Es gibt nichts Grauslicheres als eine Menschenschlange vor der Bank, die sagt: ‚Ich will mein Geld.'"

RZB-Chef Walter Rothensteiner über Banken mit Liquiditätsproblemen.

„Welchen Wert hat schon der Stephansdom."

Antwort von Baron Louis Rothschild 1938 im Gestapo-Verhör auf die Frage, wie reich er sei.

Genie

Dafür, dass wir zu überdurchschnittlichen Begabungen ein eher skeptisches Verhältnis haben, ist das Reservoir an Zitaten reich. Aber es liegt ja in unserer Mentalität, uns speziell über unsere Schwächen lustig zu machen.

„In Österreich wird zwar gelegentlich ein Genie für einen Lümmel, aber niemals, wie anderswo, auch schon ein Lümmel für ein Genie gehalten."

Solch ein Satz fällt nur einem Robert Musil ein, neben Joseph Roth wohl der beste Kenner der österreichischen Seele.

„Das Talent wird, das Genie ist."

Von einem Bemerkenswerten: dem Schriftsteller Josef Weinheber.

„Das Genie entdeckt die Frage, das Talent beantwortet sie."

Auch eine Schriftstellerweisheit: Karl Heinrich Waggerl.

„Genie besteht immer darin, dass einem etwas Selbstverständliches zum ersten Mal einfällt."

Der Schriftsteller Hermann Bahr, u. a. erster Dramaturg am Wiener Burgtheater.

„Wenn einer einfach ist, kann man schon sicher sein, dass sich seine Genialität in Grenzen hält."

Stammt von keinem Einfachen: Gerd Bacher.

„Nicht das Genie ist 100 Jahre seiner Zeit voraus, sondern der Durchschnittsmensch ist um 100 Jahre hinter ihr zurück."

Stammt nicht aus dem 21., sondern aus dem frühen 20. Jahrhundert. Und ist von Robert Musil.

„Die perfekte Karriere eines echt österreichischen Genies sieht so aus: Zu Lebzeiten wird nix aus ihm, und nachher erst recht nix."

Günther Nenning über den großen österreichischen Dichter, Roman- und Theaterschriftsteller Alexander Lernet-Holenia.

„Manche Talente bewahren ihre Frühreife bis ins späte Alter.“
Bei Karl Kraus muss man immer rechnen, dass es nicht positiv gemeint ist.

„Das hat ka Goethe gschriebn, das hat ka Schiller dicht, ’s ist von kan Klassiker, von kan Genie …“
Refrain eines der meistgesungenen Wiener Lieder; zählte auch zu den Favorits von Kronprinz Rudolf, dem es sein Leibfiaker Bratfisch darbot.

„Franz Kafka war ein Dichter, wie man sich ihn vorstellt. Blass und schmal, zart und hochneurotisch, eben ein Genie.“
So beschreibt ihn Günther Nenning.

„Wer Humor hat, der hat beinahe schon Genie. Wer nur Witz hat, der hat meistens nicht einmal den.“
Der schreibende Arzt Arthur Schnitzler.

„Peter Altenberg ist ein Genie der Nichtigkeiten.“
Das Urteil wiegt: es ist von Franz Kafka.

„Nicht das ist das Genie, welches alles kann, sondern das ist’s, welches weiß, was man nicht kann!“
Heute zu Unrecht vergessen: Ferdinand Kürnberger (1821–1879).

„Je lauter jemand pöbelt, umso mehr gilt er als Mediengenie.“
Burgtheaterchef Klaus Bachler über seinen Vorgänger Peymann.

Geschichte

Mit der Geschichte, vor allem der eigenen, schlagen wir uns seit Jahrhunderten herum. Das Bild, das wir von ihr malen, ist ein höchst subjektives. Trotzdem ist es für den Beobachter interessant, wie es sich hinter den Kulissen der „Weltgeschichte“ so abspielt.

„Wie sich der kleine Moritz die Weltgeschichte vorstellt, genauso ist sie.“
Wird oft Karl Kraus in den Munde gelegt, ist aber von einem kongenialen Spötter dieser Zeit: Anton Kuh.

„Die Geschichte hat uns vom Humanismus über den Nationalismus zur Bestialität geführt.“
Visionäres von Franz Grillparzer, das 20. Jahrhundert in allen Schrecken voraussehend.

„Der Untergang Österreichs war eine der katastrophalen Humorlosigkeiten der Weltgeschichte."

Friedrich Torberg in „Die Tante Jolesch oder Der Untergang des Abendlandes in Anekdoten".

„Lernen Sie Geschichte, Herr Reporter!"

Daraus spricht der andere Charakter von Bruno Kreisky im Umgang mit den Medien. Traf den damaligen Chef der TV-Innenpolitik und einstigen „AZ"-Redakteur Ulrich Brunner völlig ungerecht. Aber für eine Pointe setzte der Journalistenkanzler auch alte Loyalitäten aufs Spiel.

„Wir wollen und müssen aus der Geschichte lernen."

Kardinal Franz König 1998 als Festredner der Salzburger Festspiele, sechzig Jahre nach der nationalsozialistischen Machtergreifung.

„Die Zeitgeschichte ist mit der Lüge infiziert wie eine Hure mit der Syphilis."

„Cato", alias Hans Dichand, 1995 zur Ausstellung „Verbrechen der Wehrmacht", allerdings Arthur Schopenhauer zitierend.

„Es gibt Druckfehler der Weltgeschichte, die sich hartnäckig als Wirklichkeit behaupten."

Wieder einmal nicht von Karl Kraus, sondern Anton Kuh.

„Die größten Verbrechen der Geschichte sind von den Verfechtern des Wahren und Guten verübt worden, nicht von den Skeptikern und Nihilisten.

Der Philosoph Rudolf Burger bei der Verleihung des Österreichischen Staatspreises für Kulturpublizistik 2000.

„Zur Geschichte der österreichischen Mitmenschlichkeit gehört untrennbar eine Geschichte der österreichischen Unmenschlichkeit."

Von Friedrich Heer, einem visionären Denker und Schriftsteller.

„Die Geschichte lehrt dauernd, aber sie findet keine Schüler."

Ingeborg Bachmann, zu früh aus dem Leben geschiedene österreichische Schriftstellerin von Weltformat.

„Die Geschichte macht ihre Angebote nur einmal."

Leider von keinem Österreicher, wird aber gerne hierzulande zitiert. Stammt von Deutschlands Außenminister Hans Dietrich Genscher.

„Die Österreicher sind Sklaven einer Geschichte, die sie nicht kennen."

Wohl einer der bemerkenswertesten Sätze des Schriftstellers Gerhard Roth.

„Es gibt in Österreich eine ganze Generation, von der ich nicht weiß, wie sie über die eigene Geschichte denkt."

Raul Hilberg, geboren in Wien, musste als 13-Jähriger vor den Nazis fliehen und wurde in den USA einer der anerkanntesten Historiker jüdischer Geschichte.

„Eine Gesellschaft, die derart im Unfrieden mit ihrer jüngsten Geschichte lebt, kann kaum zu sich selbst finden."

Hans Werner Scheidl in der Tageszeitung „Die Presse" zum Umstand, dass der Ottokar-Kernstock-Platz auf Antrag der Wiener SPÖ umbenannt wurde, während Dr. Renner trotz seines Aufrufes, im April 1938 mit JA zu stimmen, weiter hoch geehrt wird und seinen „Dr.-Karl-Renner-Ring" behalten darf.

„Die österreichische Geschichte in der Lesart, in der sie die Mehrzahl der Österreicher hören wollen, ist eine Aneinanderreihung von Verfälschungen und Lügen."

Erwin Ringel, „Staatspsychiater", 1989 in der „Wochenpresse".

„Wir entschulden uns nicht vor der Geschichte, deshalb können wir uns auch nicht entschuldigen."

Bundeskanzler Wolfgang Schüssel im Parlament in der Debatte über die Entschädigungszahlungen.

„Geschichtslosigkeit ist wie Alzheimer."

Der frühere Präsident des PEN-Clubs, der Schriftsteller Alexander Giese.

„Geschichte wurde in Österreich wie im Parlament verhandelt."

Der Zeitgeschichtler Gerhard Botz über die großkoalitionäre Aufarbeitung der Geschichte der Ersten Republik unter Bruno Kreisky und Hertha Firnberg.

„Es mag tröstlich sein, dass über alles Gras wächst, was Geschichte war; aber dass sie darunter erhalten bleibt, mag vielleicht ebenso tröstlich sein."

Der Politiker, Dramaturg und Schriftsteller Jörg Mauthe.

„Die Hunde bellen, die Karawane der Weltgeschichte zieht weiter."

Einer der Lieblingssätze zweier kontroversieller Männer: Otto Schulmeister und Bruno Kreisky.

Gewalt

Die Gewalt spielte gerade im 20. Jahrhundert eine große Rolle. Dementsprechend breit ist die Streuung der Autoren.

„Der Preis für Vereinfachung ist Gewalt."

Der prominente Exil-Österreicher und Psychiater Friedrich Hacker in seinem Buch „Aggression". Der „Standard" zitierte ihn, auf Haider und Westenthaler anspielend.

„Wer zur Gewalt greift, ist der Gefangene der Gewalt."

Der Führer der Austromarxisten, Otto Bauer, auf dem Linzer Parteitag 1926. Wurde von beiden Lagern ignoriert.

„Gewalt ist kein Ausdruck von Meinung."

Wiens Bürgermeister Michael Häupl angesichts der Gewaltausbrüche von Opernballdemonstranten.

„Für gewöhnlich stehen nicht die Worte in der Gewalt der Menschen, sondern die Menschen in der Gewalt der Worte."

Hugo von Hofmannsthal, ein besonders feiner Menschenbeobachter, dem die Geschichte des 20. Jahrhunderts leider Recht gegeben hat.

Gewerkschaft

Nicht nur, weil die Gewerkschaft 2003 im Konflikt um die Pensionsreform ein starkes Lebzeichen gegeben hat, ist sie ein Kapitel wert. Hier nur ein kleiner Ausschnitt.

„Gewerkschaft und Partei sind siamesische Zwillinge."

Dieser Ausspruch Viktor Adlers aus dem Jahr 1907 hielt nicht immer uneingeschränkt bis ins 21. Jahrhundert.

„Alle Räder stehen still, wenn dein starker Arm es will."

Vom deutschen Lyriker Georg Herwegh, die „eiserne Lerche der Revolution" genannt. Wurde auch zum Slogan der österreichischen Arbeiterbewegung.

„Wer kämpft, kann verlieren, wer nicht kämpft, hat verloren."

Franz Olah, streitbarer Gewerkschaftschef, der mit seinen Bau-Holz-Arbeitern 1950 einen kommunistischen Putsch verhindert hat.

„Die Kühe darf man melken, aber nicht schlachten."

Legendäres Credo von ÖGB-Präsident Anton Benya über den Umgang mit der Wirtschaft.

„Die miteinander leben wollen, müssen bereit sein, miteinander zu reden."

Ebensolche Lebensweisheit des obersten Gewerkschaftschefs.

„Wenn das Arbeitslosenheer marschiert, dann brennt die Republik."

Der Gewerkschaftssekretär Rudolf Kaske am 28. 9. 2000 in einer heftig kritisierten (Über-)Reaktion auf das schwarz-blaue Sparprogramm.

„Heute darf's nicht mehr rauchen, aber die Räder müssen sich drehen."

Sepp Wille, mächtiger Gewerkschaftssekretär und Klubobmann der SPÖ im Parlament, nach der Auseinandersetzung um die Hainburger Au.

„Der einstmals starke Arm der Partei in den Fabriken."

Hans Werner Scheidl in der „Presse" zum schwindenden Einfluss des ÖGB in der SPÖ.

„Alles, was wir hinausschieben, wird in Zukunft noch schmerzlicher sein."

Der einst mächtige Gewerkschaftsführer Franz Olah zu seinem 85. Geburtstag.

„Undank ist der Weizer Welten Lohn."

Das „Wiener Journal" über die Rolle des vom SPÖ-Vorsitzenden Vranitzky massiv geförderten Frank Stronach gegenüber den Gewerkschaften.

Glauben

„Glauben heißt nichts wissen", sagt fast verächtlich das Sprichwort. Dass der Glaube mehr ist, belegen die folgenden Zitate.

„Glaube hat immer etwas mit Wirklichkeit zu tun."

Von einem Geistlichen, der zwangsweise mitten im Leben steht: Wiens Caritas-Präsident Michael Landau.

„Der Glaube hilft dem Menschen, ein Mensch zu sein."

Professor Hans Koren, bodenständiger steirischer Intellektueller mit Weitblick.

„Ich glaube von jedem Menschen das Schlechteste, selbst von mir, und ich habe mich noch selten getäuscht.“

Nestroy – wer sonst.

„Ich glaube an das Gute im Menschen. Ich verlasse mich aber auf das Schlechte in ihm.“

Alfred Polgar, eigentlich A. Polak, Schriftsteller und unvergleichlich genial-böser Kritiker.

„Nichts ist im Menschen, auch im scheinbar aufgeklärtesten, fester verwurzelt als der Glaube an irgendwelche Autoritäten.“

Egon Friedell, Schriftsteller, wählte 1938 den Freitod.

„Man hat uns alles genommen, nur eines kann man uns nicht nehmen – unseren Glauben.“

Kardinal Theodor Innitzer, enttäuscht von den Nazis, um deren gutes Einvernehmen er anfänglich bemüht war.

„Gaskammern? Ich halte mich da raus. Ich glaube alles, was dogmatisch vorgeschrieben ist.“

Der freiheitliche Abgeordnete Oberst (Graf) Gudenus auf die Frage des ORF-Journalisten Hanno Settele, ob Gaskammern für ihn eine historische Wahrheit seien. Kostete den streitbaren Adligen sein Mandat im hohen Haus.

„Reinen Unsinn zu glauben, ist ein Privileg des Menschen.“

Konrad Lorenz, Nobelpreisträger und Gründer der Wiener Biologenschule. Er beobachtete offenbar nicht nur die Graugänse genau.

Glück

„Das Glück ist a Vogerl“, heißt es in einem der populärsten Wienerliedern. Der weitere Text zeigt aber die Schwierigkeit im Umgang damit: „es lasst si schwer fangen, aber fortg'flog'n is glei“.

„Gott soll einen hüten vor allem, was noch ein Glück ist.“

Legendärer, tiefgründiger Ausspruch der Torberg'schen Tante Jolesch. Wurde oft, viel zu oberflächlich verwendet.

„Was macht der Dumme mit dem Glück.“

Von Bruno Kreisky oft kokettierend gestellte Frage. Sollte in Wirklichkeit den Glanz auf ihn lenken.

„Glücklich ist,
Wer vergisst,
Was doch nicht zu ändern ist."

Hedonistische Maxime aus der „Fledermaus", 2. Akt. Kann laut „profil" als die politische Formel der Zweiten Republik gelten, die sich in der Welt einmütig als erstes Opfer Hitlers stilisierte.

„Glück ist wie ein Maßanzug. Unglücklich sind meistens die, die den Maßanzug eines anderen tragen möchten."

Der weltberühmte Dirigent Karl Böhm.

„Das Glück ist eine leichtfertige Person, die sich stark schminkt und von ferne schön ist."

Johann Nepomuk Nestroy, der Staatsphilosoph.

„Da streiten sich die Leut' herum
oft um den Wert des Glücks,
Der eine heißt den andern dumm,
Am End weiß keiner nix."

Aus dem berührenden Hobellied des Valentin aus dem „Verschwender" von Ferdinand Raimund, das Konradin Kreuzer komponiert hat.

„Wer vom Glück immer nur träumt, darf sich nicht wundern, wenn er es verschläft."

Ernst Deutsch, aus Prag gebürtiger Schauspieler, der 1933 in die USA emigrierte, 1947 zurückkehrte, Darsteller vieler Charakterrollen.

„Zum Glück werden meine Gegner weniger."

Bischof Kurt Krenn zum Abschied des kritischen TV-Moderators Peter Pawlowsky, dessen Ablöse er mehrfach gefordert hatte.

Gott

Der liebe Gott benötigt keinen Kommentar meinerseits.

„Gott schreibt auch auf krummen Zeilen gerade."

Bestechender Satz des einstigen Kommunisten Manes Sperber, 1905 bei Czernowitz geboren, der in Wien maturierte und bei Alfred Adler studierte, den Rest seines Lebens aber im Pariser Exil verbrachte.

„Kriege und Geschäftsbücher werden mit Gott geführt."

So entlarvend kann nur Karl Kraus sein.

„An Gott zweifeln heißt, an Gott glauben.“

Alfred Adler, Psychologe und Neurologe, der im Widerspruch zu seinem Lehrer Sigmund Freud seine eigene tiefenpsychologische Schule gründete.

„Gott hat die Zeit geschaffen, der Teufel den Kalender.“

Erwin Chargaff, aus Österreich gebürtiger weltberühmter Biochemiker, auch ein ausgezeichneter Aphoristiker, was viel zu spät entdeckt wurde.

„Wo alles dem Führer gehorchen muss, ist für Gott kein Platz.“

Der Innsbrucker Bischof Reinhold Stecher zum 50. Todestag von Vikar Carl Lampert, der von den Nazis hingerichtet worden war.

„Wenn Gott aus dem Nebenzimmer Bettknarren gehört hätte, hätte er den Menschen nicht erschaffen.“

Anton Kuh, der große Gegenspieler von Karl Kraus.

„Gott, welch ein Augenblick!“

Der Dirigent und Operndirektor Karl Böhm in dem Moment, als man ihm am 5. November 1955 den Schlüssel der wieder aufgebauten Staatsoper überreichte. Text des Don Fernando im „Fidelio“.

„Grüß euch Gott, alle miteinander!“

Heute würde man sagen: Der Titelsong aus der Operette „Der Vogelhändler“ von Carl Zeller wurde zum geflügelten Wort.

Graz

Graz ist mehr als nur die zweitgrößte Stadt Österreichs. Graz ist Süden, Graz ist Literatur, Graz ist Gegenpol zu Wien, speziell in der Politik.

„In Graz muß man nicht gewesen sein, hat der Herr Professor immer gesagt.“

Resümiert Thomas Bernhard in seinem Stück „Heldenplatz“. Mag sein, dass dieses Verdikt jahrelang Geltung hatte. Heute würde es möglicherweise Thomas Bernhard selbst revidieren, meint Frido Hütter, Kulturchef der „Kleinen Zeitung“.

„Stadt der Volkserhebung“

Belastender Titel für die Murstadt, vom Führer Adolf Hitler höchstpersönlich verliehen, da in Graz bereits Tage vor dem 13. März die örtlichen Nazis offen für den Machtwechsel demonstrierten.

„Die kleinste Großstadt der Welt"

Eigendefinition mancher Grazer; wird auch von Hans Dichand geteilt, der in Graz geboren wurde.

„Pensionopolis"

Einst von Graz stolz getragener Titel. Heute für Städte, in denen es mehr Menschen im Ruhestand als Werktätige gibt.

„Graz hat's"

Selbstgefälliger Werbespruch der Grazer in der Zeit nach dem Aufbruch durch den „Steirischen Herbst", der sich bald selbst widerlegte.

„Graz darf alles"

Provozierender Slogan der Kulturhauptstadt Europas 2003.

„Graz darf seine Erinnerungen nicht mit der Zukunft verwechseln."

Wolfgang Lorenz, Intendant von Graz 2003, Kulturhauptstadt Europas.

„Von der Pensionopolis zur Kulturbaustelle Europas."

Schlagzeile der „Kleinen Zeitung", eine Woche vor dem Start von Graz als „Kulturhauptstadt Europas 2003".

„In Graz wird gebaut und renoviert, als wenn es noch etwas zu verschönen gäbe."

Liebeserklärung von „NZZ"-Österreich-Korrespondent Charles Ritterband an die Murmetropole.

„Das Bildungsbürgertum in Graz war um 1900 antisemitisch, antiklerikal und deutschnational."

Der Historiker Stefan Karner in seinem Buch „Die Steiermark im 20. Jahrhundert".

„Die Grazer sind die Prager Juden der Zweiten Republik."

Der Aphoristiker Gottfried Heindl, das schöpferische Element des „Steirischen Herbstes" unter Hans Koren und Alfred Kolleritsch ansprechend.

„Graz, die letzte Hochburg des Ostblocks."

Der Grazer FPÖ-Obmann Peter Weinmeister zum Umstand, dass die KPÖ in Graz einen Regierungssitz hat. Das war noch vor dem sensationellen Erfolg 2003, da kam die KPÖ auf zwei Stadtsenatssitze und mehr als 20% der Stimmen.

Grosser Mann

Wir haben's eher mit dem „kleinen Mann"! Große Männer (von Frauen ganz zu schweigen) sind uns eher suspekt. Das kann man nach dem 20. Jahrhundert verstehen; bringt uns aber nicht weiter.

„In Österreich wird man eben nur zum großen Mann, wenn man etwas auffällig nicht tut."

Egon Friedell führt als Beispiel Kaiser Franz Joseph an, der keine Reformen durchgeführt hat.

„Glückliches Österreich, dass Du Deine Großen groß nennen darfst."

Ulrich Greiner in der „Zeit" zur Porträt-Sammlung „Die großen Österreicher"; einundzwanzig Porträts seit Maria Theresia.

„Große Leute müssen sich große Partner suchen. Man kann nur mit Großen Großes leisten."

Gerd Bachers Maxime hat den ORF weit gebracht.

„Österreichs Größe ist sein Mittelmaß."

Der Kolumnist Hans Rauscher in einem „Trend"-Spezial „Österreich im Test", Anfang 2002.

„Der kleinste gemeinsame Nenner ist immer der Anfang vom Mittelmaß."

TV-Programmintendantin Kathrin Zechner bei ihrem Abschied vom ORF 2002.

Gusenbauer

Er ist zwar erst kurz im Amt, aber schon für eine Reihe von Zitaten gut. Dass sie bei einem Politiker stark mit Spott untersetzt sind, soll nicht wundern.

„Ich bin ein Katholik des 21. Jahrhunderts."

Alfred Gusenbauer auf den Umstand angesprochen, dass er in seiner Jugend Ministrant war.

„Links ist ein Etikett, das heute nichts mehr aussagt."

Der neue SPÖ-Vorsitzende zur Frage, ob er in der Partei eher eine linke oder eine rechte Position einnehmen werde.

„Macht ist die Möglichkeit, das durchzusetzen, was man für wichtig und richtig hält."

Eine klare Ansage.

„Gruselbauer"

Versuch des damaligen SPÖ-Vorsitzenden Fred Sinowatz, den neuen Juso-Vorsitzenden (1984) durch einen „Versprecher" anzupatzen.

„Man kennt ihn als herzhaften Moskauer Boden-Küsser."

So kann nur einer gifteln: Richard Nimmerrichter, besser bekannt als „Staberl", über den frisch gewählten SPÖ-Chef in der „Krone".

„Der isst mit Hammer und Sichel."

Das einfache FPÖ-Parteimitglied Jörg Haider über den SPÖ-Vorsitzenden Alfred Gusenbauer – lange vor dem viel diskutierten „Spargel-Essen".

„Sekt ist das Getränk der Arbeiterklasse, wenn es von ihren Funktionären getrunken wird."

Andreas Khol in Richtung des mit den Befürwortern der EU-Sanktionen Champagner trinkenden Alfred Gusenbauer, allerdings eine Anleihe bei Kurt Tucholsky nehmend.

„Langsames Reden allein reicht nicht."

„Kurier"-Chefredakteur Peter Rabl zum Umstand, dass SPÖ-Chef Gusenbauer in Bruno Kreisky sein großes Vorbild sieht.

„Reden S' kann Lavendel."

Empfahl Alfred Gusenbauer Wolfgang Schüssel in der TV-Diskussion am 14. November 2002.

„Er hat ein todsicheres Gespür für die allerschiachsten Anzüge."

Der Karikaturist Manfred Deix zum modischen Erscheinungsbild des einstigen Jusos Gusenbauer.

„Kreisky hat auch nicht dem Schönheitsideal seiner Zeit entsprochen."

Karl Schlögl in einem kryptischen Urteil über seinen neuen Parteivorsitzenden Alfred Gusenbauer.

„Wer glaubt, dass niemand mehr wegen der Pensionsreform Wein trinkt oder gut isst, dem ist nicht zu helfen."

Alfred Gusenbauer kritisiert seine Kritiker, die über sein Weinessay im „profil" am Höhepunkt der Pensionsdebatte des Jahres 2003 gemäkelt hatten.

„Es wird ein Wein sein, und Gusenbauer wird nimmer sein."

Freche „Falter"-Schlagzeile zu diesem Thema in der Nummer zum 1. Mai 2003.

Gute alte Zeit

War sie wirklich so gut? Die Zitate sprechen das Gegenteil.

„Diese gute alte Zeit war eine Katastrophe, die Monarchie war eine Pleite, und das hat Karl Kraus beeindruckend beschrieben."

Der Schauspieler Otto Schenk während der Proben zu den „Letzten Tagen der Menschheit" von Karl Kraus.

„Unser Trost ist, dass wir in der Gegenwart der künftigen guten alten Zeit leben."

Gerd Bacher in seiner Rede zur Eröffnung der Salzburger Festspiele 1984.

„Die berühmte ‚gute alte Zeit' verdankt ihr Renommee meist nur dem Umstand, dass ältere Leute schon ein schlechtes Gedächtnis haben."

Karl Farkas.

„Da die Mehrheit der Österreicher stets der guten alten Zeit nachtrauert, wird sie sich bald nach der Zeit der Sanktionen sehnen, in der die große Welt vom kleinen Österreich Notiz genommen hast.“

Der Schriftsteller Michael Scharang mit der ihm eigenen Ironie.

„Das Heute war dem Wiener seit jeher nur die unvermeidliche Übergangsphase zu einem besseren Gestern.“

So etwas entsteht nur im Kaffeehaus: Friedrich Torberg.

„Wer in der Zeit immer nur das Alte sieht, ist ein Pedant. Wer in ihr nur Neues erblickt, ist ein Dummkopf.“

Eine klare Sprache und stammt aus „Zur Lehre vom Staate“ des Direktors des Hofkammerarchives Hofrat Franz Grillparzer.

Habsburg

Habsburg war unser Schicksal über Jahrhunderte und ist es in manchen Facetten bis heute geblieben. Und noch immer füllt das Thema die Bücherregale – hier zumindest eine Seite.

„Habsburg hat den Krieg begonnen, Habsburg soll den Krieg beenden.“

Der 66-jährige Führer der Sozialdemokraten Viktor Adler zum 31-jährigen Kaiser Karl, bevor dieser auf den Thron verzichtete.

„Habsburger-Kannibalismus“

Griffiges Schlagwort von Günther Nenning für das Verhalten der SPÖ rund um die geplante Rückkehr des ehemaligen Kronprinzen Otto Habsburg-Lothringen im Jahr 1966.

„Kein Österreicher kann zum Austritt aus der eigenen Familie gezwungen werde.“

Hans Werner Scheidl in der „Presse“ über die erzwungene Loyalitätserklärung von Otto Habsburg, in der er 1961 erklärte, auf die Mitgliedschaft zum Erzhaus Habsburg-Lothringen zu verzichten.

„Schön gewohnt und viel gefroren.“

Die Habsburg-Spezialistin Gabriele Praschl-Bichler über die Wohnsituation der Habsburger in ihren Schlössern, die mit riesigen Fenstern und vielen Türen recht zugig waren.

„Bei uns sind Mann und Frau stets 20-mal verwandt. Das Resultat ist: die Hälfte der Kinder sind Trottel oder Epileptiker."

Von keinem Kritiker des Hauses Habsburg, nein, von einem Mitglied: Erzherzog Franz Ferdinand, als man ihn zwingen wollte, nicht die Gräfin Chotek, sondern eine ebenbürtige Gemahlin zu nehmen.

„Das Einzige, was ich mir als Rückerstattung vorstellen könnte, ist bestenfalls ein Zimmer im Schloss Schönbrunn, wo immer ein Habsburger anwesend sein muss, um den Touristen zuzuwinken."

SPÖ-Klubobmann Josef Cap zur Forderung der Familie Habsburg nach Rückgabe ihres Vermögens entsprechend dem Entschädigungsgesetz der Regierung Schüssel I.

„Ich kenn den Herrn nicht. Er hat aber Humor."

Christian Habsburg-Lothringen, Sprecher der Familie in dieser Streitfrage.

„Die Monarchien Europas sind stabile Elemente, berechenbar, nicht korrupt."

Karl Habsburg zur millionenschweren Spendenaffäre von „World-Vision", deren Vorstandsmitglied er war.

„Wir sind eine extrem politische Familie und sind seit 800 Jahren Berufspolitiker."

Derselbe zur Frage, ob er in der Politik bleiben werde, nachdem ihn die ÖVP nicht mehr für das Europaparlament kandidiert hatte.

„Karl wird angegriffen, weil er einen gewissen gelben Stern trägt, den Namen Habsburg."

Vater Otto Habsburg versucht mit einem gewagten Vergleich die Angriffe auf den Sohn zu erklären.

„Er wird sicherlich dereinst als Karl der Gütige in die Annalen seiner Familiengeschichte Eingang finden."

Joachim Riedl in einem „Format"-Kommentar unter dem Titel: „Kaiserjäger".

HAIDER

„Auch das noch", werden jetzt manche Leser sagen. Dabei war beim Sprüchemacher Jörg die Auswahl besonders groß – von ihm und über ihn.

„Das einfache Parteimitglied“

Chiffre für Haider, nachdem er am 1. Mai 2000 den Parteivorsitz an Susanne Riess-Passer übergeben hatte.

„Im Dritten Reich haben sie wenigstens eine ordentliche Beschäftigungspolitik gemacht, was nicht einmal Ihre Regierung in Wien zusammenbringt.“

Haider, 1991, als frisch gewählter Landeshauptmann, im Landtag an die Kärntner SPÖ gewandt. Hat ihm und dem Land weltweit ungewollte Publizität beschert.

„Straflager, in denen ethnische Minderheiten fast zur Gänze vernichtet worden sind.“

Jörg Haiders unselige, viel diskutierte Umschreibung für KZ. Einer jener Sätze, die laut Haider ihm zugeschrieben worden sind. Allerdings hatte sie kurz nach Kriegsende im Dezember 1945 auch Julius Raab so genannt. Aber da lag ja noch nicht die volle Wahrheit auf dem Tisch.

„Nicht die Freiheitlichen sind die Schädlinge der Demokratie. Wir sind das Schädlingsbekämpfungsmittel.“

Haider in einem „Presse“-Interview im November 1989, also am Beginn des steilen Wegs nach oben. Später von ihm in einem Prozess mit der „Süddeutschen Zeitung“ abgestritten.

„Haider ist nicht rechtsextrem, aber er ist unangenehm.“

Der Karikaturist Gustav „Ironimus“ Peichl.

„Wir werden die roten und schwarzen Filzläuse mit Blausäure bekämpfen.“

Oft zitiert, von Haider aber bestritten.

„Österreich braucht keinen Westentaschen-Napoleon des 21. Jahrhunderts.“

Grobe Töne Haiders am Rieder Aschermittwoch 2000 in Richtung Élysée, die dort auch gehört wurden.

„Napoleons enden immer in Waterloo.“

Jörg Haider, nach dem Ende der Sanktionen in Richtung Paris.

„Ich verstehe überhaupt nicht, wie einer, wenn er Ariel heißt, so viel Dreck am Stecken haben kann.“

Von Jörg Haider bei seiner Aschermittwochrede 2001 in Ried im Innkreis gemachte Anspielung auf den Präsidenten der Israelitischen Kultusgemeinde, den Immobilienmakler Ariel Muzicant. Ein Jahr später von Haider in einer Ehrenerklärung und Entschuldigung zurückgenommen, er habe die Gefährlichkeit bestimmter Andeutungen und Wortspiele, aber auch von Unterstellungen erkannt.

„Wenn man schon Adamovich heißt, muss man zuerst einmal fragen, ob er eine aufrechte Aufenthaltsberechtigung hat.“

Nach der Entschuldigung bei Muzicant nahm sich Haider beim Aschermittwoch 2002 den Präsidenten des Verfassungsgerichtshofes vor.

„Die Nuance ist nicht Teil seines Repertoires“

Der Kärntner Michael Maier, Exchefredakteur des „Stern“, ein besonders guter Haider-Kenner, in einem Gastkommentar im „Standard“.

„Haider kratzt die Wähler, wo es sie juckt.“

Treffende Analyse von einem unbekannten Spötter.

„Der politische Ziehvater und Ideologe des rechtsextremen Terrors heißt Jörg Haider.“

Bezeichnung von Peter Pilz für Jörg Haider, die er nach einem Richterspruch weiter aufrechterhalten darf.

„Haiders Nasenspitze verstellt den europäischen Horizont.“

Vom Doppeldoktor Günther Nenning, einem Meister der drastischen Formulierungen. Schwankte aber im Laufe der Jahre sehr in seinem Haider-Bild.

„Haider erinnert mich schon ein bisserl an Hitler; nur intelligenter und viel fescher."

Die damals 92-jährige Ella Lingens, KZ-Überlebende und Mutter des prominenten Journalisten Peter Michael Lingens.

„Bekleidung ist bei Haider eindeutig ein Teil der politischen Strategie."

Der Meinungsforscher Wolfgang Bachmayer über den Verwandlungskünstler Haider.

„Ganze Karrieren waren darauf aufgebaut, den Daimon Jörg Haider herbei zu warnen."

Der „Wendephilosoph" Rudolf Burger in gewohnt pointierter Manier.

„Er hat zehn Vorwärtsgänge, aber nur einen halben Rückwärtsgang und keine Bremse."

Helmut A. Gansterer über Jörg Haider.

„Es gibt eine Aufgeregtheit im europäischen Hühnerstall, obwohl der Fuchs noch gar nicht drinnen ist."

So kommentierte Jörg Haider in einem Interview mit der Hamburger „Zeit" vom 3. 2. 2000 die von den EU-Staaten gegen die Regierungsbeteiligung der FPÖ verhängten Sanktionen.

„Da steht einer auf der Seife und mit ihm das halbe Land."

„Edelfeder" Helmut A. Gansterer zum Thema: Haiders Ausrutscher.

„Dafür, dass türkische Eltern das Kruzifix von der Klassenwand nehmen wollen, haben wir nicht die Türkenkriege geführt."

Der Autor ist unschwer zu erraten: Jörg Haider.

Hass

Hass wurde in der Vergangenheit genug gepredigt. Daher vor allem Zitate der Versöhnung.

„Wen soll ich hassen? Ich habe nur die Opfer, nicht aber die Täter gekannt."

Der einstige KZ-Häftling Viktor Frankl, der bis zu seinem Tod um eine Aussöhnung bedacht war.

„Sie schlagen uns, weil sie uns hassen."

Gewerkschaftspräsident Anton Benya über die (bürgerlichen) Journalisten.

„Wer aus der Erinnerung neuen Hass formt, setzt die Tradition der Täter fort."

Kluges Wort des Salzburger Weihbischofs Andreas Laun über die oft geübte Praxis der Aufarbeitung der Geschichte des 20. Jahrhunderts.

„Ich hasse mein Heimatland viel zu sehr, als dass ich es für immer verlassen könnte."

Der Kärntner Schriftsteller Josef Winkler in „Der Leibeigene".

„Der österreichische Selbsthass hat Tradition – Scharfrichter Karl Kraus ist da der Urahn."

Gerd Bacher im „profil" über die „Inquisition" der Regierungsgegner von Schwarz-Blau.

„Selbsthaß ist der Patriotismus der Juden."

Elias Canetti, Nobelpreisträger 1981, Autor von „Masse und Macht".

„Wenig erhält so jung wie der Haß."

Aus Erwins Chargaffs Aphorismensammlung „Bemerkungen".

„Die Zeit, um alle Richtigen zu hassen, hab i net."

Helmut Qualtinger auf die Frage, welche Zeitgenossen er hasse.

Häupl

Er hat das Zeug, einer der populärsten Wiener Bürgermeister zu werden, allerdings nicht ganz ohne Populismus. Gegen braune Töne scheint er aber immun zu sein.

„Wir müssen die Lufthoheit über den Stammtischen wiedergewinnen."

Michael Häupl, Wiens Bürgermeister, war damit 2001 erfolgreich und gewann der SPÖ die absolute Mehrheit zurück.

„Wiens Bürgermeister ist im Prinzip ein demokratisch legitimierter Diktator."

Von keinem Gegner, nein, Selbsterkenntnis von Michael Häupl im „Standard".

„Schaut so wie ich ein Bürgermeister aus?"

Falsche Bescheidenheit von Michael Häupl, als er erstmals für die Zilk-Nachfolge gehandelt wurde.

„Der Fiaker ist ein Teil von mir."

Michael Häupl zu seinem populär-polternden Image.

„Was kann Häupl, was Clinton nicht kann."

Stammt von einem Plakat der Wiener FPÖ und verglich die Gagen der beiden Herren: Clinton 12 x 170.000 und Häupl 14 x 230.000 Schilling.

„Wir sind die lustigere Partei, wenn ich mir all die anderen ‚mieselsüchtigen Koffer' anschaue, die so herumrennen."

Wiens Bürgermeister Michael Häupl beim letzten SPÖ-Bundesparteirat vor der Oktoberwahl 1999. Ist von der ÖVP damals und vor allem nach der Wahl nicht besonders goutiert worden.

„Ich liebe dieses Land schon allein deshalb unendlich, weil man mit einer Fußnoten-Bemerkung zur Aufheiterung des Publikums das Land drei Tage beschäftigen kann."

Michael Häupl.

„Ein Politiker darf kein fader Zipf sein."

Michael Häupl zur Frage, wie viel ein Politiker trinken darf.

„Bierkutscher"

Exminister Caspar Einem, habituell schon feinnerviger, über den Parteigenossen Häupl.

„Wir müssen aufpassen, dass unsere Stadt nicht träge wird."

Wiens Bürgermeister Michael Häupl angesichts eines Vergleiches mit den Metropolen des früheren Ostens im Feber 2003, der Wien zu wenig Dynamik bescheinigte.

„Ja nicht joggen, denn wir stammen nicht von den Kängurus ab, sondern von vielen faulen Affen."

Pointierter Rat von Wildbiologen Antal Festetics an seinen einstigen Studenten Michael Häupl zu dessen 50. Geburtstag.

„Häupl interessiert sich kulturell nur für das, was Fußballplätze füllt."

Ursula Pasterk, Kulturstadträtin von Zilks Gnaden, von Häupl durch Peter Marboe ersetzt.

„Wieso ist es so schwer zu verstehen, dass jemand ‚The Clash' lieben kann und trotzdem wahnsinnig gern Mozart hört."

Antwort des Angegriffenen.

„Ottakring kann man verlassen, aber Ottakring verlässt einen nie."
Nicht von Michael Häupl, nein, vom TV-Entertainer Dieter Chmelar, eine Anleihe bei Friedrich Torberg nehmend.

Heimat

Ein Begriff zwischen Achtung und Verachtung, zwischen Verbannung und Nostalgie. Wert jedoch, ein eigenes Kapitel zu machen.

„Heimat ist eine schmerzliche Erfahrung."
Die Schauspielerin Bibiane Zeller, aus vielen TV-Rollen (u. a. aus dem „Kottan") populär und bekannt.

„Heimat, die dunkle Mutter."
So herrlich definiert der Geschichtsphilosoph Friedrich Heer den Begriff Heimat.

„Heimat bist du großer Zwerge."
Nicht von Karl Kraus, aber von seinem legitimen Nachfolger Helmut Qualtinger.

„Heimat war für mich nie ein geographischer Ort. Sie war, wenn überhaupt, ein politischer Ort."
Der streitbare Dramatiker Peter Turrini. Nachzulesen in „Liebe Mörder" – Turrini zu politischen und kulturellen Entwicklungen in Österreich.

„Die guten Österreicher erkennen einander an der Missachtung ihrer Heimat."
Der Kulturphilosoph Walter Pfabigan über den Selbsthass der heimischen Intellektuellen.

„Heimat, das ist das Ruhende, das Alltägliche, nicht das Ungewöhnliche, das einzig Stille in uns, nicht das Erregende.
Rudolf Henz, 1897–1987, Multitalent und Rundfunkpionier.

„Heimat ist dort, wo man seine seelische Stabilität findet."
Der Schriftsteller Josef Haslinger, Autor zwischen New York und Wien.

„Es ist für mich direkt symbolisch, dass es das Wort Heimat nicht auf Englisch, wohl aber auf Deutsch gibt."
Der in Wien geborene, in die USA emigrierte Schriftsteller Frederic Morton, der ursprünglich Fritz Mandelbaum hieß.

„Die Fremde ist nicht Heimat geworden. Aber die Heimat Fremde.“

Alfred Polgar, floh vor den Nazis nach Paris und über Spanien in die USA. Ab 1949 lebte er meist in Zürich.

„Die Heimaten haben die Lieder, die sie verdienen.“

Altes Sprichwort, zitiert vom steirischen Schriftsteller Reinhard P. Gruber.

Heldenplatz

Wenige Plätze der Welt sind historisch so belastet und befrachtet wie der Wiener Heldenplatz, er wurde derart zum Synonym für Vergangenheit, gelebte, erlebte, verdrängte und bewältigte. Daher ist es nur logisch, dass wir diesem Kernstück der Wiener City ein eigenes Kapitel widmen.

„Es ist der Laxheit und dem chronischen Geldmangel Kaiser Franz Josephs zu verdanken, dass Wien diesen Platz überhaupt besitzt.“

Aus der Ausstellung „Heldenplatz“, in der erklärt wurde, warum dieser Platz, entgegen den ursprünglichen Plänen des Ringstraßenarchitekten Gottfried Semper, weitgehend unverbaut geblieben ist.

„Als Führer und Reichskanzler der deutschen Nation und des Reiches melde ich vor der Geschichte nunmehr den Eintritt meiner Heimat in das Deutsche Reich.“

Der Satz hat uns viel gekostet und den prachtvollen Wiener Heldenplatz für immer in ein schiefes Licht gerückt.

„Mir san alle am Ring und am Heldenplatz gstanden, unübersehbar warn wir, man hat gefühlt, man ist unter sich … es war wia a riesiger Heiriger.“

Schilderung der Ereignisse am Heldenplatz durch die Nachkriegs-Kultfigur des „Herrn Karl“.

„Wo einst ein Mensch für sich das Heil proklamiert hat.“

Papst Johannes Paul 1988 bei der Messe am Wiener Heldenplatz, auf den Balkon der Neuen Burg weisend, ohne jedoch den Namen Hitlers auszusprechen.

„Den Heldenplatz von Hitler befreien.“

Die gebürtige Israelin und „echte Wienerin“ Alisa Douer über den Heldenplatz, dem sie eine eigene, viel beachtete Ausstellung widmete.

„Die Geschichte Wiens hat sich wesentlich am Heldenplatz abgespielt.“

Wiens Kulturstadtrat Peter Marboe bei der Eröffnung der Ausstellung. Ob er da nicht ein wenig übertrieben hat?

„Es steht ja nicht das ganze Land am Heldenplatz.“ *Nachsatz:* „Gehen sie einmal mit mir zu den großen Sportveranstaltungen – das ist eine andere Realität.“

Vizekanzlerin Susanne Riess-Passer über die Demonstration gegen die Bildung der schwarz-blauen Regierung am 19. 2. 200, über die die Medien groß berichtet hatten.

Herr Karl

Ja, ja, der „Herr Karl“ ist so etwas wie eine Symbolfigur eines österreichischen Charakters geworden, auf den man nicht unbedingt stolz sein sollte. Der Blick über die Grenzen lehrt aber, dass es diesen Typ auch anderswo gibt. Was nicht als Entschuldigung gedacht sein darf.

„Der ‚Herr Karl‘ wollte einem bestimmten Typus auf die Zehen treten, und ein ganzes Volk schreit: Au!“

Stammt von Hans Weigel. Nach der TV-Ausstrahlung des „Herrn Karl“ von Helmut Qualtinger und Carl Merz im Jahr 1961 hagelte es massenhaft Proteste.

„Der beliebte Blade hatte der ganzen Nation ins Wohnzimmer geschissen.“

„profil“-Edelfeder Reinhard Tramontana anlässlich des Jubiläums „50 Jahre Zweite Republik“ zur nationalen Erregung über Qualtingers „Herrn Karl“.

„Nestbeschmutzer nennt man hierzulande nicht denjenigen, der ins Nest hineinmacht, sondern den, der dann kommt und sagt: ‚Da stinkt's.‘“

Wiederum ein typischer Qualtinger-Sager.

„Eine Gemeinschaft, die Kraft und Mut zu solchem Selbstporträt hat, ist nicht verloren.“

ORF-GI Gerd Bacher über den von Carl Merz und Helmut Qualtinger geschaffenen „Herrn Karl“.

„Der Herr Karl ist wieder aktuell, furchtbar aktuell. Heute trägt er Modesakkos und Maßschuhe.“

Qualtinger knapp vor seinem Tod in einem „Basta“-Interview 1986.

„I hab an Juden g'führt. I war a Opfer.“

Der „Herr Karl“.

„Den Herrn Karl gibt's natürlich nicht nur in Österreich; er schreit in der ganzen Welt nach Mitbestimmung – und ist fast überall an der Alleinregierung.“

Gerd Bacher in „Die Schicksale des Herrn Karl – Zur Moralität der Zweiten Republik“ über das viel diskutierte Abbild des hässlichen Österreichers.

„Bruno Kreisky, der Anti-Karl, der Karl-Divisionen zu Weltbürgern arisiert hat.“

Nochmals Gerd Bacher, noch deutlicher in einem Beitrag in der „Presse“ zu „25 Jahre II. Republik“.

„Der ‚Herr Karl‘ ist im Grunde eine tragische Figur, die nicht nur in Österreich zu finden war.“

Beppo Mauhart, langjähriger Präsident des ÖFB.

Hitler

Eines können wir nicht abstreiten: der schrecklichste Diktator des 20. Jahrhunderts wurde in Braunau am Inn geboren. Aber da beginnen bereits die Probleme, wie das erste Zitat zeigt. Unser „Export“ taucht aber auch noch in anderen Kapiteln auf.

„Der böhmische Gefreite.“

Fast nie hinterfragte Bezeichnung Hindenburgs für Adolf Hitler. Beruht auf einem geographischen Irrtum. Der greise Feldmarschall kannte nur das Braunau in Böhmen, jedoch nicht jenes am Inn, wo Adolf Hitler geboren worden war.

„Adolf Hitler ist die Rache der Österreicher für Königgrätz.“

Stammt nicht von einem Österreicher, sondern von Ernst Niekisch, 1918/19 Vorsitzender des Arbeiter- und Soldatenrates in München und damit Beobachter Hitlers von der ersten Stunde an; als erbitterter NS-Gegner 1937–1945 im Zuchthaus.

„Mir fällt zu Hitler nichts ein.“

Der oft und meist falsch zitierte Satz ist eine rhetorische Finte. Karl Kraus nimmt nämlich auf mehr als 300 Seiten ausführlich zu den Ereignissen seit Hitlers Machtübernahme Stellung. Geschrieben 1933 im Buch „Walpurgisnacht“, das aber erst 1952 veröffentlicht wurde, da Kraus befürchtete, das Buch könnte die Nazis zu Gräueltaten reizen.

„Das Unglück dieser Erde ist, dass sie von Realschülern regiert wird.“

Der Literat und Journalist Milan Dubrovic in Anspielung auf den Umstand, dass Hitler die Linzer Realschule besucht hatte.

„Mit einem freilich starken Wort kennzeichne ich Hitlers, des Nichtösterreichers Einfluss: Er ist verbrecherisch.“

Thomas Mann, der nach Hitlers Machtübernahme 1933 übelegte, nach Wien zu übersiedeln. Aus einem Interview im Jahr 1932.

„Zu Hitler fällt mir nur Mord ein.“

Staatsoperndirektor Ioan Holender. Originalzitat: „Wenn ich das Wort Hitler höre, habe ich keine Assoziationen zu Wagner & Bayreuth – sondern nur zu Mord.“

„In Österreich wär er verkommen wie ein Schas im Wald.“

Helmut Qualtingers deftige Anmerkung zum Umstand, dass Hitler nicht in Österreich, sondern in Deutschland an die Macht gekommen ist.

„Wiedergutmachung wollen die Österreicher haben? Ich werde die Gebeine vom Hitler ausgraben lassen und sie den Österreichern schicken."

Bundeskanzler Konrad Adenauer zu Bruno Kreisky, als dieser 1953 in Bonn um die Wiedergutmachung der nach dem deutschen Einmarsch 1938 entstandenen Schäden vorstellig wurde.

„auch hitler war ein österreicher/nicht nur christus"

Der Dichter Ernst Jandl, polemisch, aber treffend.

„Hitler wurde erst ‚draußen' etwas."

Dies stellt Otto Schulmeister in seinem Buch „Ernstfall Österreich" fest.

„In Wien wäre Adolf Hitler nicht zu dem geworden, was er wurde."

Die Hitler-Biografin Brigitte Hamann, die dazu ein faszinierendes Buch geschrieben hat: „Hitlers Wien-Lehrjahre eine Diktators".

„Die Österreicher haben das Kunststück fertig gebracht, aus Beethoven einen Österreicher und aus Hitler einen Deutschen zu machen."

Der Altösterreicher Billy Wilder, der unmittelbar nach der Machtübernahme Hitlers in Hollywood Weltkarriere gemacht hat.

„Die beiden wohl geschichtsträchtigsten Österreicher des 20. Jahrhunderts, Sigmund Freud und Adolf Hitler, sind undenkbar ohne spezifisch österreichische Identitätskrisen, die in ihnen arbeiten."

Friedrich Heer, ein Seelenforscher der anderen Art.

„Der österreichische Katholik Adolf Hitler hat sehr richtig das Gewissen als eine jüdische Erfindung angesprochen."

Aus „Gottes erste Liebe", dem fundamentalen Buch des Katholiken Friedrich Heer über die Schuld der christlichen Kirchen am Judenhass.

„Hitlers Absicht, die Kirche in finanzielle Schwierigkeiten zu bringen, geht immer mehr auf."

Stammt nicht aus 1938, sondern aus 1994 und nicht von einem Nazi-Bonzen, sondern von einem Bischof, Adolf Kostelecky. Erst in den neunziger Jahren ging Hitlers Absicht, mit der Einführung der Kirchensteuer die Schar der Gläubigen zu dezimieren, auf. Denn in der NS-Zeit zahlten die Österreicher und blieben in der Kirche.

„Ein unheimlicher Ernst umgibt diesen Mann, der sich ganz offensichtlich dazu auserwählt fühlt, in die Geschichte einzutreten."

Ein Augenzeuge über den Besuch Adolf Hitlers am 3. April 1938 in Graz: Hans Dichand.

Hofburg

Wir haben zwar die Monarchie abgeschafft, dafür aber einen „Ersatz-Kaiser" gewählt. Und der ist in die Residenz der Monarchen eingezogen. Sonst hat sich – so die Spötter – dort wenig verändert.

„Wer wird Kaiser?"

„profil"-Cover 3/71 über den Wahlkampf Jonas contra Waldheim um den Einzug in die Hofburg.

„Schafft den pseudomonarchischen Klimbim in der Hofburg ab!"

Starke Worte eines einst starken Mannes: Franz Olah, wenige Wochen vor seinem 90. Geburtstag, über die umstrittene Rolle von Bundespräsident Klestil bei der Regierungsbildung. Dabei war Olah selbst in seinem Reich ein „roter" Kaiser.

„Ein unvergleichliches Amtslokal."

Gerd Bacher über die Hofburg. Ob er darin gern amtiert hätte?

„Zum Repräsentieren ist die Hofburg da."

So lehnte Bundespräsident Schärf ab, eine Dienstwohnung zu beziehen.

„Das Repräsentieren geht auf die Bandscheiben."

Aus Helmut Qualtinger „Jahrhunderte blicken herab" – Dialog zweier hoher Würdenträger.

„Ich erkenne nur den Monarch von Jacobs an."

Der Grüne Peter Pilz über den Bundespräsidenten.

Hymnen

Wozu braucht man noch Hymnen? Die Zeit der Aufmärsche ist doch endlich vorbei! Inzwischen suchen wir uns Ersatzhymnen. Damit fangen wir das Kapitel gleich an.

„I am from Austria"

Rainhard Fendrichs Ersatzhymne für jugendliche Österreicher.

„Gott! Erhalte Franz den Kaiser, unsern guten Kaiser Franz!

Refrain der Kaiserhymne von Joseph Haydn, die 150 Jahr lang die österreichische Nationalhymne war. Heute ist sie die deutsche Nationalhymne.

„Gott erhalte, Gott beschütze, vor dem Kaiser unser Land."

Umdichtung der Kaiserhymne durch Karl Kraus; der übrigens 1918 die Hymne überhaupt abschaffen wollte.

„Die Kaiserhymne erkenne ich daran, dass sich rund um mich alles von den Sitzen erhebt."

Kaiser Franz Joseph macht sich selbst über seine Unmusikalität lustig.

„Brüder, reicht die Hand zum Bunde."

Freimaurer-Kantate von Wolfgang A. Mozart, KV 623, deren Musik die Basis der heutigen Bundeshymne ist, erhielt später den obigen Text.

„Den ‚Bumerang' können wahrscheinlich mehr Österreicher auswendig als die erste Strophe der Bundeshymne."

Heinz Marecek über Schenks Leseabende, voll von Köstlichkeiten gemischt aus Morgenstern, Ringelnatz, Polgar und Roda Roda.

Insel der Seligen

Auch so eine Metapher, an der wir zu ersticken drohten. Inzwischen ist Normalität eingekehrt – wir wollen es nicht wahrhaben.

„Insel der Seligen"

Schier unausrottbare Lebenslüge Österreichs; fatales Lob, das uns jahrzehntelang in falscher Selbstzufriedenheit wiegte. Sie stammt von Papst Paul VI. Er sagte allerdings:
„Insel der Glücklichen."

„Die schläfrige Insel der Seligen wird endlich modern."

Die Publizistin Barbara Coudenhove-Kalergi über den Wandel Österreichs nach dem EU-Beitritt.

„Wir befinden uns auf einer gemeinsamen Insel. Früher hieß sie Österreich, dann Europa, jetzt umfasst sie die gesamte Welt.

Vom weit blickenden Kardinal Franz König

„Aus der Insel der Seligen wurde ein ‚Atoll der Unansehnlichkeit'."

Erste Zwischenbilanz der Grünen nach einem Jahr (1988) im Parlament.

„Wir sind von einer ‚Insel der Seligen' zu einer ‚Insel der Verfemten' geworden."

Alfred Payrleitner über den nationalen Selbstbetrug. Er riet zuerst also unsere Rolle als Mittler bei der Osterweiterung zu spielen.

Intellektuelle

Ein eigenes Kapitel darüber – in Österreich? Ja, denn das Thema regt auf – in vielerlei Hinsicht. Die Intellektuellen und Österreich.

„In Wien wurde die intellektuelle Welt des 20. Jahrhunderts erfunden."

Von keinem Österreicher und damit umso wertvoller: der britische Historiker Norman Stone in seinem Buch „Europe Transformed 1878–1999".

„Intellekt ist etwas zutiefst Unösterreichisches."

Peter Henisch aus dem Band „Reden an Österreich. Schriftsteller ergreifen das Wort".

„Österreich ist das einzige Land, dessen Intellektuelle man nicht daran erkennt, dass sie die Hochsprache sprechen."

Gerd Bacher.

„Nicht jeder, der gescheit ist, ist ein Intellektueller, und nicht alle Intellektuellen sind gescheit."

Barbara Coudenhove-Kalergi zum Thema: Die Intellektuellen und der Krieg; gemeint war der im Kosovo.

„Jedes Land hat die Intellektuellen, die es verdient. Österreich verdient keine und hat welche, das ist unser Problem."

Günther Nenning über diese spärliche Zunft.

„Das Feindbild der österreichischen Intellektuellen ist Österreich."

Georg Potyka, Exdiplomat und Autor in seinem Buch „Vielbeschimpftes Österreich"

„Er war ein Intellektueller ohne Hochmut."

Kreiskys langjährige rechte Hand Margit Schmidt über ihren Chef.

„Die Intellektuellen wurden in diesem Liliputanerland so lange verteufelt, bis keine mehr da waren."

Gerd Bacher im „profil" vom 17. September 2001.

„Der Intellektuelle ist chronisch unzufrieden, die Klage ist sein Metier."

Aus einem Artikel in der „Presse".

„Wer ist ein Intellektueller? Ein Intellektueller ist, wer Musils Roman ‚Der Mann ohne Eigenschaften' schon kannte, ehe ihn Kreisky in jeder seiner Reden erwähnte."

Oft von Journalisten gestellte Frage zu Lebzeiten des Sonnenkönigs. Hätten nur mehr Musil gelesen, würden sie Österreich besser verstehen.

„Der Intellektuelle hat eine einzige politische Aufgabe: an dem Tag, an dem eine Regierung ihr Amt antritt, dafür zu sorgen, dass diese Regierung bei der nächsten Wahl abgewählt wird."

Vom österreichischen Paradeintellektuellen Sir Karl Popper.

„Nach Kreisky hat man die Intellektuellen systematisch vertrieben."

Der einstige SP-Vordenker Professor Norbert Leser, die Namen Matzner, Nenning und Scholz nennend.

„Bei uns käme nie eine Regierung auf die Idee, einen Schriftsteller als Botschafter irgendwohin zu schicken."

Der Journalist Armin Thurnher bei einer Diskussion über die Rolle der Intellektuellen in der Sanktionen-Krise.

„Die Kluft zwischen Sozialdemokratie und Intellektuellen ist größer denn je."

Der Philosoph Konrad Paul Liessmann, Angehöriger einer in Österreich raren Art von Geistesmenschen.

Irrtum

„Irren ist menschlich" – meint begütigend das Sprichwort. Unsere Zitate gehen da schon tiefer.

„Der Irrtum ist das Risiko der Freiheit."

Zu solch einer Haltung gehört Größe: Kardinal Franz König.

„Lieber mit den Massen irren als gegen die Massen recht haben."

Unter Viktor Adler ein Grundsatz für die Sozialdemokratie. 100 Jahre später besorgt das für die SPÖ in vielen Fragen die „Kronen Zeitung" – z. B. beim Thema Ausländer.

„Sinn dieses Satzes kann aber nicht sein, dass die SPÖ den Menschen nach dem Mund redet, sondern dass sie im Sinne Martin Luthers den Menschen aufs Maul schaut."

Bruno Aigner, noch immer streitbarer Querdenker der SPÖ.

„Jeder Irrtum hat drei Stufen; auf der ersten wird er ins Dasein gerufen, auf der zweiten will man ihn nicht eingestehen, auf der dritten macht nichts ihn ungeschehen."

Nicht aus dem Handbuch der Krisen-PR anno 2002, sondern vom dichtenden Hofrat Franz Grillparzer.

„Eine Erkenntnis von heute kann die Tochter eines Irrtums von gestern sein."

Marie von Ebner-Eschenbach, einer der wenigen österreichischen Schriftstellerinnen des 19. Jahrhunderts.

Jagd

Kurz, aber pointiert!

„Ich schieße nur, wenn ich sicher drauf bin."

Die neue ORF-Generaldirektorin Monika Lindner und Hobby-Jägerin bei ihrer Antrittspressekonferenz über ihr Antreten gegen ihren Förderer Gerhard Weis.

„'s gibt nicht Dümmeres als die Jagd."

Der Intendant der Raimundfestspiele Ernst Wolfram Marboe zur Jagdleidenschaft von Monika Lindner, den Dichter Ferdinand Raimund zitierend.

„Hirschbrunft ist wichtiger als Bilanz."

Herbert Krejci, die mangelnde Einstellung mancher Manager in Hinblick auf ihre Verantwortung kritisierend.

„Ein Jäger ist ein Bewaffneter, der sich von seinem Hund durch den Wald ins nächste Wirtshaus ziehen lässt."

Von einem, der damit von klein auf Erfahrungen sammeln konnte: Johannes Figl, Sohn des legendären Altbundeskanzlers, der oft nach der Jagd im Wirtshaus anzutreffen war.

Joseph II.

Kurze zehn Jahre waren dem „Reformkaiser" nur vergönnt, und schon sein Nachfolger nahm vieles wieder zurück, was der Sohn Maria Theresias dem Land an Liberalität zukommen ließ.

„Die Glocken sind die Artillerie der Geistlichkeit."
Dieser Waffe begegnete der Kaiser mit der Schließung von 400 Klöstern.

„Wenn ich immer unter meinesgleichen bleiben wollte, müsst ich den ganzen Tag in der Kapuzinergruft spazieren gehen."
Joseph II. nach der Öffnung des Augartens für die Wiener zu Wünschen der Aristokratie, unter sich bleiben zu können.

„Bei den Hottentotten und Irokesen könnten nicht schauerlicher und lächerlichere Dinge ereignen als in der österreichischen Staatsverwaltung, besonders in den Hofstellen und in der Staatskanzlei. Man könnte Komödien darüber schreiben, die jenen unglaublich erscheinen müssen, die sie nicht miterlebten."
Stammt von Kaiser Joseph II., dem großen Reformator.

Journalismus

Warum so viel Aufhebens um eine Zunft, die nicht besonders angesehen ist? Ebendeshalb – könnte eine Antwort sein. „Only bad News are good News" ist auch dafür ein Kriterium.

„Der Journalismus hat keine Auswüchse, sondern ist einer."
Karl Kraus, der Zuchtmeister der Zunft.

„Journalismus ist ein Beruf, dessen Basis der Instinkt ist."
Von einem, der es wissen muss: Hans Dichand.

„Der Journalismus ist ein Terminhandel, bei dem das Getreide auch in der Idee nicht vorhanden ist, aber effektives Stroh gedroschen wird."
Von Karl Kraus.

„Kampagnenjournalismus ist Totengräberei an unserer Demokratie."
Karl Heinz Ritschel, einer der letzten Großen des Nachkriegsjournalismus.

„Die journalistische Freiheit endet dort, wo die des Herausgebers beginnt."
Der „Medienkanzler" Bruno Kreisky.

„Der Unterschied zwischen Journalismus und Politik ist der gleiche wie der zwischen Voyeurismus und richtigem Sex."
Der Psychotherapeut Stefan Rudas im Magazin „TV-Media" über den Versuch mancher Journalisten, in die Politik zu wechseln.

„Jede Zeit hat ihren eigenen Journalismus."

Klingt nur auf den ersten Blick positiv. Nachdenkliche Betrachtung von Professor Heinz Nußbaumer, der den Bundespräsidenten Waldheim und Klestil als Pressechef diente.

„Der Unterschied zwischen Literatur und Journalismus besteht darin, dass der Journalismus unlesbar ist und die Literatur nicht gelesen wird."

Keine neue Erkenntnis und zählt daher doppelt. Sie stammt vom britischen Spötter Oscar Wilde (1854–1900).

„Es gibt nicht nur schamlosen Journalismus."

Der Chefredakteur der katholischen „Kleinen Zeitung", Kurt Wimmer.

„Hofbauer hat Anthrax-Journalismus betrieben."

Gottfried Korn, erfolgreicher Medienanwalt, über Fritz Hofbauer, den Autor des umstrittenen Buches „Unsere Klestils", der für seinen Klienten, den Bundespräsidenten, eine Beschlagnahmung des Buches erstritt.

„Falk hat das Wesen des Journalismus nie verstanden."

Der einstige Kurzzeit-Chefredakteur von „täglich Alles" Peter Bartels, der von Falk trotz Erfolg gefeuert wurde.

Journalist

Wer gerne austeilt, muss auch böse Zitate einstecken. Und davon gibt's eine Fülle. Für den Leser mit Sicherheit ein Genuss und eine Freude. Auch für die Journalisten?

„Der Journalist ist immer einer, der nachher alles vorher gewusst hat."

Kann nur von Karl Kraus stammen. Allerdings gibt es einige unter ihnen, die kraft ihres Wissens wirklich manches schon vorher erahnten.

„Journalisten schreiben, weil sie nichts zu sagen haben, und haben etwas zu sagen, weil sie schreiben."

Böse Formel für den Journalismus, ebenfalls von Karl Kraus.

„Man kann, wenn sie Bericht erstatten, genau, wer sie besticht, erraten."

Der stammt aus einem anderen Milieu: Fritz Grünbaum, Vordenker des Wiener Kabaretts der Zwischenkriegszeit.

„Wenn Maurer so arbeiteten wie Journalisten, würden die Häuser einstürzen."

Kritische Bemerkung zum eigenen Berufsstand von einem, der es ja wissen muss: Gerd Bacher, Ex-ORF-General.

„Die Journalisten wissen nicht, wo Gott wohnt, sie haben ihn aber alle schon interviewt."

Es gab neben Karl Kraus auch noch andere große Spötter: Anton Kuh z. B.

„Die Rache der Journalisten an der Politik ist das Archiv."

Robert Hochner, leider zu früh verstorbener Parademoderator der „Zeit im Bild 2".

„Je größer der Stiefel, desto größer der Absatz."

Lange vor Quotenfernsehen und Yellow-Press erdacht: von Karl Kraus.

„Ein Gramm Information wiegt schwerer als tausend Tonnen Meinung."

Gerd Bacher, „Vater" der ORF-Informationsexplosion.

„Es genügt nicht, keine Gedanken zu haben. Man muss auch unfähig sein, sie auszudrücken."

Böse Beschreibung des Journalistenstandes, obwohl Karl Kraus die heute handelnden Personen noch nicht geläufig waren.

„Taglöhner der Literatur"

Definition von Milan Dubrovic, dem Grandseigneur des Nachkriegsjournalismus. Otto Schulmeister nannte ihn einen Kulturliberalen und Friedrich Torberg widmete ihm die „Tante Jolesch".

„Der Zeitungsschreiber ist ein Mensch, der seinen Beruf verfehlt hat."

Julius Raab, der in Medienfragen nicht immer richtig lag. Das Originalzitat stammt vom deutschen Reichskanzler Fürst Bismarck.

„Die Journalisten sind die Hofnarren der Republik, sie spielen das Vereinfachungsspiel der Politik mit."

„Presse"-Chefredakteur Andreas Unterberger auf die Frage, ob sich politische Kommunikation inzwischen auf „Sager" reduziert.

„Längst sind viele vom Berichterstatter und Kommentator zum Veranstalter von Politik geworden."

Gerd Bacher.

„Die Journalisten werden wie die Schwarzen samt der Plantage verkauft."

„profil"-Chefredakteur Herbert Lackner zum Zusammenschluss von „News" und „profil", einen Satz des legendären „AZ"-Chefredakteurs Austerlitz abwandelnd.

„Immer mehr Journalisten wissen immer weniger."

Georg Zakrajsek, Präsident der Vereinigung für Medienkultur, dürfte Recht haben.

„Journalisten schreiben über Journalisten – gibt es nichts anderes, Wichtigeres, Größeres?"

Von Herbert Krejci, Chefideologe der Privatwirtschaft, Ex-Chefredakteur der Zeitschrift „Industrie", einer, der sein Metier verstand wie kein Zweiter.

„Ein Journalist ist ein Mensch, der immer etwas Wichtigeres zu tun hat und daher nie zum Wichtigen kommt."

Weder von Kraus noch von Kuh, dennoch pointiert: stammt von Heimito von Doderer. Und der war ja noch ein Zeitzeuge der Kaffeehauskultur.

„Ein Journalist hat zwei Augen und zwei Ohren, um doppelt so viel zu sehen und zu hören, wie geschieht."

Das scheint sich seit Roda Rodas Zeiten nicht geändert zu haben.

„Wartende Journalisten sind gefährlich, vergeblich wartende Journalisten sind noch gefährlicher. Am gefährlichsten sind vergeblich wartende Journalisten, die untereinander Informationen austauschen."

Keine Erkenntnis von Wolfgang Schüssel nach der Amsterdamer Frühstücksaffäre, die Erfahrung machte schon Winston Churchill.

„Es gibt Leute, die in öffentlichen Lokalen deshalb geduldet werden, weil sie nicht zahlen. Man nennt sie Redakteure."

Unschwer zu erraten: Karl Kraus.

„Ein großer Journalist braucht Publikum, das Größe erkennt und schätzt."

Ist von einem großen Journalisten, allerdings keinem Österreicher: Klaus Harprecht, Autor und Ghostwriter von Willy Brandt.

„Sag niemand ungefragt, was du bist – so angesehen ist dein Beruf nicht."

Ratschlag eines älteren Kollegen an den später so erfolgreichen Journalisten Heinz Nußbaumer, danach Pressechef zweier Bundespräsidenten.

„Ihr Beruf ist die Pest des Jahrzehnts."

Armeekommandant General Emil Spannocchi, sonst eher pressefreundlich, zu Michael Jeanée von der „Kronen Zeitung".

„Ich verstehe die Journalisten, ich bin ja auch ein Lügner.

Aus „Liebe Mörder" von Peter Turrini, eine Anthologie seiner verschiedenen Stellungnahmen zu politischen und kulturellen Zuständen und Entwicklungen in Österreich.

„Der Journalist ist vom Termin angeregt. Er schreibt schlechter, wenn er Zeit hat."

Alte Journalistenweisheit von einem, der die Journalisten hasste: Karl Kraus.

„Kehrrichtsammler der Nachrichtenwelt."

Karl Kraus über die Reporter, das Rückgrat des Boulevards.

JUDEN

Ein schwieriges, aber unverzichtbares Kapitel. Erschreckend bisweilen, was ein „Zeitgeist" alles verbrochen hat, dem selbst sonst so honorige Männer wie Figl & Helmer erlegen sind. Vor allem für unsere jüngeren Leser ein wichtiges Dokument.

„Ich glaube in der Tat, dass die Juden eher auf Österreich verzichten können, als Österreich auf die Juden."

Von einem Emigranten, der zurückgekehrt ist, weil er dieses Land so geliebt hat: Friedrich Torberg.

„Die Juden wollen halt rasch reich werden."

Leopold Figl, obwohl selbst KZ-Häftling, kurz nach Gründung der Zweiten Republik im Zusammenhang mit Entschädigungsforderungen.

„Wir heißen alle Österreicher wieder bei uns willkommen – aber als Österreicher, nicht als Juden."

Bundeskanzler Leopold Figl zur Rückkehr der Vertriebenen. War als versöhnliche Geste gedacht, könnte man aber auch anders verstehen.

„Ich bin dafür, die Sache in die Länge zu ziehen."

Oskar Helmer, ansonsten couragierter Innenminister der Besatzungszeit. Hatte auch ein anderes Gesicht bei der Frage der Restitution.

„Jene, die draußen ihren Mann gestanden haben, wissen besser, was anständig ist, als jene, die sich beim ersten Kräuseln des Ozeans in Sicherheit gebracht haben."

Im Wahlkampf 1949 kämpfte der Ex-KZ-Häftling und steirische ÖVP-Chef Alfons Gorbach so um die Wählerstimmen der Ehemaligen und sprach den Emigranten das Recht ab, in der NS-Frage mitzureden.

„Nur verhältnismäßig wenige jüdische Opfer sind vergast worden. Die anderen sind verhungert oder erschlagen worden, erfroren oder an Entkräftung gestorben."

Richard Nimmerrichter in einer „Staberl"-Kolumne am 10. Mai 1992. Wurde vom Presserat nach Klage der Kultusgemeinde verurteilt, das Ansehen der Presse schwer geschädigt zu haben.

„Dass ein Jude in Deutschland Bundeskanzler wäre, ist bis heute nicht denkbar. Wahrscheinlich war es in Österreich nur möglich, weil Kreisky sein Judentum selber so extrem abgelehnt hat."

Der jüdische Autor Richard Chaim Schneider, der nach dem Krieg mit seinen Eltern kurz in Österreich lebte.

„Wenn die Juden ein Volk sind, sind sie ein mieses."

Bruno Kreisky in seiner Auseinandersetzung mit Israels Ministerpräsident Menachem Begin um eine moderate Palästinenserpolitik.

„Der Adel hat eine Familiengeschichte, die jüdische Bourgeoisie eine Neurosengeschichte."

Hermann Broch über adelige Damen, die jüdische Bildungsbürger anhimmelten.

„Die Juden treiben's noch so weit, bis sie wieder eine auf den Deckel kriegen."

Johann Asamer, „Schotterbaron" und Bürgermeister von Ohlsdorf, just jener Gemeinde, in der Thomas Bernhard lebte. Musste nach lautstarken Protesten in der Öffentlichkeit im Sommer 2000 zurücktreten.

Kabarett

Österreich – ein einziges Kabarett? Manchmal kommen wir diesem Satz verdächtig nahe. Zur Einstimmung:

„Schau'n Sie sich das an!"

Legendäre Eröffnungsformel jeder Pointenschlacht durch Karl Farkas.

„Im Kabarett herrscht die Pointe, in der Analyse das Argument."

Der Schriftsteller Peter Rosei in einem Disput mit seinem Kollegen Robert Menasse.

„Die Basis des Kabaretts ist die Kritik an der reinen Vernunft."

Hoher Ansatz: Gerhard Bronner, ebenfalls ein Altmeister des Kabaretts.

„Das politische Kabarett erübrigt sich, wenn die Realität die Satire überholt hat."

Ein vom Textschreiber vieler Kabarettisten regelmäßig strapazierter Stehsatz: Peter Orthofer.

„In manchen Ländern sind Satiriker überflüssig; die Regierung macht sich selbst lächerlich."

Bezieht sich nicht nur auf unsere Zeit; stammt von Alexander Roda Roda.

„Eigentlich kann die Regierung wieder abtreten, sie hat mir den Zorn im Kabarett wiedergegeben."

Der gegenwärtige Simpl-Chef Michael Niavarani, quasi ein Farkas-Urenkel, zur schwarz-blauen Regierung.

„Kabarettisten gehören zur Gattung niederer Lebewesen."

Der geniale Kabarettist Karl Farkas in falscher Bescheidenheit. Damals gab's allerdings noch keine Videokassetten, um den Erfolg zu multiplizieren.

„Farkas war unpolitisch und doch politisch."

Günther Nenning über den Unterschied zwischen Farkas und der heutigen Generation von Kabarettisten.

„Der Hamlet der Komödie."

Ein Nachfahre Torbergs, Reinhard Tramontana, über sein ehemaliges Leitbild Karl Farkas.

„Karl Farkas war viel gescheiter, als er sich's anmerken ließ."

Von einem doch geistesverwandten Zeitgenossen: Friedrich Torberg.

Kaffeehaus

Für viele Österreicher, vor allem aber die Wiener, und da wieder für die Antisportler, ist es ein zentraler Ort der Lebenshygiene. Von seiner einstigen Hochblüte als rauchgeschwängerter Tempel der Hohepriester des Wortwitzes weit entfernt, gewinnt es neuerdings wieder jugendliche Anhänger, die sich an diesen Bonmots ergötzen mögen. Aber auch für die Stammgäste ist viel Reizvolles zu finden.

„Im Wiener Kaffeehaus vereinigt sich östliche Beschaulichkeit des Gemüts mit westlicher Beweglichkeit des Geistes."

Wofür Namen wie Torberg, Kuh und Friedell standen. Wurde gerne von Fritz Muliar zitiert.

„Kaffeehausbesucher sind Menschen, die allein sein wollen, aber dazu Gesellschaft brauchen."

Aus „Theorie des Café Central" von Alfred Polgar.

„Was ist ein Kaffeehausliterat? Ein Mensch, der Zeit hat, im Kaffeehaus darüber nachzudenken, was die anderen draußen nicht erleben."

Anton Kuhs Beschreibung seines Berufsstandes.

„Nicht zu Hause und doch nicht an der frischen Luft."

Einmalige Beschreibung des Wiener Kaffeehauses durch einen, der dort gewohnt hat: Anton Kuh.

„Das bissel frische Luft muss man eben in Kauf nehmen."

Rudi Thomas, stellvertretender Chefredakteur des „Prager Tagblattes", über einen Kuraufenthalt in Marienbad, dessen Kaffeehäuser er besonders lobte.

„Weißt du, wann ich spazieren gehe? Wenn es im Kaffeehaus regnet."

Der Schauspieler und Kabarettist Ernst Waldbrunn zu seinem jüngeren Kollegen Heinz Marecek, der ihn zu einem Spaziergang überreden wollte.

„Im Café Central gab es keine Besucher, sondern Insassen."

Von einem Insassen: Friedrich Torberg.

„Das Café Central ist eine Weltanschauung, und zwar eine, deren innerster Inhalt es ist, die Welt nicht anzuschauen."

Von Alfred Polgar, einem der Hohen Priester der Wiener Kaffeehausliteraten in der Zwischenkriegszeit.

„Ohne Kaffeehaus wäre die Literatur dieser Stadt obdachlos gewesen."

Der Schriftsteller Doron Rabinovici, ein Nachgeborener, trotzdem in der Tradition seiner Väter lebend.

„Ein Ober ist auch ein Mensch."

Aus Ralph Benatzkys „Weißen Rössl". Nach Henryk M. Broder stecken in diesem Satz mehr Weisheit und Würde als in der Präambel zur österreichischen Verfassung.

„Wenn ein Kellner oder eine Kellnerin ‚Gleich' sagt, so ist das ein Aufruf an die menschliche Geduld, dem jeder Gast Folge leisten muss."

Das war schon immer so, denn das Zitat stammt von Johann Nepomuk Nestroy (1801–1862).

„Sorry, we don't cater people in a hurry – Wir bedienen niemand, der es eilig hat."

Warnschild im Café Jelinek im 6. Wiener Gemeindebezirk.

„Café Größenwahn"

Spitzname für das Kaffee Griensteidl am Wiener Michaelerplatz, 1847 gegründet, spielte bereits ein Jahr später eine politische Rolle. Bevorzugter Aufenthalt vieler Literaten, etwa des Kreises um Hermann Bahr.

„Was die Natur betrifft, genügt mir der Schnittlauch auf der Suppe."

Der Journalist Thomas über seine dürftige Beziehung zu Wald und Feld.

„Wie jeder Zeitungsleser weiß, ist Wien um einige Kaffeehäuser herum gebaut, in denen die Bevölkerung zusammensitzt und Zeitung liest."

Ist von Bertolt Brecht. Aber im Ausland sind selbst Revoluzzer charmant.

„Bei uns saß man schon im Kaffeehaus, da hat es die USA noch nicht gegeben."

Michael Platzer, Innungsmeister der Kaffeesieder, zur Eröffnung der ersten Filiale der US-Coffeehouse-Kette „Starbucks" in Wien.

„Die Dorotheergasse 6 beherbergt hauptsächlich Menschen, die nicht gehalten haben, was sie sich von sich selbst versprechen."

Das Multitalent André Heller hat sich aus der Szene des Café Hawelka herausgehoben.

„Buchtelolymp"

Treffender kann man das Café Hawelka nicht beschreiben. Übrigens auch von André Heller.

„Was macht a Nackerter im Hawelka?"

Auch eine kleine Reservehymne auf das Wiener Kaffeehaus aus dem Lied „Jö, schau", das Georg Danzer einem größeren Kreis im In- und deutschsprachigen Ausland bekannt machte.

„Wenn es das Hawelka nicht gäbe, müsste man es erfinden."

Von Hans Weigel, dem „Entdecker" des Lokals in der Dorotheergasse.

„Ins Kaffeehaus kam man ja nicht zum, sondern nach dem Essen."

Friedrich Torberg über den seiner Ansicht nach abzulehnenden „Einbruch" von Küche und Keller in den klassischen Kaffeehausbetrieb.

„Essen war seine Lieblingsspeise."

Von Torberg gewünschter Text auf seinem Grabstein.

„Das größte Verhängnis des Wiener Lebens ist es, Stammgast zu sein."

Karl Kraus in der „Fackel" Nr. 23 vom 2. Dezember 1907.

„Sie bringen das wichtigste Erfordernis eines Stammgastes nicht mit: Sie haben keine Zeit."

Der Obige über die modernen Literaten und das Sterben der Wiener Kaffeehauskultur. Was sich nach dem Tod Torbergs wieder gebessert hat.

Kaiser Karl

Über den letzten Habsburger Kaiser gehen die Meinungen sehr weit auseinander. Das spiegelt sich auch in den folgenden Zitaten wider. Der stärkere Partner, nicht nur, was die Gesundheit betraf, war seine Frau Zita.

„Im Kriege wurde Ich auf den Thron meiner Väter berufen, zum Frieden trachte Ich meine Völker zu geleiten, im Frieden wollte Ich ihnen eine gerechter und treusorgender Vater sein."

Kaiser Karl I. am 24. März 1919, wenige Monate nach dem Zerfall der Donaumonarchie. Da wollte allerdings niemand mehr etwas von seiner Fürsorge wissen.

„Zwei Kaiser, ein Schicksal."

Der TV-Starjournalist und Autor Klaus Emmerich in seinem Buch „Ach, diese Deutschen" über das unrühmliche Ende zweier Herrscher ohne Fortüne: Kaiser Wilhelm II. und Kaiser Karl von Österreich.

„Großer Gott – er kann fahren!"

Staatskanzler Renner zum Gezerre um die Ausreise von Kaiser Karl – ob mit oder ohne unterfertigter Abdankungserklärung.

„Abdanken, nie! Lieber falle ich mit dir. Dann kommt Otto."

Appell von Kaiserin Zita an ihren Gatten Kaiser Karl, nicht auf den Thron zu verzichten. Otto von Habsburg verzichtete erst 1961.

Kaiser-Sprüche

Sie sind noch heute zu lesen, eingemeißelt oder gedruckt, die Wahlsprüche österreichischer Kaiser.

AEIOU – Allen Ernstes Ist Österreich Unersetzlich"

Erstaunlicher Befund des profunden Österreichkenners Professor Willy Lorenz, auch Herausgeber der katholischen Wochenzeitung „Die Furche". Es gibt Dutzende weitere Deutungen, gesammelt vom Historiker Alphons Lhotsky. Eine davon: „Alte Esel jubilieren ohne Unterlass".

„Der Kaiser, in dessen Reich die Sonne nicht unterging."

Metapher für die Größe des Reiches, über das der Enkel Kaiser Maximilians, Karl V., herrschte.

„Plus ultra"

Ambitiöse Devise Karls V. (1500–1558), eines „Ausnahmekaisers" unter den Habsburgern, der nach 40-jähriger Herrschaft freiwillig abdankte.

„Bella gerant alii, tu, felix Austria, nube."

Nach Christoph Allmayer-Beck, dem großen Militärhistoriker, oft falsch und billig verstandener Satz vom heiratswütigen Habsburgerhaus. Österreich sei kein Heiratsparadies für Königskinder, sondern die Verklammerung gegensätzlicher Kräfte gewesen.

„Gerechtigkeit herrsche, und ginge die Welt darüber zugrunde."

Wahlspruch Kaiser Ferdinands I. von Habsburg (1503–1564).

„Oft geschieht im Augenblick, was nicht im Jahr gehofft wird."

Stammt ebenfalls von Kaiser Ferdinand I. Gilt bis heute ungebrochen.

„Durch Gesetz und Treue"

Wahlspruch des letzten Kaisers der Heiligen Römischen Reiches, Franz I., dessen Regentschaft sich durch den rigiden Antiliberalismus des Fürsten Metternich auszeichnete.

„Mit Gott spricht man spanisch, mit den Männern italienisch, mit den Frauen französisch, deutsch mit den Pferden, mit wem soll ich englisch reden?"

Wird Karl V. zugeschrieben, wurde gern von Charles de Gaulle zitiert, um sein Verhältnis zu den europäischen Nationen zu umschreiben, speziell zu England.

„Mir ist lieb, was ich da über mich höre, denn es erinnert mich daran, wie ich hätte sein sollen."

Kaiser Karl V., der bedeutendste Habsburger, quittierte damit eine Laudatio an seine Adresse. Gerne zitiert von Gerd Bacher.

„Der Mensch tut seine Pflicht, den Rest kann er dem Herrgott überlassen."

Zita von Habsburg, 1892–1989, letzte Kaiserin Österreichs.

Kapital

Nicht unbedingt ein (Stich-)Wort aus dem Sprachgebrauch des Österreichers. Daher nachlesenswert.

„Kapital ist scheu wie ein Reh und hat das Gehirn eines Elefanten."

Der Präsident der Industriellenvereinigung Peter Mitterbauer zu den Steuerplänen der Regierung Schüssel.

„Kapital ist geil wie ein Bock und scheu wie ein Reh."

Die waidmännische Form des Zitats, verwendet von Georg Wailand zum Start der „Gewinn"-Messe.

„Ich bin kein Kapitalist."

Der (liberale) Unternehmer Hans Peter Haselsteiner auf eine Journalistenfrage, warum er für die „Tobinsteuer" sei, eine Steuer auf Spekulationsgewinne.

„Der Hannes Kartnig erinnert mich an die alten Kapitalisten – rührend mit seiner Zigarre."

Der Fußballfan und Soziologe Reinhold Knoll.

Kapitalismus

Das Wort „Kapitalismus" findet sich nicht besonders oft im österreichischen Sprachgebrauch. Desto interessanter ist, was sich da an Zitaten gibt.

„Wenn Sie den österreichischen Kapitalismus abschaffen wollen, müssen Sie ihn erst einführen."

Hannes Androsch, Exfinanzminister und inzwischen Kapitalist.

„Mach mit dem Kapitalismus, was du willst, nur nicht deinen Frieden. Sonst macht er mit dir, was er will: sogar seinen Krieg."

Von Arthur West, einem der wenigen ernst zu nehmenden Intellektuellen des österreichischen Kommunismus.

„Der Kapitalismus ist wie eine alte Frau mit viel Schmuck. Der Schmuck ist begehrenswert, alles andere nicht."

Franz Geist, unter Kreisky Generaldirektor der ÖIAG (1971–1978).

„Dort, wo der Kapitalismus die schönsten Maschinen konstruiert, gibt es die meisten Arbeitslosen. Dort, wo er die größten Börsen errichtet, gibt es die meisten Raubmorde."

Der österreichische Schriftsteller Jura Soyfer, Sohn eines Industriellen, arbeitete im Untergrund für die Sozialdemokratie und die Kommunisten; starb 1942 im KZ Buchenwald.

„Niemand hat mehr vom Kapitalismus profitiert als die Arbeiterklasse."

Gegenposition von Friedrich August von Hajek, in Wien geborener Nobelpreisträger für Wirtschaftswissenschaften.

„Der Grund der Proletarisierung in unserer Zeit ist nicht Kapitalismus, sondern die Bürokratie."

Aus dem Programm der „Neuen Österreichischen Gesellschaft" im Jahr 1960, einer Reformgruppe der ÖVP, deren Generalsekretär Karl Gruber, der frühere Außenminister, war.

„Wieder einmal hat der Kapitalismus den Sozialismus widerlegt."

Der in Wien lebende Schweizer Journalist Arthur Meyer über die unterschiedliche Philosophie der Schweizer Kette „Migros" beim „Konsum Österreich".

„Beim Henker ist mehr Mitleid als bei der Aktiengesellschaft und den von ihr besoldeten Antreibern."

Der Arzt Viktor Adler schildert als früher „Wallraff" in der „Gleichheit" die Situation in den Ziegelwerken am Wienerberg.

Kardinal König

Er war und ist wohl eine der herausragendsten Persönlichkeiten, die Österreich und die Kirche hatten. Auch wenn ihm der höchste geistliche Rang versagt geblieben ist, hat er auch in der Weltkirche, speziell bei der Öffnung Richtung Osten, unauslöschliche Spuren hinterlassen.

„Ich glaube nicht, aus dem Holz geschnitzt zu sein, aus dem Päpste gemacht werden."

Kardinal König, auf Spekulationen angesprochen, dass er bei der Papstwahl 1978 einer der heißesten Favoriten gewesen sei.

„Der rote Kardinal."

Konservative katholische Kreise bezeichneten so den Wiener Erzbischof Franz König wegen dessen Annäherung und Aussöhnung mit der SPÖ.

„Der Kardinal heißt nicht nur König, er ist auch der König der österreichischen Bischöfe."

Überschwängliche Metapher von Professor Johannes Huber, dem einstigen Sekretär des Wiener Erzbischofs.

„Don Camillo und Peppone – made in Austria"

Kapitelüberschrift von Thomas Chorherr in seinem Buch „Die roten Bürger" zum besonderen Verhältnis von Kardinal König und Bundeskanzler Kreisky.

„Steinigt ihn nicht mit einem Denkmal. Dazu ist er viel zu groß."

Der Theologe und „Vater" der politischen Theologie, Johann Baptist Metz, über Kardinal Franz König.

„Gott würfelt nicht."

Erzbischof Kardinal König zur Entschlüsselung des menschlichen Bauplans. Das Originalzitat ist allerdings von Albert Einstein. Passt aber doch besser zu einem Kardinal.

„Der Alterzbischof von Wien gehört zu den Menschen, die uns sagen, was wir brauchen."

Die steirische Landeshauptfrau Waltraud Klasnic am 95. Geburtstag von Kardinal König in Mariazell.

„Dass wir statt Kardinal König jetzt Bischöfe haben wie Kurt Krenn, der in TV-Comedysendungen neben Nackt-Sackhüpfern auftritt, damit muss man leben."

Der Kabarettist Josef Hader über den auffälligen personellen Wandel in der Kirche.

Kärnten

Kärnten liefert auch ohne Haider eine Fülle von Zitaten. Weil das Land im Süden anders ist als der Rest der Republik? Weil man Kärnten nur in Kärnten versteht? Dann sollten vor allem die Wiener und andere das folgende Kapitel lesen.

„Kärnten frei und ungeteilt."

Wahlspruch aus dem Kampf gegen die Zweiteilung im Oktober 1920. Wird auch im 21. Jahrhundert noch aufs Banner mancher Kreise geschrieben.

„Dieses Land ist wie ein Punschkrapferl – außen rosa, innen braun und ständig unter Alkohol.“

Der Seelenforscher der Nation Erwin Ringel, der Kärnten besonders gerne seziert hat.

„Eine Zone äußerster Dumpfheit überdeckt dieses Land, seit ich denken kann.“

Der Kärntner Schlossbesitzer Felix Orsini-Rosenberg, der sich um ein anderes Bild Kärntens bemüht.

„Am Kärntner Wesen könnte auch diese Republik genesen.“

Vorschlag von Jörg Haider in den „TV-Alltagsgeschichten“ vom 3. 11. 1989.

„Meine eigentliche Trauer ist der Irrtum, in Kärnten geboren zu sein.“

Der international renommierte Architekt und in Graz lebende Hochschullehrer Günther Domenig.

„Wenn in Kärnten eine politische Veranstaltung ist, glaubt man jedes Mal, die Jugoslawen würden schon am nächsten Tag einmarschieren.“

Ernst Hinterberger, Autor und bekennender Wiener.

„Kärnten ist mir viel zu teuer.“

Mit diesem Ausspruch versuchte Kreisky zu rechtfertigen, warum er sein Urlaubsdomizil auf Mallorca und nicht in Österreich gekauft hat.

„Ich kann mir Kärnten noch leisten.“

Heinz Havelka, prominenter Wiener Autohändler und Kärnten-Fan, in Anspielung auf Kreiskys Ausspruch.

„Und so die berg in Kernten möchten als ein kasten mit dem schlüßel aufgetan werden, wo möchte man größeren schatz finden.“

Der Arzt Theophrastus Bombastus von Hohenheim (1493–1541), besser bekannt unter seinem Gelehrtennamen Paracelsus, den sein unstetes Wanderleben auch nach Klagenfurt führte.

„Seine slawischen Wurzeln verleugnend, will der Kärntner wieder besseres Wissen den Urdeutschen schlechthin spielen.“

Van der Bellen zum übersteigerten Geschichtsbewusstsein im südlichsten Bundesland.

Karriere

Wie macht man in Österreich Karriere? Ein paar Anleitungen dazu.

„Ich wünsche mir für Österreich, dass es Menschen gibt, denen das Wohl des Landes wichtiger ist als die Karriere."

Der Mahner aus der Hofburg: Rudolf Kirchschläger, erster Mann im Staat von 1974 bis 1986.

„Protektion nennt man jene Karriere, bei der selbst Intelligenz kein Hindernis ist."

Kann nur von einem Berufsspötter stammen: vom unvergleichlichen Karl Farkas.

„Das Parteibuch hat bei uns seine Funktion als karrierefördерndes Wertpapier verloren."

Gerd Bacher 1967 bei seinem Antritt als erster Generalintendant des Reformrundfunks nach dem Volksbegehren unabhängiger Zeitungen. Ein Versprechen, das unter seinen Nachfolgern nicht immer hielt.

„Als Sohn eines berühmten Vaters hat man erst dann wirklich Karriere gemacht, wenn die Leute den Vater fragen, wie es dem Sohn geht."

Hans Hass, Zoologe und Meeresforscher von Weltformat, der keinen berühmten Vater hatte.

Katholiken

Österreich und der Katholizismus – das schien einst eine Einheit zu sein. Darum haben sich auch die intellektuellen Spötter daran mit Zitaten versucht.

„Ein Blitzableiter auf einem Kirchturm ist das denkbar stärkste Misstrauensvotum gegen den lieben Gott."

Karl Kraus. Wer sonst kann so böse spotten?

„Österreich konnte nur deswegen seinen Ruf als urkatholisches Land erwerben, weil es einmal weitgehend protestantisch war."

Der Historiker Friedrich Heer, der gerne in katholischen Wunden wühlte.

„Herz-Jesu-Kommunisten"

Gerd Bacher über die Linkskatholiken und deren wirtschaftspolitischen Kurs.

„Die österreichische Nation ist ein aus Katholizismus, Habsburger-Tradition und feudaler Barockkultur zusammengebrauter Spuk."

So verhöhnte der Führer der österreichischen Sozialdemokraten Otto Bauer 1937 den Rest der Donaumonarchie.

„Beten haben die Katholiken gelernt, (demokratisch) streiten noch nicht."

Die Publizistin Barbara Coudenhove-Kalergi zum umstrittenen „Dialog für Österreich".

„Der von Grausamkeiten geprägte Katholizismus war mein Einstieg in die Religionserfahrung."

So kam Hermann Nitsch zu seinem Blutaktionismus, der ihn international berühmt machte.

„Die Linkskatholiken waren die Großideologen der großen Koalition."

Anton Pelinka über die Rolle, die Friedrich Heer und Wilfried Daim spielten. Diese beiden waren für die Sozialisten die glaubwürdigsten Vertreter des politischen Sozialismus.

„Ich bin zwar kein gläubiger, aber ein begeisterter Katholik."

Herbert Krejci, seinen Lehrer Mayer-Gunthof, Mitbegründer der Industriellenvereinigung, zitierend.

Kino

Die hehren Zeiten des österreichischen Films sind schon lange vorbei. Das scheint sich auch in Zitaten niederzuschlagen.

„Im Kino erlebe ich die Welt."

Peter Altenberg, Wiener Original, Kaffeehausliterat, sah das bereits 1912 zur Stummfilmzeit so.

„Für einen Kulturpolitiker genügt es, bei der Eröffnung der Viennale in der ersten Reihe zu sitzen. Dann hat er etwas für den Film getan."

Der ewig zornige Medienkünstler Peter Weibel.

„Olof Palme wurde erschossen, als er vom Kino nach Hause ging. Das könnte einem österreichischen Politiker nicht passieren – weil er nämlich nicht ins Kino geht."

Der Filmproduzent Prof. Peter Mayer zum fehlenden Konnex zwischen Politik und Kunst in Österreich, in diesem Fall im Bereich des Films.

„Über Qualität braucht man nicht zu streiten, solange die Zahlen stimmen."

Der nach verkauften Kinokarten erfolgreichste heimische Filmproduzent Karl Spiehs zu seiner Strategie.

Kirche

Die Amtskirche muss natürlich in einer Zitatensammlung vertreten sein. Wiewohl das Urteil der engagierten Christen, vor allem der Frauen, manchmal streng ist.

„Die Kirche ist für alle Menschen da. Sie wird niemals mehr in diesem Land einseitig Partei ergreifen."

Kardinal Franz König nach seinem „Friedensschluss" mit der Sozialdemokratie unter Bruno Kreisky.

„Christus hat die Kirche nicht zum Jasagen gestiftet, sondern als Zeichen des Widerspruchs."

Unkonventionelle Aussage des legendären Chefs der Caritas, Prälat Leopold Ungar. Danach hat er auch gelebt.

„Die katholische Kirche begann als jüdische Sekte. Warum soll sie nicht als Sekte enden."

Susanna Hoffmann, eine engagierte Frau und Christin.

„Dass die katholische Kirche nach innen wie Nordkorea strukturiert ist, entspricht dem Machtanspruch ihrer Führer – nicht dem Willen Gottes."

Der Publizist Peter Michael Lingens in einem Kommentar im „profil".

„Die katholische Kirche ist mitverantwortlich für die gesellschaftlichen Verfallserscheinungen."

Der oberste Sicherheitshüter des Staates, Michael Sika, in seinem letzten Interview vor seiner Pensionierung im „profil".

„Der Riss in der Kirche wird zur leicht erkennbaren Scheidewand zwischen Wahrheit und Lüge."

Der Ethikprofessor und Krenn-Freund Robert Prantner zum Richtungsstreit in der österreichischen Kirche.

„Das ist die Software der Kirche, ich bin die Hardware."

Kurt Krenn über den Vorarlberger Kaplan Gustav Paterno.

Klassenkampf

Klingt in unserer Zeit wie aus dem Fremdwörterbuch. Doch auch unsere Zeiten werden härter. Bisher hatten wir bei diesem Thema unter dem Stichwort „Sozialpartnerschaft" nachgeschlagen.

„Klassenkampf am Verhandlungstisch"

Charakterisierung der Sozialpartnerschaft durch den Sozialdemokraten Bruno Kreisky. Vom „schwarzen" Sozialpartner-Zwilling Rudolf Sallinger ist nichts Gleichlautendes bekannt.

„Es ist leicht, die Menschen auf die Straße zu bringen, es ist aber schwer, sie von der Straße wieder wegzubringen."

Bruno Kreisky unter Bezug auf einen Leitartikel in der „Arbeiter-Zeitung" im Juli 1927, der zu großen Arbeiterdemonstrationen und in der Folge zum Brand des Justizpalastes geführt hatte.

„Die Kommunisten wollen den Klassenkampf gewinnen, ihre Funktionäre ihn überstehen."

Der Kabarettist Werner Schneyder.

„Ich habe nie die Straße gebraucht, um gegen die Regierung aufzutreten."

Jörg Haider, die Demonstranten gegen die schwarz-blaue Regierung als „vaterlandslose Gesellen" bezeichnend.

„Niemand lasst si' gern was wegnehmen."

Bruno Kreisky zum Thema der so genannten „wohlerworbenen Rechte", die letztlich meist nur Vorteile auf Kosten anderer sind.

„Der Klassenkampf in der Wohlstandsgesellschaft hört sich auf, wenn gewisse Klassenkämpfer beim Klang der Internationale nicht mehr die Faust ballen können, weil ihnen ein ansehnlicher Diamant am Ringfinger dabei im Wege ist."

Nicht von Jörg Haider, sondern dreißig Jahre vor ihm, von ÖVP-Unterrichtsminister Heinrich Drimmel im Wahlkampf 1956.

„Wer gibt schon gern das Messer her, mit dem er dann operiert wird."

Der neue Finanzstaatssekretär Alfred Finz zu den harten Verhandlungen mit der Beamtengewerkschaft über notwendige Einsparungen.

Klassiker

Auch im Zitatenschatz gibt es „Säulen", auf denen der Bildungstempel ruht. Hier eine Auswahl, die keinen Anspruch auf Vollständigkeit erhebt.

„Es ist ein gutes Land, wo habt ihr dessen gleichen schon gesehen."

Aus „König Ottokars Glück und Ende", dem Grillparzer'schen Loblied auf Österreich.

„Das eben ist der Fluch von unserm edlen Hause:
Auf halbem Wege und mit halber Kraft
Zu halben Zielen zögernd fortzuschreiten!

Die zentrale Charakteristik Österreichs, unabhängig von der Staatsform, egal ob 19., 20. oder 21. Jahrhundert. Stammt aus dem Nationalepos, Grillparzers „Bruderzwist in Habsburg", 2. Aufzug.

„Verwaltet wurde dieses Land in einer aufgeklärten, wenig fühlbaren Weise von der besten Bürokratie Europas, der man nur einen Fehler nachsagen konnte: sie empfand Genie und geniale Unternehmungssucht an Privatpersonen, die nicht durch hohe Geburt oder einen Staatsauftrag dazu privilegiert waren, als vorlautes Benehmen und Anmaßung."

Vom besten Kenner der k.u.k. Monarchie, Robert Musil. Das komplette Resultat seiner Analyse ist unter „Genie und Lümmel" nachzulesen.

„Bei allem, was ihr macht, sei der Anfang reif bedacht."

Würden nur mehr Machtträger auf Schriftsteller wie Franz Grillparzer hören.

„Das hätt i a no z'sammbracht."

Nach der vernichtenden Niederlage der k. u. k. Nordarmee 1866 gegen die Preußen bei Königgrätz konnte sich Kaiser Ferdinand, der 1848 zugunsten seines Neffen Franz Joseph auf den Thron verzichten musste, diesen Satz nicht verkneifen. Soll auch noch in unseren Tagen oft in ähnlichen Situationen gefallen sein; z. B. von Erhard Busek nach der Wahlniederlage seines Nachfolgers Wolfgang Schüssel, 1995.

„Was in Jahrhunderten aufgebaut wurde, zerfiel in Wochen, Tagen, Stunden."

Der Historiker Ernst Hanisch zum 75. Jahrestag der Ausrufung der österreichischen Republik am 12. November 1918.

„Von Humanität durch Nationalität zur Bestialität."

Revolutionäres Zitat von Franz Grillparzer aus dem Jahr 1848.
Das Originalzitat lautet:
Der Weg der neuen Bildung geht
Von Humanität
Durch Nationalität
Zur Bestialität.

„Gott schütze Österreich!"

Kurt Schuschniggs letzte Worte in seiner berührenden Abschiedsrede am 11. März 1938.

„Ich halte jeden Erwachsenen, der sich in peinlichen Sportkleidern in die Öffentlichkeit begibt, für eine Zumutung."

Der Passivsportler, Barbesucher und Journalist Helmut A. Gansterer.

„Durch Zwietracht zerfällt das Große, durch Eintracht wächst das Kleine."

Wird gerne in staatstragenden Reden zitiert, vor allem in Kärnten. Ist aber schon ein paar Jahrtausende alt und stammt vom römischen Schriftsteller Gaius S. Crispus Sallust.

„Ein Reich, das uneins ist, zerfällt."

Kein römischer Schriftsteller, nein, Andreas Khol zu den Querelen mit seinem Koalitionszwilling Westenthaler.

„Hinaus aus Wien mit dem Schuft!"

Waren das noch Zeiten, als man einen rabiaten Journalisten schlicht zum Verlassen des Landes auffordern konnte. Karl Kraus hat es auf Imre Bekessy und seine „Stunde" gemünzt, bei der sich einst auch Billy Wilder seine ersten journalistischen Sporen verdient hat.

Kleidung

Wir Österreicher zählen traditionell nicht zu den bestgekleideten Europäern. Wir orientieren uns gerne nach dem Osten – wie die ersten Beispiele zeigen.

„Unser Dressman aus Kiew."

ORF-General Gerd Bacher über den schon in frühen Jahren zur Fülle neigenden späteren ORF-Generalintendanten Gerhard Weis.

„Ich laufe nicht als Dandy herum, aber auch nicht als Dressman von Kiew.“

Altvizekanzler Hannes Androsch zur wiederholten Frage, wie sich ein Sozialdemokrat korrekt zu kleiden habe. Das Zitat war Teil eines Interviews über die SPÖ unter Alfred Gusenbauer.

„Ich bin kein Anhänger der Latzhosen-Emanzipation.

Ex-SPÖ-Zentralsekretär Heinrich Keller zur Frage, wie sich ein aufrechter Sozialdemokrat zu kleiden hat. Schon vorher hatte Hannes Androsch den Sozialisten mit seinen angeblichen 115 Maßanzügen aus dem Hause Knize Kummer bereitet.

„Die Verkleidung ist zur Kleidung herabgesunken.“

Egon Friedell kritisiert in der „Kulturgeschichte der Neuzeit“ die phantasielose Kleidung der Bankmanager.

Kleiner Mann

Für den so genannten „kleinen Mann“ machen sich gern die Politiker stark. In Zitaten ist davon nicht sehr viel übrig geblieben.

„Der kleine Mann“

Beliebte Metapher populistischer Politiker. Vorläufer ist der erfolgreiche Schwank gleichen Titels des Wiener Autors Oskar Karlweis, geschrieben 1894. Besonders unter die Lupe nahm Karlweis darin die antisemitischen Strömungen der Ära Lueger.

„Die Rede vom ‚kleinen Mann‘ ist eine ideologische Missgeburt. Der Bürger ist immer ein großer Mann im Vergleich zum Politiker.“

Ex-„Presse“-Chefredakteur Michael Maier über den neuen Slogan der Politik von Haider bis Schüssel.

„In einem kleinen Land ist alles klein, selbst die Gemeinheiten.“

Der Altösterreicher Erwin Chargaff, weltberühmter Biochemiker und Aphoristiker – auf diesem Feld zu wenig bekannt.

„Kleiner Mann zahlt große Oper.“

Genial plakativer wie populistischer Slogan der oberösterreichischen FPÖ gegen den Bau eines neuen Musiktheaters in Linz. Damit gewannen die Freiheitlichen im Herbst 2000 die geforderte Volksabstimmung; das auch optisch sehr ansprechende Projekt war damit tot.

„Es gibt kleinkarierte Menschen, die sind so klein kariert, dass man die Karos nicht sieht.“

Bruno Kreisky, der gerne feine englische Anzüge mit Karo-Mustern trug.

„Es war ihm gegeben, sich ins Kleine zu verwandeln und sich so der Macht zu entziehen.“

Würdigung Franz Kafkas durch Literatur-Nobelpreisträger Elias Canetti.

„Ich passe auf die kleinen Leute auf.“

Wiens Bürgermeister Michael Häupl entdeckt im Wahlkampf 2000 den Wähler neu.

„Greißler-Papst“

Spöttische Bezeichnung für den Handelsminister der Regierung Klaus, Otto Mitterer, Vorkämpfer der Klein- und Mittelbetriebe. Wurde von ihm selbst stets als Ehrentitel gesehen.

Klestil

Seit wir keinen (echten) Kaiser mehr haben, beten wir die „Ersatzkaiser“ an. Der letzte in der bisherigen Reihe der Residenten in der Hofburg gab auch den meisten Stoff für dieses Buch. Warum? Die Antwort folgt auf den nächsten Seiten.

„Macht braucht Kontrolle.“

Erfolgreicher Slogan der Wahlkampfmanager von Thomas Klestil für sein erstes Antreten 1992.

„Es stimmt. Ich habe private Sorgen.“

„News“-Schlagzeile Anfang 1994, in der Bundespräsident Klestil erstmals zu seinen Eheproblemen Stellung nahm. Den Grund, die Gesandte Margot Löffler, verschwieg er damals noch.

„Klestil, wann gibst du die Löffler ab.“

Brutalschlagzeile von „täglich Alles“-Chefredakteur Hans-Hermann Tiedje im Januar 1996. Kostete ihm bald den Job.

„Aids, kommt er nie mehr zurück?“

Schlagzeile von „täglich Alles“ zur schweren Erkrankung des Bundespräsidenten (27. 9. 1996); darüber in kleiner Schrift: „Furchtbarer (begründeter) Verdacht“. *Herausgeber Kurt Falk zahlte dafür eine Million Schilling an die „Lebenshilfe“.*

„Thomas Klestil ist laut Verfassung Oberbefehlshaber des Heeres, nicht der ganzen Republik.“

Peter Rabl in einem kritischen „Kurier“-Kommentar über die Rolle des Bundespräsidenten bei der letzten Regierungsbildung.

„Der Bundespräsident hat bei der Angelobung ausgeschaut, als hätten ihn die Hühner das Brot gestohlen.“

Jörg Haider vor johlenden Anhängern am Aschermittwoch in Ried im Innkreis im Feber 2000.

„An das steinerne Gesicht des Bundespräsidenten bei der Angelobung werde ich mich lange erinnern.“

Wolfgang Schüssel zur „Inszenierung“ des HBP am 4. 2. 2000.

„Er hat sich wie ein Lump benommen ...“

Der Wiener FPÖ-Obmann Kabas ist sich nur sicher, dass er damit nicht den Bundespräsidenten gemeint hat. Ob er Lump, Hump oder Dump gesagt hat, ist er sich nicht sicher. Zeugen wollen auch am Landesparteitag am 7. 5. 2000 noch gehört haben: „Es ist eine Schande, dass wir so einen Bundespräsidenten haben.“

„Ob Lump, ob Hump, ob Dump, es ist entsetzlich tump.“

Schlagzeile der „Salzburger Nachrichten“ nach dem Versuch von Hilmar Kabas, zu leugnen, dass er den Bundespräsidenten einen „Lump“ genannt habe.

„Lump war eigentlich ein harmloser Ausdruck."

Der Salzburger FPÖ-Chef Karl Schnell über BP Klestil. Das Oberlandesgericht verurteilte ihn dafür im Dezember 2002 wegen Beleidigung des Bundespräsidenten.

„Wunschkinder waren wir nicht."

Der frisch angelobte Kanzler Wolfgang Schüssel über die Haltung des Bundespräsidenten der neuen Regierung gegenüber.

„Ich hoffe, dass es uns gelingt, aus dem ungläubigen Thomas einen gläubigen zu machen."

Jörg Haider am Aschermittwoch 2000 im Bierzelt von Ried im Innkreis unter dem tosenden Applaus seiner Anhänger.

„Ich halte Dr. Klestil für einen eitlen, karrierebewussten Menschen."

Hartes Urteil des LIF-Förderers Hans Peter Haselsteiner, nach dessen Meinung er, um seine Karriere nicht zu gefährden, viele Grundsätze verletzt hat, die für Liberale wichtig sind – etwa Geradlinigkeit, Konsequenz, Berechenbarkeit, Verlässlichkeit.

„Noch nie wurde die Wahl zum Bundespräsidenten zu einem derartigen PR-Klamauk zwischen Schamlosigkeit, Ahnungslosigkeit und Anmaßung missbraucht."

Gerd Bacher bei der Präsentation des unabhängigen Kandidaten Thomas Klestil, die Gegenkandidaten Gertraud Knoll und Richard Lugner im Visier habend.

„Regierung = Klestil mal Klima, gebrochen durch Schüssel mal Haider"

Versuch der „Salzburger Nachrichten", die wochenlangen Bemühungen um eine neue Regierung in eine mathematische Gleichung zu fassen.

„My wish would be the two big ones."

Bundespräsident Klestil vor dem Europarat in Straßburg am 31. Januar 2003 über seine Wunschkoalition. Löste Diskussionen aus, ob der Bundespräsident im Ausland zur Innenpolitik Stellung nehmen darf.

Koalition

Eine Lieblingsvokabel der Österreicher. Ein bisschen abgenutzt schon, aber für unsere Annäherung noch immer recht vital.

„Österreich ist seinem Wesen nach eine Koalition. Hier koaliert alles mit allem. Der Amtsmissbrauch mit der Beamtenkorrektheit, die Industrie mit der Gewerkschaft, der Bestattungsverein mit dem Automobilclub, die Wahrheit mit der Lüge, die kleine List mit der großen Idee, die Vergangenheit mit der Zukunft."

Der Kabarettist und kritische Geist Werner Schneyder.

„Eine Koalition ist keine Liebesbeziehung."

Kunststaatssekretär Franz Morak bilanziert nüchtern.

„Wir setzen die große Koalition mit der SPÖ ohne Wenn und Aber fort."

Damit verlor Erhard Busek die Nationalratswahl 1994. Bald darauf die Obmannschaft auch noch. Und wieder einmal gewann Haider.

„13 Jahre Kreisky, 13 Jahre große Koalition, wie lange wird diese neue Ära dauern."

Der Politikwissenschafter Norbert Leser, der energisch für den Regierungswechsel zu Schwarz-Blau eingetreten war.

„Zwei Wahlverlierer – eine Koalition aus Not und Elend."

„Presse"-Redakteur Alexander Fieber über das Zweckbündnis Michael Häupl/Bernhard Görg nach der Wahlniederlage vom Oktober 1996.

„Die Nachrichten vom Ableben dieser Koalition sind stark übertrieben."

Andreas Khol, eine Anleihe bei Mark Twain nehmend.

Konservativ

Das Stichwort gibt in Österreich schon mehr her. Sollte man glauben. Die Realität schaut anders aus. Aber mit dem „Bekennen" haben die Konservativen schon immer Probleme gehabt.

„Österreich ist ein sehr konservatives Land, auch die Sozialdemokraten sind konservativ, und die Aufweichung hat hier noch gar nicht begonnen."

Henryk M. Broder, Journalist polnischer Abstammung, der auch in Wien gelebt und dieses Land stets kritisch beobachtet hat.

„Die konservativsten bürgerlichen Menschen sind alte Sozialdemokraten und alte Gewerkschaftsführer. Sie halten sogar etwas von der Religion und erziehen ihre Kinder anständig …“

Von einem Edelkonservativen: Professor Herbert Krejci, der selbst einer der schärfsten Kritiker des Bürgertums ist.

„Heer war für Linke zu katholisch, für Katholiken zu links, für Konservative zu progressiv, für Progressive zu konservativ …“

Günther Nenning 1983 in einem Nachruf auf den wortgewaltigen Grenzgänger zwischen den ideologischen Lagern, der vor allem für einen Dialog der Christen mit den Marxisten eingetreten ist.

Kreisky

Herbert Krejci nannte ihn einmal einen „roten Kakanier“, um auszudrücken, woher Kreiskys Wurzeln stammen. Selbst ein Meister im Umgang mit der Sprache, hat seine Politik natürlich ebenfalls viele kluge Köpfe provoziert, Pointiertes über den „Journalistenkanzler“ zu sagen.

„Kreisky, wer sonst.“

Legendärer und höchst erfolgreicher Wahlslogan der SPÖ im Nationalratswahlkampf 1979. Brachte den höchsten Sieg seiner Amtszeit.

„Ich bin der Meinung …“

Standardmäßige Einleitung von durchschnittlichen Aussagen, um ihnen Bedeutungsschwere zu geben. Perfektioniert von Bruno Kreisky.

„Und wenn mich einer fragt, wie denn das mit den Schulden ist, dann sage ich ihm das, was ich immer wieder sage, dass mir ein paar Milliarden Schulden weniger schlaflose Nächte bereiten, als ein paar hunderttausend Arbeitslose mehr bereiten würden.“

Mit solchen Sprüchen gewinnt man zwar Wahlen, ruiniert aber wahrscheinlich die Wirtschaft. Das Zitat stammt von Bruno Kreisky.

„Das Talent, Dinge zu vermengen, die nicht vermengt werden sollten, hat Kreisky zweifellos in die österreichische Politik eingebracht.“

ÖVP-Obmann Erhard Busek, einer der scharfsinnigsten Kreisky-Kritiker.

„Kreisky war österreichischer Rekordhalter in Infamie, er hat über einen grimmigen Zynismus verfügt.“

Gerd Bacher über seine „Hassliebe“ Bruno Kreisky.

„Kreisky war für jeden Tiefschlag gut."

Der Doyen der innenpolitischen Zunft der siebziger und achtziger Jahre, Kurt Vorhofer, zu seiner zwiespältigen Beziehung zu Kreisky.

„Der Kreisky verstand von der Wirtschaft so viel, das hat auf einem Straßenbahnfahrschein Platz."

Der von Kreisky entlassene einstige Staatssekretär für Fragen der Verstaatlichten, Ernst Eugen Veselsky.

„Sind Sie der Sohn vom reichen oder vom g'scheiten Kreisky."

Der Wiener Bürgermeister Karl Seitz, als ihm der junge Kreisky 1927 vorgestellt wurde. Kreiskys Vater war Textilfabrikant, sein Onkel Rudolf der geistige Wegbereiter der Konsumgenossenschaften.

„Mein Großonkel hat den ‚Economist' der ‚Presse' gegründet."

Muss wohl ein sehr entfernter Großonkel Kreiskys gewesen sein, der ihm wenig von seinem Talent vererbt hat.

„Er war nicht nur ein Sonnenkönig, sondern auch ein Schattenkaiser."

Gerd Bacher, der in Kreisky einen faszinierenden Widersacher fand.

„Höhensonnenkönig"

Thomas Bernhards bissige Antwort auf die journalistische Apotheose vom „Sonnenkönig". Wurde von Hans Mahr, „innenpolitischer Adabei" der „Kronen Zeitung", anlässlich eines Aufenthalts des Kanzlers am Arlberg erfunden.

„Mit Kreisky wurde der Staat erstmals zum Freund, wohlwollend despolitisch, nicht mehr angsterregend."

Vom Essayisten Karl-Markus Gauß, einem modernen Karl Kraus – aber erst, wenn er gestorben ist.

„Da müssen Sie halt erst eine Opinion dafür machen."

Auch ein Lieblingssatz des Alten. Meist machte er sie selbst, indem er einen seiner Luftballone steigen ließ, um die Meinung der Öffentlichkeit zu erforschen.

„Kreisky und Bacher hatten eines gemeinsam: beiden war keine Größe zu groß."

Von einem dritten Großen: Hugo Portisch. Er kannte ja beide sehr gut.

„Die Kanzler werden an Kreisky, die ORF-Chefs an Bacher gemessen."

„Falter"-Chefredakteur Armin Thurnher in seinem Buch „Das Trauma, ein Leben – Österreichische Einzelheiten".

„Kreisky ist an Haider schuld."

Etwas weit hergeholte These des einst linken Politologen Norbert Leser. Leser bezog sich dabei auf dem Umstand, dass Kreisky 1970 das Wahlrecht zugunsten der FPÖ unter Friedrich Peter änderte und ihr damit das politische Überleben sicherte.

„Ein Mann wie Kreisky ist zu einem Knoten im Taschentuch unserer Zeit geworden."

Hans „Cato" Dichand in seiner „Kronen Zeitung". Er war stets ein Bewunderer des Alten.

„Kreisky kann man nicht klonen."

Amtsnachfolger Franz Vranitzky zum 10. Todestag von Bruno Kreisky.

„Der Nazi-Verfolgte Kreisky kam durch den SS-Offizier Peter an die Macht."

Der frühere Herausgeber Peter Michael Lingens in der Jubiläumsnummer „30 Jahre profil".

„Die allergrößte Häufung von Nazis um eine Regierung herum gab es unter dem jüdischen Sozialdemokraten Bruno Kreisky."

Der jüdische Schriftsteller Henryk M. Broder, ein besonderer Österreichkenner .

„Alt bin ich selbst."

Bruno Kreisky auf die Frage von Kurt Vorhofer, des Doyens der innenpolitischen Journalisten, warum er nicht Herta Firnberg zum Nachfolger von Rudolf Häuser mache, sondern den damals erst 38 jährigen Hannes Androsch. Firnberg hat Kreisky diese Antwort nie verziehen.

Krejci

Er kommt zwar aus der Wirtschaft, als gelernter Journalist steckt aber ein bisschen vom großen Spötter Karl Kraus in ihm. Ein Meister der Formulierkunst, mutig in und am Wort – also kein typischer Österreicher.

„Ich bin der letzte Mohikaner der großen Koalition."

Stammt nicht von einer „Rothaut", sondern vom langjährigen Generalsekretär der Industriellenvereinigung, Professor Herbert Krejci.

„Manche der Damen und Herren glauben ja, wenn einer nicht der ÖVP angehört, verzehrt er Babys zum Frühstück."

Herbert Krejci.

„Was will Herr Cap: keinen Strom. Wir wollen keinen Cap, aber Strom."

Der Generalsekretär der Industriellenvereinigung in der Diskussion um das Donaukraftwerk Hainburg.

„Die Politik der bunten Vögel war der erste Verrat am bürgerlichen Lager."

Der Mann der Industrie sieht Erhard Buseks Politik der radikalen Parteiöffnung in Richtung grün bewegter Menschen eher kritisch.

„Es gibt keine KZ und keine Gestapo, aber ihr traut euch nicht einmal, gegen einen Obmann aufzustehen, den ihr nicht wollt."

Kriegsteilnehmer Herbert Krejci in der Debatte um die Schuld der Kriegsgeneration anlässlich der Wiedereröffnung der „Wehrmachtsausstellung" im März 2002.

„Selbstbewusst konnte das österreichische Bürgertum nicht werden, da man ihm das Rückgrat schon zur Zeit der Gegenreformation gebrochen hat."

Stammt vom Paradebürgerlichen Herbert Krejci, der mit den „Döblinger Regimentern" stets streng ins Gericht ging.

„Im Mittelalter war die Philosophie die Magd der Theologie. Heute ist offensichtlich die Politik die Magd der Ökonomie."

Herbert Krejci macht sich Gedanken über den richtigen Stellenwert.

„Das Thema ist zu ernst, dass man es aus der Sicht eines Sektionsleiters aus dem Karl-Marx-Hof sehen kann."

Herbert Krejci zur Absage des Wiener Vizebürgermeisters Hans Mayr an einen EG-Beitritt 1989.

Krieg

Wir haben sie über Jahrhunderte geführt, anfangs erfolgreich, später rettete uns oft noch die Diplomatie – vor den beiden Weltkriegen nicht einmal mehr die.

„Klerus und Krieg: Man kann auch den Mantel der Nächstenliebe nach dem Winde hängen."

Nur wer den Krieg so hasst, kann so bitter sein: auch von Karl Kraus.

„Der Zweite Weltkrieg wäre nie ausgebrochen, wenn wir nicht unter dem Druck der Amerikaner die Habsburger aus Österreich-Ungarn und die Hohenzollern aus Deutschland vertrieben hätten."

Erstaunliches Urteil von Winston Churchill über den Frieden von Versailles und den von St.-Germain. Nur um Jahre zu spät.

„Erinnerungen an den Krieg vergilben nicht."

Exmatrose Hans Dichand über seine Erlebnisse im Zweiten Weltkrieg; sein Schiff war von einem britischen U-Boot versenkt worden, er überlebte wie durch ein Wunder. Die Leser bekamen diese Einsicht auch noch fünfzig Jahre nach dem Krieg zu spüren.

„Stell Dir vor, es kommt Krieg und keiner geht hin – dann kommt der Krieg zu Euch!"

Vollständiges Zitat von Bert Brecht, 1926 geschrieben. Ohne Nachsatz Leitspruch der österreichischen Friedensaktivisten der achtziger Jahre.

„Der Krieg ist eine Seuche. Er kann Staaten und Völker verschlingen, die vom ursprünglichen Schauplatz weit entfernt sind."

Stammt von keinem Militär, sondern von einem Dichter: Franz Grillparzer.

„Was braucht man für den Krieg? Geld, Geld, Geld."

Von Paul Lendvai in einem „Europastudio".

„Die österreichische Außenpolitik und ihre medialen Trompeten ist die eines kriegsgeilen Kiebitzes: Sie hetzt ohne sich selbst am Spiel zu beteiligen."

Der Philosoph Rudolf Burger in einem „profil"-Gastkommentar zur Balkanpolitik von Außenminister Alois Mock gegenüber den Seperationsbestrebungen der Slowenen und Kroaten.

„Ein Krieg pro Abend ist genug."

Der Medienpsychologe Peter Vitouch über die Aufnahmefähigkeit des Fernsehpublikums bei den „Zeit im Bild"-Sendungen.

Kronen Zeitung

Dass Erfolgsstücke nicht immer die besten Kritiken haben, ist aus der Theaterwelt bekannt. Warum sollte es auf dem Zeitungssektor anders sein. Wenn eben die „Krone“ nicht anders wäre, so dass sie zur Kritik herausfordert. Aber bilden sie sich selbst ein Urteil.

„Wir schreiben, was wir denken.“

Credo von Hans Dichand für die „Krone“.

„Unsere Parole wird lauten: Mit dem Volk für das Volk!“

Gruß an alte und neue Freunde der „Kronen Zeitung“ bei deren Neustart am 11. April 1959, verfasst vom letzten verbliebenen Redakteur der alten „Krone“ aus dem Jahr 1944, Ludwig Derka.

„Die Neue Kronen Zeitung ist das Zentralorgan der österreichischen Gegenaufklärung.“

Der Schriftsteller Franz Schuh über das Phänomen „Krone“.

„Das Zentralorgan des gesunden Volksempfindens.“

Weit bösere Charakterisierung der „Krone“, Journalistin Sigrid Löffler, durch ihre Teilnahme am „literarischen Quartett“ des Marcel Reich-Ranicki auch Menschen bekannt, die Kulturseiten nicht lesen.

„Richtig ist, was mehrheitsfähig ist, und das bestimmt wiederum die ‚Krone‘.“

Monika Langthaler von den Grünen nach dem Fall Omufuma.

„Schau in die Krone!“

Werbeslogan des Erfolgsorgans. Auch gut gemeinter Ratschlag für Politiker.

„Die ‚Kronen Zeitung‘ schreibt, was viele Leute gerne lesen, und viele Leute lesen gerne, was sie in der ‚Kronen Zeitung‘ vorfinden.“

Nicht das Blattkonzept von Hans Dichand, nein, Nationalratspräsident Heinz Fischer in einem Interview zum Thema Ausländer und SPÖ.

„Die ‚Kronen Zeitung‘ weiß, was ihre Leser wollen, und ich weiß, was die Österreicher wollen. Und damit hat die ‚Krone‘ gut gelebt, und damit habe ich gut gelebt.“

Ex-FPÖ-Obmann Jörg Haider im viel diskutierten Film „Tag für Tag ein Boulevardstück“ zu seiner engen Blattbindung.

„Die ‚Kronen Zeitung' hat journalistisch an Stellen Muskeln, an denen ‚täglich Alles' nicht einmal Stellen hat."

„Trend"-Herausgeber Helmut A. Gansterer.

„Ich habe zu oft nicht getan, was die ‚Krone' wollte."

Erhard Busek, Ex-ÖVP-Vizekanzler, bitteres Resümee über eine publizistische Todfeinschaft ziehend.

„Die ‚Krone' mischt auf hinterhältige Art in der Politik mit."

Die belgische Filmemacherin Nathalie Borges in einer TV-Dokumentation über den Erfolg der größten österreichischen Tageszeitung.

„Ich hoffe, dass sich niemand vor einer Zeitung fürchtet, man muss sie ernst nehmen."

Bundeskanzler Wolfgang Schüssel zu den Dauerangriffen der „Kronen Zeitung" während den Verhandlungen um Schwarz-Blau.

„Wir haben keinen Parteisekretär hinten im Chefzimmer sitzen, der uns einen einseitigen Kurs diktieren könnte. Wir sind frei und unabhängig. Wir schreiben so, wie es uns unser Gewissen und das Wohl unserer Leser gebietet …"

Dichand, die Unabhängigkeit des Blattes herausstreichend.

„Mädchen, Kinder, Tiere"

Erfolgsmotto der „Krone", das aufging, ergänzt von Hans Dichand durch: keine Autowracks, wenig Politik und wenig Männer.

„Das Einzige, was mein Gewissen belastet, ist das Horoskop."

Der Herausgeber der „Krone" spielte seine Rolle als einer der Mächtigsten des Landes hinunter.

„Jedem Österreicher seine Krone."

Jahrelanger Werbeslogan des Blattes, der der Realität gefährlich nahe kommt.

„Die illustrierte Kronen Zeitung ist das beinahe vollkommene Pendant zur österreichischen Seele."

Der Kommunikationsforscher Michael Schmolke versucht, das Phänomen „Kronen Zeitung" zu erklären.

Kronprinz Rudolf

Er kam mit sich und seiner Welt nicht zurecht, mit seinem Vater ebenso wenig wie mit dessen Politik. Sein Ende raubte der Monarchie eine letzte Chance; sein Tod ist bis heute rätselhaft geblieben.

„Ich bin andere Bahnen gegangen ... doch auch ich habe nur die reinsten Motive gehabt."

Aus dem Testament von Kronprinz Rudolf, der das Geheimnis seines Todes mit in die Gruft genommen hat.

„Wenn der Papa einmal die Augen schließt, wird es in Österreich sehr ungemütlich. Ich kenne, was dann folgt, nur zu genau und gebe Euch den Rat, dann auszuwandern."

Kronprinz Rudolf im Abschiedsbrief an seine Schwester Valerie.

„Er kann jeden Tag an die Regierung kommen, nur ein Menschenleben ist dazwischen."

Fürst Bismarck zu Kaiser Franz Joseph, den Umgang seines Sohnes Rudolf mit der liberalen Presse kritisierend.

„Von besonderer Seite"

Das bevorzugte Pseudonym von Kronprinz Rudolf in der „Neuen Freien Presse", das während der Regierungsbildung um die Jahreswende 2000 von der „Krone" eingesetzt worden ist, um ihren Warnungen vor Schwarz-Blau ein besonderes Gewicht zu geben.

„Ich gehe ruhig in den Tod, der allein meinen guten Namen retten kann."

Entscheidender Satz im Abschiedsbrief Rudolfs an seine Frau Stephanie.

„Er starb wie ein Schneider."

Viel gedeuteter Satz Kaiser Franz Josephs über den letztlich ungeklärten Tod seines Sohnes Rudolf, aus dem manche Historiker eine andere Version als die offizielle vom Freitod herauslesen. Aus der Jägersprache übersetzt, könnte das auf einen bürgerlichen Seitensprung hindeuten.

„Wir haben beide den Kopf verloren."

Mary Baronesse von Vetsera, starb gemeinsam mit Kronprinz Rudolf einen bis heute nicht restlos geklärten Tod.

„Mary Vetsera, die österreichische Version der Marilyn Monroe."

Der kritische Literat Franzobel, bürgerlicher Name Stefan Griebl.

„Deutschland wird das niemals verstehen, welche ungemeine Bedeutsamkeit und Weisheit es ist, die Deutsche, Slawen, Ungarn, Polen um die Krone gruppiert.“

Kronprinz Rudolf zu Georges Clemenceau (1841–1929) 1886.

Kronprinz

Nein, es geht nicht um Thronfolger, die wurden – so sie echte waren – schon behandelt. Hier geht es um die republikanische Form der Nachfolge, bei der zumindest vorher der Parteivorstand, und meist später erst das Volk gefragt wird.

„Kronprinz ist eine Apfelsorte.“

Stereotyper Satz, den alle Kronprinzen Kreiskys herunterspulten, so sie um ihre Nachfolgeambitionen gefragt wurden.

„Nachfolger ist kein Beruf.“

Hans Mahr, früherer Geschäftsführer der „Krone“, auf die Frage, ob er nicht damit gerechnet habe, Nachfolger Hans Dichands zu werden.

„Intrigieren kann man als Prinz, nicht als König.“

Stammt von einen ungenannt bleiben wollenden deutschen Spindoctor.

„Die roten Prinzen gingen, ungebremst von roter Moral, den Weg der Skandale.“

Armin Thurnher in seinem Buch „Das Trauma, ein Leben – Österreichische Einzelheiten“.

Kultur

Wir behaupten stolz von uns, eine Kulturnation zu sein. Die folgenden Zitate könnten diesen Eindruck erwecken.

„Die Straßen Wiens sind mit Kultur gepflastert. Die Straßen anderer Städte mit Asphalt.“

Karl Kraus.

„Zivilisation ist die Mehrung materieller Güter. Kultur ist deren Steigerung durch Geist.“

Egon Erwin Kisch, der rasende Reporter.

„Kultur ist, was die Medien nicht bemerken."

Von einem zeitgenössischen Karl Kraus: Günther Nenning.

„Weniger Politik in der Kultur, mehr Kultur in der Politik."

Erfolgreiches Motto des Wiener ÖVP-Stadtrates Peter Marboe für die (parteipolitisierte) Wiener Kulturpolitik.

„Ich bin ein kulturbewusster Österreicher."

Porno-Jäger Martin Humer, nachdem er 1998 das Mühl-Gemälde „Apokalypse" in der Wiener Secession mit Gruppensexszenen von Mutter Teresa, dem Papst, Kardinälen und Jörg Haider an den bewussten Stellen mit roter Farbe übermalt hatte.

Kunst

Was ist Kunst? Eine viel diskutierte Frage! Vielleicht bekommen Sie aus dem großen Angebot eine für Sie akzeptable Antwort.

„Kunst ist, was ein Kenner dafür hält."

Gar nicht liberale Ansicht des Gottesmannes und großen Kunstförderers Monsignore Otto Mauer, der die bedeutendsten Künstler der Nachkriegsmoderne herausgebracht hat, wie etwa Arnulf Rainer, Josef Mikl oder Markus Prachensky.

„Kunst kommt nicht von ‚Können', sondern von ‚Müssen'."

Stammt vom Neuerer der E-Musik im 20. Jahrhundert, Arnold Schönberg.

„Der Zeit ihre Kunst. Der Kunst ihre Freiheit."

Motto der Wiener Secessionisten, das sie auch auf ihr unverwechselbares Haus am Wiener Getreidemarkt, dem so genannten goldenen „Krauthappel", schrieben.

„Die Grenzen der Freiheit der Kunst sind nicht minder schwierig zu ziehen wie die der Narrenfreiheit."

Gerhard Steininger, der „Steinkauz" der SN, zu den Auftritten des deutschen Regisseurs Christoph Schlingensief in Österreich.

„Kunst ist eine Schule der Toleranz."

Wer Kunst sieht und versteht, ist nach Ansicht des Kunstmäzens Karlheinz Essl automatisch gegen Ausgrenzung und Fremdenhass.

„Lieben Sie Scholten, Jelinek, Häupl, Peymann, Pasterk oder Kunst und Kultur."

Höchst umstrittener Plakatslogan der Wiener Freiheitlichen aus dem Jahr 1995. Er richtet sich gegen den damaligen Unterrichtsminister Rudolf Scholten, die Schriftstellerin Elfriede Jelinek, Wiens Bürgermeister Michael Häupl, Burgtheaterdirektor Claus Peymann und die damalige Wiener Kulturstadträtin Ursula Pasterk.

„Es ist nicht wahr, dass es so etwas wie eine zeitnahe Kunst gibt. Es gibt immer nur die Kunst."

Der großartige Mime Raoul Aslan, aus Saloniki stammend, als Gegner der Nazis 1945 zum Burgtheaterdirektor berufen.

„Die Kunst soll frei sein. Indem sich etwas frei gebärdet, ist es aber noch nicht Kunst."

Weihbischof Kurt Krenns Reaktion auf Thomas Bernhards „Heldenplatz".

„Die Kunst soll das politische Bewusstsein der Bürger fordern, damit diese die bestmögliche Politik wählen."

Gerard Mortier in einem Aufsatz „Kunst ist immer politisch".

„Wo Kunst aneckt, liegen die Probleme einer Gesellschaft."

Alfred Kolleritsch, Schriftsteller und Mitbegründer des legendären „Forum Stadtpark" in Graz.

„Kunst ist, was man nicht kann. Wenn man's kann, ist's ka Kunst."

Erkennt man gleich – ist von Johann N. Nestroy.

„Die Kunst legt den Finger auf Wunden. Sie schnappt zu und beißt – auch die Hand, die sie füttert."

Klaus Bachler zum Vorwurf, linke Staatskünstler, die aus Subventionstöpfen leben, sollten nicht nach der Hand schnappen, die sie füttert.

„Wir sind ein Land, das nur angepasste Kunst wünscht."

Der Schriftsteller Gerhard Roth zum selben Thema.

„Kunst kommt nicht von Gönnen, sondern von Können."

RZB-Chef Klaus Liebscher 1994 bei der Verleihung des Preises Maecenas an Kunstsponsoren.

„Die Kunst ist kein Heldenplatz."

„Edelfeder" Helmut A. Gansterer in einem Essay über die Künstler als „Krieger" gegen die Macht. Tapfer und daher gefährdet waren seiner Ansicht nach nur die Literaten und die Kabarettisten.

„Die Liste der ‚entarteten Kunst' sagt mehr über die Nazis als über die Künstler aus."

Gansterer zum Thema Künstler.

„Kunst muss nicht allen gefallen und Kunst muss nicht sofort verstanden werden. Man soll darüber nachdenken müssen."

Ioan Holender weiß aus langjähriger Erfahrung, dass manches, was einst mit Bomben und Granaten durchgefallen ist, später ein Klassiker wurde.

„Die Kunst ist eine Hure."

Andreas Mölzer, Haiders zeitweiliger Kulturberater.

„Es gibt Kunst und Unkunst. Das auszusprechen, traut sich heute niemand."

Norbert Tschulik, Dozent für Operngeschichte an der Universität Wien.

„Kunst plus Subvention ist Kultur; Kunst minus Subvention ist Kunst. Kunst ist, Kultur machen ohne Subvention."

Ein Nenning'sches Wortspiel erster Klasse.

„Die Kunst braucht keinen Sponsor. Der Sponsor braucht die Kunst."

Temporäre Inschrift über dem Eingang der Secession, als sie 1999 mit Unterstützung der „Ersten" renoviert wurde.

„Kunst und Geld sind nie kompatibel."

Stardirigent Nikolaus Harnoncourt zieht Bilanz aus 50 Jahren Arbeit mit der Plattenindustrie.

„Kunst ist Privatsache."

Aus dem FPÖ-Parteiprogramm. Hört sich aufs Erste positiv an, wenn man an die jahrzehntelange Dominanz der Staatskunst unter der SPÖ denkt. Nur an welche Kunst denkt die FPÖ?

Landesfürsten

Österreich ist seit 1918 Republik. Aber das scheint sich noch nicht in allen Teilen des Landes durchgesprochen zu haben. An einigen Fürstenhöfen, wie zum Beispiel in Graz, gab es sogar weiterhin die monarchische Erbfolge. Selbst wenn sie neue Fürstenhöfe gründen, wie in St. Pölten, entstehen bald neue Geschlechter.

„Die Landeshauptleute ziehen noch immer wie Monarchen durch ihre Länder und verteilen Gaben."

Andreas Unterberger, Chefredakteur der „Presse", in einem Kommentar über eine Reform des Bauplanes des Bundesstaates Österreich.

„Sie arbeiten nicht, sie regieren."

Hans Werner Scheidl über die Lebensphilosophie der „Landesfürsten".

„In Wirklichkeit wollen die nur repräsentieren und nichts arbeiten."

Landeshauptmann Jörg Haider über seine Amtskollegen in den „Oö. Nachrichten" vom 19. Juli 1999. Wurde von Haider abgestritten und erst bestätigt, nachdem die Zeitung das Tonband veröffentlicht hatte.

„Man muss bei den Leuten sein, und zwar nicht nur bei denen in der ersten Reihe."

Josef „Sepp" Pühringer, „Kleinregent" in Oberösterreich.

„Das schönste politische Amt, das Österreich zu vergeben hat."

So sah Salzburgs Wilfried Haslauer die Rolle des Landeshauptmannes.

„Das österreichische System – die neue Straße schenkt uns der Landeshauptmann, die Steuern dafür kassiert der Finanzminister – fördert die Verschwendungssucht der Länder und die Ressentiments gegen Wien."

Aus einer Analyse des Steuersystems im „Standard".

„Der Landeshauptmann wird nicht als einer von denen da oben, den wirklich Bösen, identifiziert."

Bernhard Görg, Wiens ÖVP-Vizebürgermeister.

„Herr Dokta, Sie wern des no lernen. Das Land kann man nur regieren mit jeden Tag an Missbrauch der Amtsgewalt."

Tirols Eduard Wallnöfer erklärt seinem neuen roten Stellvertreter, dem Juristen Herbert Salcher, das Credo einer erfolgreichen Amtsführung.

„Sie waren einmal Landeshauptmann, ich bin es jetzt. Sagen wir Du zueinander."

Theodor Kery zum vormaligen NS-Gauleiter Tobias Porschy, einem besonders aggressiven Verfolger der Juden und Roma im Burgenland.

„Krainer war der Letzte der österreichischen Landesfürsten."

Der Verleger Fritz Molden bei der Präsentation des Buches über Krainers Nachfolgerin Waltraud Klasnic im Sommer 2000.

„In Wien machte und versenkte er lieber Bundesparteiobmänner, als selbst voranzugehen."

Hans Werner Scheidl in der „Presse" zum 70. Geburtstag von Josef Krainer.

„Die ÖVP ist ja eine Partei des gewachsenen Kantönligeistes und der Schrebergartenmentalität, genannt Föderalismus, sowie des Landeskaisertums."

Gerhard Hirschmann, Krainer-Zögling und Aufmüpfiger vom Dienst der Volkspartei, der ursprünglich Krainer-Nachfolger werden sollte.

„Es gehört für einen Landeshauptmann einfach zum guten Ton, hin und wieder etwas gegen Wien zu sagen."

Gerhard Hirschmann, einst Kandidat für die Krainer-Nachfolge.

„In Österreich kann ein Sozialist wohl Bundespräsident, nicht aber Straßenarbeiter in Niederösterreich werden."

Der sozialistische Landeshauptmannstellvertreter Hans Czettel zum Umstand, dass 99% der nö. Straßenarbeiter den ÖAAB wählten.

„Der geistige Niedergang der SPÖ hat mit Landeshauptmann Sima begonnen. Das war der erste demokratisch gewählte Diktator."

Jörg Haider in einem Interview über die Kärntner Parteienlandschaft.

Leistung

Man sollte sich in einer österreichischen Zitatensammlung auch mit heimischen Randthemen befassen. Die Ausbeute ist entsprechend schmal, aber reizvoll.

„Eliten kommen durch Leistung zustande, Prominenz durch Beifall."

Stammt zwar vom deutschen Publizisten Friedrich Sieburg, wurde aber gern von Gerd Bacher zitiert, u. a. in seiner viel beachteten Salzburger Festspielrede über „Die Beifallsgesellschaft und die Medien", 1984.

„Große Reden führen und dann nichts leisten: Das ist echt österreichisch."

Kaum einer hat den Österreicher so seziert wie er: Egon Friedell.

„Der Österreicher ist ein Arbeitstier mit einem Hang zum Genialen."

Der Wirtschaftsforscher Andreas Wörgötter über unser Erfolgsgeheimnis.

„Arbeit ist keine Strafe Gottes."

Christoph Kardinal Schönborn, den Schöpfer von Opus Dei, José Maria Escirvá, zitierend.

„In Österreich hofft man, dass alle Tellerwäscher Tellerwäscher bleiben – und nicht, dass einer davon Rockefeller wird."

G. Bacher über eine der Urtriebskräfte des österreichischen Menschen, den Neid. „Man braucht auch kein Rockefeller-Center und keine Rockefeller-Foundation", meint Bacher ergänzend.

„Auch Erfinder oder Philharmoniker sind Leistungsträger, nicht nur Spitzensportler."

Der Kolumnist Alfred Payrleitner, ein steter Mahner für ein moderneres Österreich.

„Der Konsum ging an seinen wohlbestallten Betriebsräten zugrunde, die, um wieder gewählt zu werden, Geschenke an eine wenig leistungswillige Belegschaft verteilten.

Der Obige zum Konkurs des KONSUM. Kann für viele Betriebe im geschützten Bereich übernommen werden – von Bahn bis Post.

„Ich habe nie verstanden, wieso die SPÖ ein verkrampftes Verhältnis zur Leistung hatte."

Alfred Gusenbauer sieht die Sozialdemokratie als Schutzpatron des Wettbewerbs.

„Die Hochleistungsgesellschaft erinnert mich an Ausbeutung – auch wenn solidarisch davor steht."

Der linke Vordenker Caspar Einem zur umstrittenen Umgestaltungsidee seines Parteichefs Alfred Gusenbauer.

„Ich bin kein im engeren Sinn arbeitender, aber im weiteren Sinn vielfältig tätiger Mensch."

Der Unternehmer Androsch zu seiner Rolle als Denker und Lenker.

„Faulsein liegt im Trend und ist seit jeher eine aristokratische Tugend."

Der unkonventionelle Soziologe Roland Girtler, der sich mit Vorliebe mit Randgruppen wie Wilderern und Aristokraten beschäftigt.

„Man kann sich viel leichter krankfaulenzen als krankarbeiten."

Der Mann weiß, wovon er spricht: der Waldbauernbub Peter Rosegger.

„Wer nicht arbeitet, wird sich wieder ans Arbeiten gewöhnen müssen."

Ein ähnliches Zitat hieß:

„Wer nicht arbeitet, soll nicht essen."

Es stammt von Adolf Hitler. Unseres stammt von Jörg Haider.

Lendvai

Auch für Paul Lendvai gilt, dass er mehr Zitatenspender ist. Was ja auch mit seiner Profession zu tun hat: er erklärt den Menschen die Welt.

„Wunden heilen nicht dadurch, dass man darin Fahnen pflanzt."

Der Dichter Rainer Maria Rilke, zitiert von Prof. Paul Lendvai zur Diskussion um die Aufarbeitung der heftig umstrittenen Beneš-Dekrete.

„Würde es Lendvai nicht geben, müsste man ihn entdecken."

Bundeskanzler Vranitzky über den Exil-Ungarn, der sich nirgends so wohl wie in Wien und Altaussee fühlt.

„Wenn ich ORF-Generalintendant wäre, würde ich bestimmen, dass noch mehr über Osteuropa berichtet wird."

Hätten Sie eine andere Antwort von Paul Lendvai erwartet?

„Mein Leben ist ein ständiges Schwanken zwischen kontrolliertem und völligem Chaos."

Nochmals Paul Lendvai über seinen (recht erfolgreichen) Arbeitsstil.

Liberal

Auch wenn der Liberalismus in Österreich keine große Tradition hat, für ein paar ausgesuchte Zitate hat's gereicht. Da sieht man erst, wie viel in dieser Idee stecken würde.

„Österreich ist kein liberales Land."

Nicht von Heide Schmidt, sondern von Franz Vranitzky, einem bekennenden Großkoalitionär. Das Zitat fiel übrigens lange vor der Gründung des Liberalen Forums.

„Der Liberalismus in Österreich erschöpfte sich im Wesentlichen auf antihabsburgische, antiklerikale, antisemitische und großdeutsche Haltungen."

Der Banker Heinrich Treichl, den fehlenden Liberalismus beklagend.

„Winchester-Liberaler"

Pointiertes Kürzel für den 3. Nationalratspräsidenten Thomas Prinzhorn, verliehen von Christoph Kotanko im „Kurier."

„Bevor Andreas Khol die Liberalen unterstützt, verkauft er seine Seele dem Luzifer persönlich."

Der Unternehmer Hans Peter Haselsteiner, auch über den „Tod" des LIF hinaus eine wichtige Galionsfigur der Liberalen.

„Wenn die Mitglieder das Gefühl haben, die Partei ist tot, dann wird sie tot sein."

Christian Köck, der Kurzzeit-Nachfolger von Heide Schmidt.

„Dieser Molden ist ein Liberaler und ärger als die Roten."

In diesem Satz von ÖVP-Kanzler Josef Klaus steckt das jahrzehntelange Unvermögen der Volkspartei, eine Geisteshaltung außerhalb der rot-schwarzen Welt zu akzeptieren.

„Bei uns ist ‚liberal' meist nur ein Tarnname für das alte Wort ‚links'".

Andreas Unterberger, einer der Molden-Nachfolger in der „Presse".

„Für die Konservativen ist er zu liberal und für die Liberalen zu konservativ."

Thomas Chorherr zum 75. Geburtstag Fritz Molden.

„Eine Mutter, die ihre Kinder erzieht, leistet wesentlich mehr, als wenn sie Frauenministerin wird oder das Liberale Forum gründet."

Karl Habsburg, Kaiserenkel.

Lindner

Eine Frau greift nun in die Tasten der größten Orgel des Landes, wie Gerd Bacher den ORF einst nannte. Und spürt gleich den Gegenwind der männlichen Kritiker.

„Dame schlägt König“

„profil“-Schlagzeile zum Sieg von Monika Lindner über Gerhard Weis in der Wahl zum ersten ORF-Generaldirektor am 21. 12. 2001

„Tiger-Lily“

Schlagzeile von „News“, um Monika Lindner als gelehrige Schülerin ihres einstigen Mentors Gerd Bacher auszuweisen.

„Die hängt dem Erwin Pröll nicht wie eine Schnäuztüchl aus dem Hosensack.“

Überraschende Unterstützung für Lindner durch Wiens Bürger Michael Häupl, der in Monika Lindner eine selbstbewusste Frau sieht .

„Die ÖVP hat diesmal das Gleiche getan wie früher die Roten.“

Ex-ORF-Intendant E.W. Marboe zu Vorwürfen, die Wahl von Monika Lindner sei politisch ausgepackelt gewesen.

„Bundesland-Österreich.“

Ex-GI Gerd Bacher befürchtet eine zu starke Provinzialisierung des ORF unter Monika Lindner.

„Die ORF-Landesstudios sind die Gartenlaube der Politik.“

„WirtschaftsBlatt“ Chefredakteur Engelbert Washietl findet, dass in den „Bundesland heute“-Sendungen für den jeweiligen Landeshauptmann täglich Marillenernte ist.

Links und rechts

Die Frage der Ein- bzw. Zuordnung ist ein beliebtes Spiel in Österreich. Das nützen keine Hinweise, dass dies längst Schnee von gestern sei. Totgesagtes lebt hier länger.

„Wer mit 20 nicht links steht, hat kein Herz, wer mit 30 noch links steht, hat kein Hirn.“

Gerne von der österreichischen Opposition in Richtung Kreisky geschleudert, stammt aber von Bernhard Shaw.

„Links und rechts ist nach meinem Verständnis eine Kategorie im Straßenverkehr."

Hannes Androsch auf die Frage, ob die SPÖ unter Gusenbauer nach links schwenke.

„Es gibt keine rechte oder linke Wirtschaftspolitik, es gibt eine moderne oder unmoderne."

Alfred Gusenbauer oder Hannes Androsch? Nein, Gerhard Schröder.

„manche meinen
lechts und rinks
kann man nicht velwechsern.
werch ein illtum!

Ernst Jandl bekanntestes Gedicht: „lichtung"

„Die Welt hat sich auf die Begriffe Rechts und Links versteift und dabei vergessen, dass es auch ein Oben und ein Unten gibt."

Franz Werfel, wohl aus der Sicht der dreißiger Jahre verständlich.

„Im deutschsprachigen Raum ist rechts ein Synonym für etwas Gutes, links zeigt an, dass etwas nicht in Ordnung ist."

Jörg Haider 2002 in seinem Interview mit dem arabischen TV-Sender Al-Jezeera, wo er mit einem Falken auftrat.

„SP-Karrieren beginnen oft ‚links' und münden immer ‚rechts'."

Günther Nenning über die späte Karriere des Josef Cap als Klubobmann der SPÖ.

„Soll man Rechtspopulisten nicht dieselbe Chance geben wie Linksradikalen?"

Andreas Treichl, Ex-ÖVP-Finanzreferent und Bankchef, spielt darauf an, dass der deutsche Innenminister Schily einst Sympathisant linksradikaler Terroristen war.

„Es gehörte in der Nachkriegszeit mehr Mut dazu, sich als rechts zu bekennen denn als links. Denn die Mode war links."

Unschwer zu erraten: Gerd Bacher.

„Links reden und rechts handeln."

Khol zur Doppelstrategie von Bruno Kreisky, auch Nichtsozialisten anzusprechen, ein Stück des Weges mitzugehen.

„Ein linker Schwarzer ist weniger verträglich als ein rechter Roter."

Haider über den Innenminister seiner Koalitionsregierung, Ernst Strasser.

Linz

Ein eigenes Kapitel für Linz? Es lohnt sich, die folgenden Zeilen zu lesen. Linz war immer unterschätzt oder belastet.

„In Linz beginnt's“

Oberösterreichischer Volksspruch, der als Werbeslogan für die Stadt Linz genutzt wurde.

„In Linz müsste man sein!“

Legendärer Ausruf im Dialog zweier alternder Provinzmimen, die vor dem Garderobenspiegel sitzen und sich abschminken. Oft von prominenten Mimen gespielt – trotzdem ist keiner dem Vorbild Helmut Qualtinger nahe gekommen. Damit sollte die damalige hoffnungslose Provinzialität von Linz verspottet werden.

„Patenstadt des Führers“

NS-Bezeichnung für Linz, der Heimatstadt Adolf Hitlers. Nach seinen Plänen sollte Linz Wien übertreffen, jenes Wien, in dem er seine demütigenden Jugendjahre verbracht hatte.

„Bis März '38 lag Linz in Oberösterreich, dann im Gau Oberdonau, und nun liegt es in der amerikanischen Zone. Viel herum kommen die Städte neuerdings.“

Alfred Polgar bei einem seiner wenigen Besuche nach dem Ende der Nazizeit in Österreich. Polgar starb 1955 in Zürich.

Lipizzaner

Kaum ein Land, wo ein Pferd eine derartige Rolle spielt. Aber das wäre schon wieder selbst ein Zitat. Daher ein Kapitel über jene weißen Rösser, die zu Staatspferden, ja noch mehr, zu Säulen dieses Staatswesens wurden – wie folgende Beispiele zeigen:

„Die ideale Berufslaufbahn eines Österreichers: vor dem Stimmbruch Sängerknabe, nach dem Stimmbruch Lipizzaner und mit 35 in die Frühpension.“

Rudolf Bretschneider, gelernter Meinungsforscher und damit einer der besten Österreichkenner.

„Mit den Lipizzanern lasse ich mich nicht gerne vergleichen. Aber mit den Sängerknaben auf eine Stufe gestellt zu werden, finde ich besonders ehrenvoll.

Christiane Hörbiger im „ORF-Leporello". Wieso sie mit den Lipizzanern verglichen wurde, ist nicht bekannt.

„Wie national kann ein Pferd sein?"

Schlagzeile der „Presse" zum Konflikt zwischen Österreich und Slowenien, wer nun die Trademark Lipizzaner sein Eigen nennen darf.

Literatur

Sollen wir das Thema ernst oder heiter behandeln. Ich habe mich für Letzteres entschieden.

„Unsere Literatur sieht einer Periode der Obdachlosigkeit entgegen ..."

Karl Kraus 1897, als das Haus Ecke Herrengasse/Schauflergasse, mit dem bekannten Literatencafé Griensteidl einem Neubau weichen sollte.

„Schriftsteller in Österreich, das ist wie Strohhuterzeuger in Lappland."

Der Schriftsteller Alois Brandstetter im Buch „Die österreichische Literatur seit 1945".

„Vor die Frage gestellt, was zuerst da war, die Literatur oder der Literaturverein, entscheide ich mich für die Literatur."

Der Schriftsteller Michael Scharang in seinem Konflikt mit Gerhard Ruiss, dem nach Scharang selbst ernannten Oberfunktionär der Autoren.

„Ich lese keine Schundliteratur."

Der starke Raucher Professor Stefan Koren auf die Frage, ob er schon die Raucherfibel der Gesundheitsministerin Leodolter gelesen habe.

„Seit man nicht mehr in die Kirche geht, ist das Theater der einzige öffentliche Gottesdienst sowie die Literatur die Privatandacht."

Nicht aus dem 21. Jahrhundert, nein, von Franz Grillparzer.

„Freunde der Literatur zahlen das Doppelte."

Ein Wiener Buchhändler zum freiwilligen Unkostenbeitrag (in Form der Preisbindung) für gehobene Ansprüche.

„Hans Weigel war die Zieh- und Schwiegermutter der gesamten neuen österreichischen Literatur nach 1945."

Der linke, später rechte Günther Nenning über den rechten, eigentlich linken Hans Weigel.

„Die österreichische Literatur besteht derzeit aus zwei Autoren, aus dem Lernet und dem Holenia."

Böser Spott von Hans Weigel aus dem Jahr 1948 über den Vielfachpreisträger und späteren PEN-Präsidenten.

„Es gibt eine große österreichische Literatur der Negativität, von Grillparzer bis Bernhard und wieder retour, mit Bedarfshaltestellen Jelinek und Turrini."

Günther Nenning, in seinen jungen Jahren nicht nur positiv eingestellt.

„Die Literatur besteht aus Lärmern und Stillen. Mir sind die Stillen lieber. Sie halten länger."

Der Obige über Josef Haslinger und seine Bücher „Opernball" und „Vaterspiel". Ein Politstar, so Nenning, der Säure spritzt.

„In der deutschen Literatur gibt es Männer, welche dichten, und dann gibt es – Dichter."

Diesen bemerkenswerten Unterschied verdanken wir dem Schriftsteller Ferdinand Kürnberger (1821–1879), der nach der Revolution 1848 nach Sachsen fliehen musste.

Lueger

Der „schöne Karl" entzweit bis heute die Öffentlichkeit. Neben unbestrittenen Leistungen für die Modernisierung der Reichshauptstadt steht ein Populismus, der auf antisemitische Ressentiments setzte und damit den Nährboden für Hitler aufbereitete.

„Lueger ist der erste bürgerliche Politiker, der mit Massen rechnete, Massen bewegte, der die Wurzeln seiner Macht tief ins Erdreich senkte."

Das Urteil kommt von kompetenter Seite: Friedrich Austerlitz, brillanter Chefredakteur der „Arbeiter-Zeitung".

„Wer ein Jud' ist, bestimme ich."

Karl Lueger, Wiens legendärer Bürgermeister, bei dem Licht und Schatten sehr eng beieinander lagen.

„Der gleiche Vulgär-Antisemitismus, der in Auschwitz seinen Höhepunkt gefunden hat, hat mit dem Vulgär-Antisemitismus begonnen, den Lueger im Wiener Gemeinderat in seinen Reden hat spüren lassen."

Altbürgermeister Helmut Zilk kritisch über den Mann, mit dem er gerne verglichen wurde; allerdings nicht in diesem wunden Punkt.

„Zilk war ein Lueger, minus Antisemitismus jedenfalls."

Des Bürgermeisters Sekretär und späterer Präsident des Stadtschulrates Kurt Scholz über seinen Lehrmeister.

„Dem kleinen Mann muss geholfen werden."

Nicht von Haider, nein Luegers Wahlspruch. Trotzdem sollte man bei Vergleichen zwischen Lueger und Haider vorsichtig sein.

„In jedem von uns steckt wenigstens a klaner Lueger."

Helmut Qualtinger, aber nicht entschuldigend gemeint.

Lüge

Soll man die Lüge noch mit ausgewählten Zitaten auszeichnen? Ja, denn einige davon sind köstlich.

„Wenn Lügen wirklich kurze Beine hätten, gäbe es in Österreich nur Liliputaner."

Franz Heller, besser bekannt unter seinem Vornamen André.

„Was ich heute unter Freiheit denke, ist im Wesentlichen ein Freisein von der Lüge."

Heimito von Doderer, der wie kaum ein Zweiter die Irrläufe des 20. Jahrhunderts am eigenen Leib ausgekostet hat.

„Die Menschen glauben viel leichter eine Lüge, die sie schon hundertmal gehört haben, als eine Wahrheit, die ihnen völlig neu ist."

Alfred Polgar, Literat und Beobachter.

„Das Lügen ist was Schrecklich's, man kommt immer mehr drein."

Auch ein Seelendoktor, ein österreichischer: Johann Nepomuk Nestroy.

„Wer viel weiß, für den ist es schwer, nicht zu lügen."

Ludwig Wittgenstein (1889–1951), österreichischer Philosoph von multinationaler Akzeptanz.

„Der Mensch kann lügen, das Tier nicht."

Sir Karl Popper im Gespräch mit Konrad Lorenz anlässlich seines 80. Geburtstages; herausgegeben von Franz Kreuzer, dem geistigen Freund der beiden Denker und Forscher.

„Er hat euch nicht belogen."

Slogan Jörg Haiders aus dem Wahlkampf für die Nationalratswahl 1995.

Macht

Die Österreicher und Macht? Der Kleinstaat Österreich und Macht? Stellt sich diese Frage überhaupt? Ja, wie die Beispiele zeigen:

„Wir Österreicher haben die großen Niederlagen hinter uns und wissen daher, wie vergänglich alle Macht und Größe auf dieser Welt sind."

Der Schriftsteller Milo Dor findet, dass es viel anstrengender ist, in einem Land zu leben, das unter seiner eingebildeten Größe leidet und sie immer wieder bestätigen muss.

„Die Frage, wer an die Macht kommen soll, ist falsch gestellt. Es genügt, wenn eine schlechte Regierung abgewählt werden kann."

Sir Karl Poppers Zitat hat Jörg Haider ermuntert, es in seinem Sinn anzuwenden:

„Wir haben nun die Chance, eine unfähige Regierung unblutig zu beseitigen."

Haiders Anlehnung an Popper löste im März 1995 wilde Proteste der politischen Gegner aus. Wenige Monate später wurde gewählt – Bundeskanzler Vranitzky saß besser im Sattel als vorher.

„Ein Massenmedium kann nur dort die Fäden der Macht aufnehmen, wo sie von den Politikern feige aus der Hand gegeben werden."

Aus einem Kommentar der „Salzburger Nachrichten" zur Rolle von Hans Dichand und der „Krone" beim Versuch, die große Koalition noch einmal am Leben zu halten.

„Macht über Menschen gewinnt ein Zeitungsherausgeber wie der Herr Dichand. Der hat Macht."

Bundeskanzler Kreisky im Gespräch mit dem Schriftsteller Franz Schuh.

„Macht ist das Privileg, nichts lernen zu müssen."

Der Politologe Karl Deutsch an die Adresse der Herrschenden jeglicher Art gerichtet.

„Die Macht ist das Gefährlichste, das einem Menschen zustoßen kann."

Otto Habsburg, Kaisersohn, dem die Macht versagt geblieben ist.

„Macht ist mir suspekt. Je mächtiger, desto verdächtiger!"

Der ehemalige CA-Generaldirektor Heinrich Treichl bei seinem Abschied als Präsident des Roten Kreuzes; inzwischen 90 Jahre alt geworden.

„Am Tag nach der Macht grüßt dich keiner mehr."

Selbstkritische Einschätzung des neuen Kunststaatsekretärs Franz Morak über seinen neuen Job.

„Nicht der Wille zur Macht, sondern der Wille zum Sinn kann die Menschen begeistern."

Von einem Ex-Topmanager, der gerne philosophiert: Hans Haumer, einst Generaldirektor mehrerer Banken.

„Macht ohne Grundsätze oder Grundsätze ohne Macht."

Der Politologe Anton Pelinka zeigte schon von Jahren das Dilemma der Sozialdemokratie auf.

„Die Macht der Kirche ist in einem bestimmten Segment des gesellschaftlichen Lebens durch die Macht des Kommerzes abgelöst worden."

Der ORF-Journalist Peter Huemer, ein besonders kritischer Sensor der gesellschaftlichen Entwicklung.

Manager

Sind sie die wahren Helden oder weit überschätzt? Steuern sie, oder werden sie gesteuert? Und was macht den Manager aus?

„Der wahre Kulturmanager ist der Bauer."

Günther Nenning, wieder einmal Querdenker.

„Was ist der Unterschied zwischen einem Manager und einem Leader? Der Manager macht Dinge richtig, der Leader macht die richtigen Dinge."

Gerd Bacher über den Unterschied zwischen führen und verwalten.

„Er war einer jener Manager, die auf Kosten von uns Arbeitnehmern studiert haben und die ihre geistige Kapazität jetzt gegen uns verwenden.“

Der Chef der Eisenbahnergewerkschaft Gerhard Nowak über den früheren ÖBB-Generaldirektor Helmut Draxler.

„Auf die Dauer sind Manager, die alternativ überlegen können, geradezu unbezahlbar.“

Josef Marthaler, Manager und Kolumnist des Magazins „Gewinn“.

„Das Denken sollte man der Führungsschicht nicht ersparen.“

Herbert Krejci, Generalsekretär der Industriellenvereinigung.

„Wir verwechseln in Österreich die Analyse eines Problems mit der Lösung des Problems.“

Wiens ÖVP-Chef Bernhard Görg kann nicht verleugnen, dass er einst IBM-Manager war.

„Abfertigungen sind oft die besten Investitionen.“

Alte Managerweisheit, in Österreich eher scheel angesehen, oft von Gerd Bacher zitiert.

„Ein Unternehmen wird nicht dafür bezahlt, dass es Lehrbuchvorschriften befolgt.“

Interessante Erkenntnis des erfolgreichen Vorarlberger Manager-Gurus Fredmund Malik, der in St. Gallen lehrt.

Maria Theresia

Für viele ist sie noch immer der Inbegriff der fürsorgenden Landesmutter. Moderne Historiker sehen sie als absolutistische Herrscherin, gemildert durch mütterlichen Charme.

„Mach er Mir tüchtige Officirs und rechtschaffene Männer daraus.“

Auftrag der Kaiserin Maria Theresia 1752 an den ersten Oberdirektor der Theresianischen Militärakademie in Wiener Neustadt, den Feldzeugmeister Leopold Graf Daun.

„Sie weinte, doch sie nahm!“

Friedrich II. sarkastisch über Maria Theresia, als sie vor der Aufteilung Polens zwischen Russland und Österreich moralische Bedenken hinsichtlich der „Beraubung eines Unschuldigen“ machte.

„Spectacles müssen sein."

Nicht aus dem 21. Jahrhundert, nein, das befand Kaiserin Maria Theresia im Barock.

„Nichts fällt schwer, wenn man wahrhaft liebt und seine Pflicht kennt, es ist das einzige Mittel, glücklich und zufrieden zu werden."

Einer der Leitsprüche von Kaiserin Maria Theresia.

MENASSE

Robert Menasse dissertierte über den „Typus des Außenseiters im Literaturbetrieb". Hat die intensive Beschäftigung mit dem Thema auf ihn abgefärbt? Auf jeden Fall gibt es wenige Schriftsteller der jüngeren Generation in Österreich, die sich so stark wie er mit der gesellschaftspolitischen Entwicklung des Landes auseinander setzen.

„Österreich ist eine demokratische Republik. Alle Macht geht von der Gewohnheit aus."

Robert Menasse erklärt im Nachrichtenmagazin „Der Spiegel" das Funktionieren seines Heimatlandes.

„50 Jahre hat es statt demokratischer Öffentlichkeit nur drei Substitute gegeben, nämlich das Heimliche, das Unheimliche und die Kronen Zeitung."

Menasse in seinem Buch „Erklär mir Österreich".

„Wien ist eine Stadt der Kulissen. Vorne ist der Schein ohne Sein, dahinter das Sein ohne Schein."

Der Schriftsteller und politische Essayist Robert Menasse, der in Wien in einem einstigen Freudenhaus sein Arbeitszimmer hat.

„Ein Macher ist ein Politiker, der sich nicht für Entscheidungen, sondern für die Reaktion des Boulevards bereit hält."

Menasse, der den seit Thomas Bernhards Tod verwaisten Polemik-Thron besetzt hat, über Viktor Klima.

„Wählt diese Regierung doch endlich ab."

Der politische Schriftsteller Menasse in einem flammenden Aufruf im „Standard" am 5. Oktober 1995.

„Wir hatten bis 1986 ein Parlament ohne freie Parlamentarier, wir hatten eine Regierung ohne Opposition."

Menasse über die Entwicklung der Zweiten Republik nach der Machtübernahme Jörg Haiders in der FPÖ.

„Die FPÖ war vor 1986 ein Stecktuch der Sozialdemokratie."

Auch von Robert Menasse.

„Es wäre eine Revolution, wenn die Kunstförderung in Österreich einmal ein Konzept hätte."

R. M., der dem ihm verliehenen Staatspreis für Kulturpublizistik gleich für einen neuen Preis stiftete.

„Wirklich höflich sind nur noch die Friedhöfe."

Robert Menasse 1999 bei der Verleihung des Staatspreises für Kulturpublizistik an ihn, wie immer sarkastisch.

Metternich

Er war der bedeutendste österreichische Staatsmann im 19. Jahrhundert – aber typisch österreichisch wurde der aus Koblenz zugezogene nicht. Nach ihm spielten wir am europäischen Parkett auch nie mehr eine so erfolgreiche Rolle. Aber das steht schon wieder in einem anderen Kapitel.

„Ich bin ein Arzt im großen Weltspital."

So sah sich Wenzel Fürst Metternich nach den napoleonischen Kriegen.

„Der Kutscher Europas"

„Ehrentitel" für Staatskanzler Klemens Wenzel Nepomuk Lothar Fürst von Metternich-Winneberg (1773–1859) wegen dessen lenkender Rolle beim Wiener Kongress, 1815.

„Nur auf dem Begriff von ‚Ordnung' kann jener der ‚Freiheit' ruhen."

Die Philosophie des Staatskanzlers des Biedermeier und der Zensur.

„Man könnte ihn den Mephisto der Romantik nennen. Er war ein vollendeter Kavalier wie Mephisto, ein witzreicher Chasseur wie Mephisto, ein Teufel mit Bildung und Manieren, ein Teufel aus dem achtzehnten Jahrhundert."

Der Kulturphilosoph Egon Friedell.

„Wenn in Europa ein Ziegelstein vom Dach fällt, fällt er sicher Österreich auf den Kopf."

Diese bittere Feststellung stammt vom Gastgeber des Wiener Kongresses 1815.

„Als aber ** ans Ruder gelangte, wurde Österreich der Abscheu der gesitteten Welt."**

*Aus einem Leserbrief anno 2000. Im Originalzitat aus 1828 steht allerdings statt **** Metternich. Nur damals gab es keine Sanktionen, sondern den Wiener Kongress.*

„Der Kongress tanzt, aber er bewegt sich nicht."

Karl Joseph Fürst von Ligne, Maître de Plaisir beim Wiener Kongress, belgischer Abstammung, Offizier in österreichischen Diensten.

Mock

Alois Mock ist ein sympathisches Aushängeschild der Politik, nicht unbedingt das erfolgreichste. Manche seiner Charaktereigenschaften hätten besser zu einem anderen Beruf gepasst – die Auswahl überlasse ich dem Leser.

„Seine manchmal berührende Naivität in politischen Dingen hat mich immer ein bisschen an Parzifal erinnert."

Helmut Zilk über den langjährigen ÖVP-Obmann Mock.

„Was soll das Gewoisl um den Loisl."

Leitartikel von Hermann Polz in den „Oberösterreichischen Nachrichten", als sich Mock anschickte, den bisherigen ÖAAB-Obmann Alfred Maleta vom Thron zu stürzen. Polz war Chefredakteur des Blattes, Maleta Mitbesitzer.

„Der Mock im Steireranzug"

Vernichtende Punzierung für Josef „Joschi" Riegler durch Jörg Haider, als er als schwächster gemeinsamer Nenner der ÖVP-Granden zum Nachfolger des damals glücklosen Alois Mock zum Obmann der Volkspartei designiert worden war.

„Was kann der Mock noch, außer nett sein?"

Charakterisierung nicht von einem politischen Gegner, sondern durch den bürgerlichen Paradejournalisten Kurt Vorhofer.

„Der Mann mit dem Koffer"

Chiffre für den mehrfach verurteilten Finanzjongleur Bela Rabelbauer, der eine 100.000-Schilling-Parteispende mit einem schwarzen Koffer ÖVP-Obmann Mock nächtens im Parlament überbringen wollte.

„Es wird sich wohl kein Stauffenberg finden."

Einer der markantesten Aussprüche des Generalsekretärs der Industriellenvereinigung, Herbert Krejci, zur Situation der ÖVP 1987, der aber auch genügend missverstanden worden ist. Im Original hört sich das allerdings weniger grimmig an:

„Es gibt immer mehr Menschen in der Partei, die meinen, es sei für Alois Mock Zeit, als Obmann abzutreten. Und wenn das schon so ist, müsse eben einer den Mut haben, der Stauffenberg zu sein."

„Tapferkeit vor dem Freund."

Die Salzburger Handelskammer-Präsidentin Helga Rabl-Stadler empfahl den ÖVP-Granden, mit Mock einmal offen zu reden.

Möglichkeit

Das liegt uns schon näher, wie gleich das erste Zitat zeigt:

„Österreich ist der Beweis für die Möglichkeit des Unmöglichen."

Friedrich Torberg, gerne von Gerd Bacher zitiert.

„Die Wirklichkeit is' immer das schönste Zeugnis für die Möglichkeit."

Johann Nestroy als Motto der Konfitürenproduktion aus dem Hause Staud.

„Die Direktförderung ist eine Möglichkeit, künftig zwischen Schafen und Böcken zu unterscheiden."

ÖVP-Klubobmann Andreas Khol, wie so oft erfrischend offen in einem Interview in der „Kirchenzeitung" über eine geplante Umstellung bei der Presseförderung. Die Opposition sah darin eine Unterdrückung von kritischen Publikationen.

„Jeder soll die Möglichkeit haben, sein Geld zu verbrennen."

RTL-Boss Helmuth Thoma auf die ständigen Fragen heimischer Medienjournalisten, wie er die Chancen des kommerziellen Fernsehens in Österreich beurteilt. Wird inzwischen auch vom Nachfolger Gerhard Zeiler im Mund geführt.

Monarchie

Das Stichwort lässt zumindest Erinnerungen aufblitzen. Ob sie bei allen nur gute waren?

„Österreich ist eine absolutistische Monarchie, gemildert durch Schlamperei."

Das Urteil stammt von keinem Historiker, sondern von einem Zeitgenossen: Viktor Adler, dem Gründer der Sozialdemokratie.

„Österreich ist eine durch Schimpfen gemäßigte Monarchie."

Der Feuilletonist Ferdinand Kürnberger (1821–1879), der vor der Revolution 1848 nach Deutschland fliehen musste.

„Totengräber der Monarchie"

So wurden abwechselnd Tschechen, Serben und andere slawische Völker wegen ihrer nationalen Bestrebungen zu mehr Selbständigkeit genannt.

„Die Tragödie der Österreicher in den letzten fünfzig Jahren der Monarchie war, dass sie ausgerechnet mit den Deutschen verbündet waren."

Gordon Brook-Sheperd, britischer Historiker und Österreichkenner.

„Wenn man von einer Monarchie den Kaiser wegnimmt, ist das dann schon eine demokratische Republik?"

Durchaus berechtigte Frage des Dichters Hermann Bahr (1863–1934) im Namen vieler Zeitgenossen.

„Wir sind in der Verwaltung nach wie vor k. u. k. Monarchie, es fehlen uns aber die Kronländer."

Die Steirer löcken immer gegen den Stachel: von den Krainers bis zu Gerhard Hirschmann, der die Bundesländer überhaupt abschaffen wollte.

„Keineswegs weil die Habsburger-Monarchie übernational, sondern weil sie es eben nicht wirklich war, fand sie ihr schmähliches Ende."

Karl-Markus Gauß in dem Band „Ins unentdeckte Österreich."

„In wirtschaftlicher Hinsicht war die Monarchie ein industrieller Agrarstaat."

Nationalbankpräsident Stefan Koren, vorher Wirtschaftsprofessor.

NATION

Sind wir überhaupt eine eigene Nation? Lange waren wir ja davon nicht überzeugt. So spielt denn auch der Begriff Nation in den Zitaten eine weit größere Rolle als lebenswichtigere Bereiche.

„Die Österreicher waren niemals ein Nation für sich und haben niemals gewünscht, es zu sein."

Nein, nicht Jörg Haider, der Sozialdemokrat Karl Renner schrieb dies am 15. Dezember 1928.

„Die österreichische Nation war eine ideologische Missgeburt."

Jörg Haider in TV-Sommergespräch im August 1988 stolz zu seinem Interviewer Johannes Fischer. Hat ihm aber bei der Mehrheit der geschichtslosen Österreicher nicht geschadet.

„Die österreichische Nation ist ein aus Katholizismus, Habsburger-Tradition und feudaler Barockkultur zusammengebrauter Spuk."

So verhöhnte der Führer der österreichischen Sozialdemokraten Otto Bauer 1937 den Rest der Donaumonarchie.

„Die edelste Nation unter allen Nationen ist die Resignation."

J. N. Nestroy.

„Nationalgefühl hat man, wenn man sich für seine Nationalität nicht schämen muss."

Vom Karl Kraus der Zweiten Republik, Helmut Qualtinger.

„Ich glaube nicht an die österreichische Nation. Von der Abstammung her bin ich eindeutig ein Deutscher."

Wolfgang Jung, Brigadier des österreichischen Bundesheeres und freiheitlicher Abgeordneter des österreichischen Nationalrates in der „ZiB 2" im Sommer 2002.

„Wir sind eine Radfahrernation. Wir lernen sehr bald, vor wem wir zu buckeln haben und wen wir treten dürfen.

Grundsätzlicher Befund Erwin Ringels über unausrottbare Mechanismen der heimischen Erziehung.

„Die Österreicher sind keine Nation, sondern eine Komikertruppe, die eine Truppe von Komikern spielt."

Der in Berlin lebende Journalist und Österreichkenner Henryk M. Broder.

„Er war das publizistische Gewissen der ganzen Nation."

Bundespräsident Klestil in seinem Nachruf auf den toten Langzeitchefredakteur und Herausgeber der „Presse" Otto Schulmeister im August 2001.

„Gewissen der Nation"

Ehrentitel des frühen „profil" der 70er Jahre verliehen, nachdem es u. a. den AKH-Skandal aufgedeckt hatte.

„Aufdecker der Nation"

Diesen Titel haben sich Alfred Worm und Gerald Freihofner von der „Wochenpresse" streitig gemacht.

Neid

Da sind wir schon eher zu Hause und können uns so richtig ausleben. Schade, dass wir das Wort Erfolg nicht höher schätzen.

„Demokratie nährt sich vornehmlich vom Neid."

Leider von keinem Österreicher, wiewohl dieses Phänomen auch hierzulande regiert. Stammt vom britischen Philosophen Bertrand Russel.

„Wir sind mit allen Vor- und Charakterzügen ein zutiefst katholisches, kleinbürgerliches und daher heuchlerisch neidisches Land."

Hannes Androsch, Expolitiker und Unternehmer, zur Einkommensdiskussion, von der FPÖ losgetreten.

„Die anzige Art von Anerkennung, die's in Wien gibt, is der Neid."

Das Zitat stammt aus dem gemeinsam von Helmut Qualtinger und André Heller geschriebenen Buch „Sitzt ana und glaubt, er is zwa".

„In Wien ist man sogar auf eine Lungenentzündung neidig."

Vom langjährigen Präsidenten der Wiener Austria, Joschi Walter.

„Die größte Genossenschaft auf Erden ist die Neidgenossenschaft."

Helmut Qualtinger hat nicht nur die Österreicher im Visier.

„Neid ist der beste Gradmesser für den Erfolg."

Der Linzer Selfmade-Millionär Peter W. Kimmel.

„Der Neid ist meistens eine Nummer größer als der Fleiß."

Der Schauspieler, Regisseur und Theaterdirektor Peter Weck spricht anscheinend aus eigener Erfahrung.

„Der Neid ist ein österreichischer Nationalsport geworden."

Das Multitalent Rainhard Fendrich nach einem Konflikt mit der Steuerbehörde. Er blieb trotzdem in Österreich.

„Wenn jemand vermögend geworden ist, glaubt man ihm einfach nicht, dass er es auf ehrliche Weise geworden ist."

Der Obige, den heimischen Nationalcharakter entblößend.

„Reiche Menschen haben entweder einen reichen Vater oder sind Zuhälter – das ist doch die herrschende Meinung."

Fendrich, noch bissiger, noch treffender.

Nestroy

Auch für Nestroy gilt: er ist nicht in ein Kapitel zu fassen. Nestroy zieht sich durch das ganze Buch. Hier nur die Zitate über seine Person.

„Der Nestroy ist der ‚Schopenhauer' im Wurstelprater."

Beim Spötter Anton Kuh muss man vorsichtig sein, ob es auch als Kompliment gedacht ist.

„Mit Nestroy hat Österreich endgültig die Idee überwunden, dass Kunst nur für eine gebildete Elite da sei."

Bundespräsident Thomas Klestil in seiner Eröffnungsrede der Bregenzer Festspiele 2000. Aber was kam dann?

„Der schönste Nestroy, den wir spielen, ist „Der Theatermacher" von Thomas Bernhard."

Claus Peymann selbstbewusst über seine neue Linie, den alten Nestroy der Josefstadt zu lassen.

„Lang leben will halt alles, aber alt werden will kein Mensch."

Konstatierte Johann Nepomuk Nestroy, ehe er sein Leben, knapp 60-jährig, nach einem Schlaganfall beenden musste.

Neutralität

Für die einen gehört sie längst auf den Schindanger der Geschichte, für die anderen ist sie die eigentliche Sinnstiftung der Zweiten Republik.

„Die alten Schablonen – Lipizzaner, Mozartkugeln oder Neutralität – greifen in der komplexen Wirklichkeit des 21. Jahrhunderts nicht mehr."

Bundeskanzler Schüssel, griffig formulierend, am Nationalfeiertag 2001. Löste damit eine Flut von Reaktionen aus.

„Die klassische Neutralität gehört zu den geistigen Kronjuwelen der Republik, in die Schatzkammer."

ÖVP-Klubobmann Andreas Khol vor einem NATO-Workshop 1999 in Wien.

„Wir müssen aufhören, die Neutralität als heilige Kuh zu sehen, die nicht geschlachtet werden darf."

Der streitbare Staats- und Verfassungsrechtler Günther Winkler.

„Wir haben eigentlich nur mehr eine Art ‚Schlawiner-Neutralität' praktiziert."

Der Beauftragte für strategische Studien des Verteidigungsministeriums, Erich Reiter, in einem „profil"-Interview.

„Neutralität? Das war für die Österreicher eine Art Narkose."

Der britische Historiker und ausgewiesene Österreichkenner, Gordon Brook-Sheperd, über Österreichs liebstes Kind.

„Was ist jemand, der seine Neutralität aufgibt? Ein Volltrottel. Oder ein Österreicher."

Wandbeschriftung am Schweizer Pavillon der Weltausstellung in Hannover.

„Ich lasse mich in diese Verdienstquerelen über die Neutralität nicht ein."

Altbundespräsident Rudolf Kirchschläger zum Streit, wer nun der eigentliche Erfinder der österreichischen Neutralität sei: Bruno Kreisky, Julius Raab oder dessen Bruder Heinrich.

Oberhauser

Manchen ist er zu grob, aber darin liegt auch seine Trademark, dass er sich nicht scheute, den Mächtigen des Landes unangenehme Fragen zu stellen.

„Blöde Fragen sind nicht auf den Sport beschränkt. Denken Sie an den Ministerrat."

ORF-Sportchef Elmar Oberhauser zum Vorwurf, die Fragen der Sportreporter seien einfältig.

„Das war nicht meine Frage!"

Standardvokabular des „TV-Interviewers der Nation" an Politiker, die ausweichend antworteten.

„Mr. Grobian"

Ehrentitel von „profil" für den Moderator der legendären „runden Tische", speziell in der Wahlkampf-Konfrontation 1994.

„Elmo der Bär"

Kosenamen, gegeben von Marga Swoboda, „Edelfeder" der „Krone" und Landsfrau des Vorarlbergers Oberhauser.

„Wenn Sie hier einen Monolog halten, können wir zwei nach Hause gehen."

Elmar Oberhauser als Diskussionsleiter im TV-Duell Haupt gegen Gusenbauer im Wahlkampf 2002 an die Adresse Haupts.

Oper

Opernhäuser gibt es viele; aber das „Haus am Ring" ist schon was Besonderes. Wie überhaupt die Österreicher, speziell aber die Wiener, zu den größten Opernfans gehören.

„Die Wiener Oper ist wie ein Hoftheater ohne Hof!"

Der weltbekannte Philosoph Theodor W. Adorno in der Festschrift zur Wiedereröffnung der Staatsoper 1955.

„Jedes Theater ist ein Narrenhaus, aber die Oper ist die Abteilung für Unheilbare."

Der Mann weiß, wovon er spricht: Franz Schalk, Direktor der Wiener Staatsoper (1918–1929).

„Der Zuseher muss, wenn der Vorhang aufgeht, erkennen können, um welches Stück es sich handelt."

Der streitbare Wiener Musikkritiker Wilhelm Sinkovicz zum Thema Opernregie unter Direktor Ioan Holender.

„Wer die Form zerstört, beschädigt auch den Inhalt."

Herbert von Karajan – nicht nur Dirigent, sondern auch genialer Regisseur, lange noch vor dem Regietheater.

„Ich habe die heutigen Regisseure in Verdacht, ihre Beziehungen zur Musik seien nicht die erfreulichsten – wenn sie überhaupt existieren."

Der 2003 verstorbene Nestor der Musikkritik, Kurt Pahlen, zu den überbordenden Regiemoden auf den Opernbühnen.

„Richard Strauss ist tot, Karl Böhm ist tot. Die Oper aber lebt und blüht."

Ioan Holender in seinem Kampf gegen den konservativen Musikkritiker der „Presse", Wilhelm Sinkovicz, der vom langsamen Sterben der Wiener Oper unter Holenders Führung geschrieben hatte.

„Die Institution Wiener Staatsoper habe ich als Inbegriff konventioneller Verlogenheit kennen gelernt."

Der deutsche Regieberserker Hans Neuenfels nach seiner Arbeit an der Oper „Der Prophet", gegen dessen Regiekonzept das Publikum laut protestiert hatte.

„Folgt man dem Staatsoperndirektor, nimmt die Kunsthaftigkeit der Kunst mit dem Quadrat der Entfernung vom Wiener Opernring ab."

Aus einer Glosse zu dem von Ioan Holender losgetretenen Disput über sommerliche Festspiele in der Provinz, der in einem TV-Streitgespräch zwischen ihm und Mörbisch-Intendant Harald Serafin gipfelte.

Operette

Es wäre wohl ein Fehler, in einer österreichischen Zitatensammlung der Operette kein eigenes Kapitel zu widmen. Denn für viele sind die Begriffe Österreich und Operette bis heute eine Symbiose. Was nicht unbedingt als Kompliment zu werten ist.

„Die Operette geht mir auf die Nerven."

Dieser Satz stammt nicht von einem Zeitgeistler, Johann Strauß persönlich ist der Autor dieses Zitates.

„Die Operette ist ein hormonelles Problem."

Der Mann muss es wissen: Harald Serafin, zuerst Operettensänger, dann Mörbischer Operettenintendant.

„Das Problem liegt darin, dass gerade viele Leute, die die Operette nicht verstehen, die Operette lieben.“

Der unkonventionelle Volksoperndirektor Dominique Mentha. Das Stammpublikum goutierte aber seinen neuen Weg nicht.

„Die Leute wollen keine Politik. Sie wollen Operette.“

Der Komponist Paul Abraham, die rassistische Politik Hitlers negierend. Im März 38 konnte er noch über Budapest nach Paris fliehen.

„Der Erfolg der ‚Lustige Witwe‘ hat bewiesen, welch unverbrauchte Schätze an Gehirnerweichung in dieser Stadt zu heben waren.“

Karl Kraus zynisch über die Lust der Wiener an der Operette.

„Der Verstand des Österreichers ist seit Jahrhunderten von Musik umnebelt.“

Der Schriftsteller und studierte Musikwissenschaftler Thomas Bernhard.

„Die Sehnsucht nach operettenhaften Inszenierungen liegt den Österreichern im Blut.“

Sagt Erhard Busek. Er muss es ja wissen, hat er doch den größten Teil seines Lebens in der Innenpolitik verbracht.

„Seit dem Zusammenbruch der Monarchie tanzt und spielt Österreich ununterbrochen eine gewaltige Operette vor einer großen Kulisse.“

Peymann aus Berlin im Rückblick über seine Wahlheimat Österreich.

„In den ‚Letzten Tagen der Menschheit‘ spielen Operettenfiguren die Tragödie der Menschheit.“

Karl Kraus über sein monströses Weltkriegsdrama, das bis heute sein Publikum findet.

„Österreich ist ein Operettenstaat. Die Musik ist zwar recht schön, aber das Libretto miserabel.“

Johannes Kunz in seinem Buch „Die österreichische Anekdote“.

„Was die Operette angeht, haben die Österreicher ein Weltmonopol.“

Der Journalist und Österreichkenner Henryk M. Broder in einem Essay „Warum ich Österreich so liebe“.

„Die Österreicher haben halt einen Theaterknall. Die sind ja selbst eine Art Daueroperette.“

Claus Peymann in einer Abrechnung über seine Jahre in Wien im „profil“ im Dezember 1998.

„Gelsenreitschule“

Wurde vom damaligen Unterrichtsminister Heinrich Drimmel bei der Eröffnung der ersten Seefestspiele 1957 in Mörbisch kreiert.

„Da geh ich ins Maxim.“

Populäres Auftrittslied des Grafen Danilo aus Lehárs „Die lustige Witwe“. Im Original heißt es „zu Maxim“, der Wiener singt es in Anspielung auf das gleichnamige Nachtlokal meist wie oben.

„Dein ist mein ganzes Herz“

Das wohl bekannteste Lied des Komponisten Franz Lehár, heute würde man Hit sagen, erstmals gesungen bei der Premiere der Operette „Land des Lächelns“ im Jahr 1930 von dem aus Linz stammenden Tenor Richard Tauber, dem es – so Lehár – auf den Leib geschrieben war und der später noch eine Weltkarriere in der ernsten Muse machen sollte.

Opernball

Neben den Lipizzanern und den Sängerknaben ein weiteres Identifikationsmerkmal des Landes. Aus der einstigen Hofopernsoiree ist ein Fest von Reich und Schön geworden.

„Der Opernball ist die wichtigste Nebensache der Welt.“

Nicht von Lotte Tobisch, aber von ihr oft zitiert.

„Am Ball der Oper gehören die Sänger genauso zur Minderheit wie die Jäger am Jägerball."

Der Tier- und Menschenbeobachter Antal Festetics.

„Es ist schon ungeheuerlich, dass es nur mehr darum geht, große Körperteile über den Logenrand zu zeigen."

Die langjährige Organisatorin des Opernballs, Christl (Gräfin) Schönfeldt, in Anspielung auf Lugners Gast, das „Busen-Wunder" Pamela Anderson.

„Ein Ball ohne Eigenschaften"

Wie die große Literatur des Landes spielt der Opernball in einem Zustand der Zeitlosigkeit, findet die deutsche Journalistin Charlotte von Saurma. Warum dann so viele Deutsche kommen?

„Weltoffenheit statt provinzlerische Selbstzelebration"

Ursprüngliches Motto für den ersten Opernballeinsatz des Duos Holender/Gürtler. Dann aber kamen Schwarz-Blau und etliche internationale Absagen dazwischen.

„Beten wir zu Gott, dass die Gusti Wolf kommt."

Hilferuf des Society-Löwen, angesichts der ausländischen Reaktionen auf die schwarz-blaue Regierung könnte die gesamte Prominenz absagen.

„Oje, dös wird a Belegschafts-Kränzchen."

Der Vorstadt-Tycoon Lugner zur Absicht von Staatsoperndirektor Ioan Holender, künftig verstärkt Opernsänger und Burgschauspieler zum Ball des Jahres einzuladen.

„Den Lugner find ich nicht so schlimm, der ist halt der Wurschtl der Nation."

Lotte Tobisch meint, ein Fest wie der Opernball müsse einen Mann wie ihn aushalten.

„Ich wäre damals bereit gewesen, auf den Opernball zu gehen, wenn Sie mit uns demonstriert hätten."

Peter Pilz in einem Streitgespräch mit Lotte Tobisch mehr als zehn Jahre nach der großen Opernballdemonstration gegen den bayerischen Ministerpräsidenten Franz Josef Strauß.

„Mir genügt's schon, wenn ich auf den Opernball gehen muss. Ich muss nicht auch noch demonstrieren.

Antwort von Opernball-Lady Lotte Tobisch.

Opposition

Im Land der großen Koalition jahrzehntelang eher ein Fremdwort. Inzwischen nicht unergiebig.

„Opposition nennt man die Kunst, den Ast, auf dem die Regierung sitzt, so abzusägen, dass man selbst darauf Platz hat.“

Von Karl Farkas. Sonst wär's nicht so treffend formuliert.

„Das mit der Opposition, das haben wir ja 1920 schon einmal erlebt – wenn wir aus der Regierung draußen sind, wie kommen wir wieder hinein?“

Bruno Pittermann in der Wahlnacht des 6. März 1966, als die SPÖ eine schwere Niederlage erlitt und die ÖVP die absolute Mehrheit gewann.

„In der Regierung verliert jede Partei ihre Unschuld.“

Der einstige FPÖ-Justizminister Ofner, einer der wenigen Freiheitlichen mit Regierungserfahrung.

„Ich meine, es ist notwendig, dass wir alle den Mächtigen immer wieder zeigen und sagen: So nicht! So nicht!“

Robert Jungk, Zukunftsforscher und Kandidat der Grünen um das Amt des Bundespräsidenten 1986.

„Die Sozialdemokratie hat aus der Opposition mehr erreicht als in der Regierung.“

Zu dieser Erkenntnis kann nur ein „Ausländer“ kommen: Ralph Dahrendorf, liberaler Vor- und Nachdenker eines größeren Europas.

„Ich bleibe in der Opposition!“

Jörg Haider nach seiner Niederlage bei der Nationalratswahl 1995.

„Die ÖVP schwankt zwischen Koalition und Opposition“

„Kurier“ am 22. 12. 1995 nach der für die ÖVP enttäuschenden Nationalratswahl.

Orden

Der Hang der Österreicher zu operettenhaften Inszenierungen ist im Kapitel „Operette“ beschrieben worden. Dazu gehört natürlich das nötige Brimborium an Frackbrüsten und Abendkleidern – speziell am Opernball. Aber der ist und hat ein eigenes Kapitel.

„Dass junge Revolutionäre im Alter mit Frack und Orden herumgehen, scheint die Rache der Geschichte zu sein …“

Bruno Kreisky auf die Frage von Starreporter Heinz Fischer-Karwin, wie er sich als alter Sozialdemokrat auf dem Opernball fühle.

„Wir Sozialdemokraten tragen keinen Frack.“

Mit diesen Worten lehnte es der spätere Wiener Bürgermeister Karl Seitz ab, bei einer kaiserlichen Audienz zu erscheinen, bei der Uniform oder Frack Pflicht war.

„Majestät, auch das Proletariat hat seine Zeremoniell.“

Seitz – er kam im Gehrock – auf die Frage von Franz Joseph, warum sich die Sozialdemokraten weigerten, einen Frack zu tragen. Zitiert von Bruno Kreisky in „Die Zeit, in der wir leben“.

„Mit Auszeichnungen und Ehrungen ist es wie mit Hämorrhoiden. Früher oder später kriegt sie jedes Arschloch.“

Billy Samuel Wilder bei der Verleihung des Thalberg-Preises.

„Ich habe alle Orden, die es gibt. Nur Aufträge von der Republik Österreich habe ich keine.“

Professor Gustav Peichl, international hochgepriesener Architekt.

„Einen Orden abzulehnen ist noch kindischer, als ihn anzunehmen.“

Teddy Podgorski, Schauspieler und Regisseur, bei der Verleihung des Großen Ehrenzeichens an Kammersänger Peter Minich.

„Wenn man Lebewesen beobachten will, muss man aussehen wie diese.“

Lorenz-Schüler Antal Festetics zum Umstand, dass er im vollen Festkleid zum Opernball ging: Frack mit allen Orden.

„Monarchen bewirtschafteten den Dank des Vaterlandes aus einem Mix aus materiellen und theatralischen Anreizen.“

Der Kolumnist Alfred Payrleitner über den Dank des Vaterlandes: „Fiaker mit Großkreuz“.

ORF

Bereits das erste Zitat sagt alles über das folgende Kapitel. Dass viele andere Zitate ebenfalls von Gerd Bacher sind, liegt auf der Hand.

„Die größte Orgel des Landes"

Gerd Bacher – wer sonst. Was ihm viel Spott, vor allem von der Konkurrenz des Boulevards, also von Dichand und Falk, eintrug.

„Es gibt nichts Politischeres als eine Rundfunkanstalt."

Gerd Bacher, aber nicht im rein parteipolitischen Sinn gemeint.

„Wir wollen, dass weder der Rundfunk die Schwarzblattern noch das Fernsehen den Rotlauf bekommt."

Raabs Nachfolger Alfons Gorbach nach den Wahlen 1962. Bei den schwierigen Regierungsverhandlungen wurde der politische Druck auf den Rundfunk noch enger festgeschrieben.

„Für uns sind Rundfunk und Fernsehen Machtfragen."

Der SPÖ-Abgeordnete Josef Kratky im parlamentarischen Rundfunk-Sonderausschuss. Der Satz hätte auch von einem ÖVP-Abgeordneten stammen können, meint Rundfunkforscher Robert Kriechbaumer.

„Der ORF ist ein politischer Betrieb und wird politisch geführt. Gerhard Zeiler, Politiker und nicht Journalist, war dafür der richtige Mann."

Von einem der besten Analytiker des Landes, der sowohl die Politik wie den ORF aus eigenem Erleben kannte: Hans Besenböck, Ex-ORF-Chefredakteur, der wegen Zeiler den ORF verließ.

„Politik wurde durch den ORF gemacht, Politik wurde mit dem ORF gemacht und Politik wurde im ORF gemacht. Ein schlauer Politiker wie Bruno Kreisky konnte sogar alles gleichzeitig."

Stammt ebenfalls von Hans Besenböck, der seine Journalistenkarriere bei der „Arbeiter-Zeitung" begann.

„Der ORF gehört in Bürgerhand"

Schlagzeilen sind in der „Krone"-Chefsache.

„Das Einzige, was sich im ORF ändern wird, ist, dass nicht wie früher ständig die roten Gfrießer aus dem Fernsehen rinnen werden."

ÖVP-Klubobmann Andreas Khol im Verfassungsausschuss im Juli 2002 über den ORF nach dem schwarz-blauen Rundfunkgesetz.

„Altlinke Zellen."

Peter Westenthaler über die journalistischen Mitarbeiter des ORF in einem „Standard"-Interview vom 28. 2. 2000

„Nicht füttern, nicht reizen, nicht in den Käfig gehen."

Mahnung von ORF-Generalintendant Gerhard Weis an seine Redakteure. Übersetzt heißt das: kein vorauseilender Gehorsam, keine Provokationen, sich nicht instrumentalisieren lassen.

„Es ist nicht unsere Aufgabe, Feuer zu legen. Wir haben über das Feuer zu berichten."

Die neue ORF-Generaldirektorin Monika Lindner über die Rolle der ORF-Information.

„Der ORF ist im internationalen Gigantenkampf eine Mikrobe. Aber er ist die einzige Mikrobe, die Österreich hat."

Gerd Bacher, Schöpfer des Reform-ORF, in seiner Abschiedsrede.

„Im ORF ist selbst der Ärger von besserer Qualität als anderswo die Freude."

Kann nur von Gerd Bacher sein.

Österreich und die Österreicher

Das Land verdient nicht nur ein Kapitel, nein, ein ganzes Buch. Seien sie also nicht enttäuscht, wenn Sie hier nicht alles finden, was dieses Land ausmacht; da müssten Sie auch die weiteren Kapitel durchstöbern, um die Komplexität des Ganzen zu erfassen – im wahrsten Sinn des Wortes.

„L'Autriche est toujours une année, un armée et une idée en arriére." – „Österreich kommt immer um ein Jahr, um eine Armee und um eine Idee zu spät."

Napoleon Bonaparte nach der Schlacht bei Wagram; war ein Nutznießer dieser Schwäche. Das Zitat wurde 1998 von Außenminister Schüssel vor Beginn der EU-Präsidentschaft Österreichs gewählt, um Stimmung für einen NATO-Beitritt zu machen.

„Dies Europa, das sich neu formen will, bedarf eines Österreich."

Stammt von Hugo von Hofmannsthal aus dem Aufsatz „Österreichische Idee", der 1917 geschrieben worden ist.

„Österreich ist ein stinknormales Land."

Wurde gern von Bundeskanzler Schüssel nach der Wende zitiert. Der Autor, der deutsche Politologe Claus Leggewie, legt aber Wert drauf, dass sein Zitat auf die Zeit davor gemünzt war.

„Das eben ist der Fluch von unserm edlen Hause:
Auf halbem Wege und mit halber Kraft
Zu halben Zielen zögernd fortzuschreiten!"

Die zentrale Charakteristik Österreichs unabhängig von der Staatsform, egal ob 19., 20. oder 21. Jahrhundert. Stammt aus dem Nationalepos, Grillparzers „Bruderzwist in Habsburg", 2. Aufzug.

„Dank vom Haus Östreich!"

Wird gerne Franz Grillparzer zugeschrieben, stammt aber aus „Wallensteins Tod" von Friedrich Schiller und spielt auf den sprichwörtlichen Undank des österreichischen Herrscherhauses in politischen Angelegenheiten an.

„Wo immer man hingräbt, ist Österreich."

Otto Schulmeister, einer der Baumeister der Nachkriegsmedien, zur Tatsache, dass viele Alt-und Exilösterreicher einen entscheidenden Beitrag zu Kunst und Wissenschaft außerhalb Österreichs geleistet haben.

Österreich ist die Versuchsstation für den Weltuntergang."

Karl Kraus – Allerdings wurde zu seinen Lebzeiten der erste Versuch zum Weltuntergang gestartet.

„Österreich muss mehr sein als die Summe seiner Quadratkilometer."

„Presse"-Herausgeber Otto Schulmeister zu seiner positiven Sehnsucht, aus der Orientierungslosigkeit nach dem Ersten Weltkrieg herauszufinden. Stichwort: „Der Staat, den keiner wollte."

„Österreich ist kein Trainingscamp für ein rotes Europa."

Jörg Haider, beim Festakt „80 Jahre Republik" im Jahr 1998.

„Nein, wie wir uns in dem Österreich alle getäuscht haben, das ist schauderhaft."

Stammt nicht etwa vom jüdischen Weltkongress oder von Jacques Chirac, sondern vom ersten Staatspsychologen des Landes, Johann N. Nestroy.

„Österreich schafft sich aus der Negation, lebt in ihr und von ihr."

Der unvergessliche Kulturkritiker Hans Weigel, in seiner Treffsicherheit Johann Nestroy nicht unähnlich.

„In Österreich ist immer ‚alles am schlimmsten'."

Der Philosoph Alfred Pfabigan in seinem Beitrag „Der österreichische ‚Kampf der Kulturen'" im Sammelband „Die Fesseln der Republik".

„In Österreich macht man aus jedem Fliegenschiss einen Elefantenhaufen."

Salzburgs umstrittener Festspielintendant Gerard Mortier über seine Streitlust: er liebe das Gefecht mit dem Florett.

„Österreich ist kein geographischer Begriff, sondern ein seelischer Zustand."

Adolf Storfer, ungarischer Abstammung, gründete 1929 die „Wiener Psychoanalytischen Blätter".

„Österreich wird bewohnt von Weltmeistern des Verschlafens."

Das Multitalent André Heller glaubt, dass wir manchmal auch bewusst historische Situationen verschlafen.

„Inmitten dem Kind Italien und dem Manne Deutschland liegst Du, der wangenrote Jüngling da."

Wegen derartiger Zitate sind einst Kriege geführt worden. Grillparzer hat man anscheinend in den betroffenen Staatskanzleien nicht ernst genommen (oder nicht gelesen).

„Wenn dieses Österreich einmal aufhört zu sein, dann kommt in die Welt niemals Friede."

Prophetischer Satz des Dramatikers Franz Theodor Czokor, der in seinem Stück „3. November 1918" ein bewegendes Bild des Untergangs der Donaumonarchie zeichnete.

„Das Wesen Österreichs ist nicht das Zentrum, sondern die Peripherie. (Österreich ist nicht in den Alpen zu finden, Gemsen gibt es dort und Edelweiß und Enzian, aber kaum eine Ahnung vom Doppeladler.) Die österreichische Substanz wird genährt und immer wieder aufgefüllt von den Kronländern."

In seinem Roman „Die Kapuzinergruft" legt Joseph Roth dem Grafen Chojnicki dieses Bild Österreichs in den Mund.

„Schaut rings umher, wohin der Blick sich wendet, lacht's wie dem Bräutigam die Braut entgegen."

Aus Grillparzers „König Ottokars Glück und Ende", III. Aufzug – Lob Österreichs. Wurde in letzter Zeit gerne beim Kauf österreichischer Unternehmen durch deutsches Kapital zitiert.

„In Deinem Lager ist Österreich."

Franz Grillparzer im Juni 1848 zu Ehren des siegreichen Feldmarschalls Wenzel Graf Radetzky von Radetz. Es war einer der letzten Siege der k. u. k. Armee. Erste Strophe:

Glück auf, mein Feldheer, führe den Streich!
Nicht bloß um des Ruhmes Schimmer,
In Deinem Lager ist Österreich,
Wir anderen sind einzelne Trümmer.

„In unserem Lager ist Österreich."

Von Hans Dichand ganz unbescheiden gewählter Werbeslogan der „Kronen Zeitung." Wurde millionenfach bestätigt.

„Das 20. Jahrhundert wurde wirklich in Österreich erfunden."

Aus einer Diskussion zweier Journalistenlegenden: Hugo Portisch mit Otto Schulmeister. In dem Satz ist allerdings auch Adolf Hitler enthalten.

„Schatten über Österreich"

Aufmacher des außergewöhnlichen Chefredakteurs der „Wochenpresse" Bruno M. Flajnik am 19. Oktober 1963 über den neuen Innenminister Franz Olah mit einem gespenstischen Foto der ebenso außergewöhnlichen Fotografin Barbara Pflaum. Die Schlagzeile ließ Franz Olah nie mehr los.

„Österreich zuerst!"

Griffiger Slogan des von den Freiheitlichen initiierten Volksbegehrens aus dem Jahr 1992 zum Thema Ausländerpolitik.

„Reden ist Silber, Schweigen ist Österreich."

Der Schriftsteller Gerhard Roth machte 1995 die nie wirklich erschütterte Machtpyramide der österreichischen Geschichte dafür verantwortlich. Das Schweigen gehöre zur Hierarchie wie das Befehlen.

Was und wer ist das: der Österreicher – und da wir korrekt sein wollen: die Österreicherin? Ein durchschnittliches Lebewesen, wie sie auch andere europäischen Kleinstaaten hervorbringen? Oder doch ein Homo sapiens, der von tausendjähriger Geschichte geformt, um nicht zu sagen, erdrückt worden ist? Bilden sie sich selbst ein Urteil aus dem Zitatenschatz.

„Da tritt der Österreicher hin vor jeden, denkt sich sein Teil und läßt die anderen reden."

Von Franz Grillparzer in Versen gegossene Lebensphilosophie vieler, aber nicht aller Österreicher. Der Geheime Hofrat kannte allerdings Jörg Haider noch nicht.

„Der Österreicher hat ein Vaterland, und liebt's, und hat auch Ursach' es zu lieben."

So etwas Herzerweichendes kann von keinem Österreicher stammen: Johann Christoph Friedrich von Schiller, der Schwabe, lässt es den Generalissimus Wallenstein sagen.

„Das Wesen des Österreichers liegt in der Halbheit."

Friedrich Torberg, einer der schärfsten Analytiker, was den österreichischen Nationalcharakter betrifft.

„Für den Österreicher ist die kürzeste Verbindung zweier Punkte eine krumme Linie."

Österreich gilt sei jeher als Hort sehr flexibler Geister von schlitzohriger Wendigkeit … findet Karl Kraus.

„Der österreichische Mensch hat ein geradliniges, offenes Wesen, ist aber viel zu höflich, um es hervorzukehren."

Theodor Ottawa, einer der besten Österreichkenner, in bitterer Satire. Trifft vor allem auf die Menschen rund um Wien zu.

„Der Österreicher ist von Natur aus dagegen."

Aus „Land ohne Hymne" von Hans Weigel. Darin bescheinigt er dem Lande einen grundlegenden Oppositionsdrang. Ob's nicht mehr die Bequemlichkeit ist?

„Die Österreicher verwenden ihre ganze Intelligenz dazu, zu beweisen, dass etwas nicht geht."

Bernhard Görg hat sein Menschenbild vor allem aus Ostösterreich.

„In Österreich ließen sich die Leute Zeit, auch wenn sie keine hatten."

Alfred Polgar. Findet sich in einem Text mit dem Titel „Der Österreicher (Ein Nachruf)".

„Schlawiner mit Seele."

Die Hamburger Illustrierte „Stern" 1995 in einem Artikel über Österreich und die Österreicher.

„Seien sie dem Österreicher nicht böse, denn das besorgt er selbst schon in mehr als ausreichendem Maße."

Einleitungssatz von Hans Weigels „Oh du mein Österreich".

„Man kann nicht behaupten, den Österreichern fehle es an Faible für das Genre der Nabelbeschau."

Der kritische Österreichbetrachter Armin Thurnher, Chefredakteur der Stadtzeitschrift „Falter".

„Am auffälligsten erscheint mir, daß die Lebensführung des Österreichers von einem wunderlichen Dilemma beherrscht wird, einerseits von dem ängstlichen Gefühl, daß im Ablauf der Dinge immer auch etwas Drohendes, Unberechenbares mitwirke, und andererseits von der wehmütigen Einsicht, daß es ja doch vergeblich sei, dagegen anzukämpfen."

Karl Heinrich Waggerl, auch einer, der die österreichische Seele bestens zu analysieren wusste. Knapper noch zusammengefasst in den Sätzen **„Da muss was g'schehn"**, *und* **„Da kann ma halt nichts machen"**.

„Der Österreicher will nix als seine Ruh' und bringt nur aus alter Gewohnheit ganz Europa durcheinander."

Der Publizist Günther Nenning, wie immer liebevoll spottend, dass Österreich zweimal ganz Europa hat ausrutschen lassen.

„Der Österreicher hält nur das für wirklich, wovon er den Schein in Händen hält."

Johann Nestroy.

„Österreicher ist, wer es trotzdem ist."

Genial beobachtet von Alexander Lernet-Holenia (1897–1976).

„Der Österreicher schmeckt sich selbst am besten."

Charakterstudie des Grazer Autors Wolfgang Bauer. Wörtlich: **„Er beißt ein Stück von sich selbst ab, frisst es und sagt dann: Schaut her in aller Welt, wie mir mein eigener Mist schmeckt!"**

„Wir Österreicher wollen von allen geliebt werden."

Zilks kritisches Wiener Visavis: Erhard Busek zum übertriebenen Harmoniegefühl seiner Landsleute.

„Die Österreicher haben inzwischen erkannt, wie wichtig es ist, unwichtig zu sein."

Die Journalistin Inge Santner, viele Jahr Korrespondentin des „Spiegel" und der Schweizer „Weltwoche".

Österreich–Ungarn

Das Verhältnis war immer komplex; darin liegt aber der Reiz. Es war aber nie so negativ belastet wie mit dem nördlichen Nachbarn. Budapest oder Prag – für den Wiener eine klare Antwort; auch wenn er mehrheitlich aus Böhmen und Mähren stammt.

„Österreich-Ungarn war die imperiale Einheit in der Vielfalt.“

Der Publizist und Aphoristiker Fritz P. Rinnhofer.

„Auf ein Achtel war ein Reich reduziert worden, worin ein kleines Universum Platz gefunden hatte.“

Der Regisseur und Schauspieler Ernst Lothar, mit einem Satz höchst liebevoll den Rest der einstigen Doppelmonarchie Österreich-Ungarn skizzierend.

„Das so genannte Merkwürdige ist für Österreich-Ungarn das Selbstverständliche.“

Joseph Roth in seinem Roman „Die Kapuzinergruft“ über die Haltung der Deutsch-Völkischen.

„Die österreichisch-ungarischen Beziehungen waren nie so gut, seit die Länder getrennt sind.“

Bruno Kreisky, der Altösterreicher, gerne zitiert von Paul Lendvai.

„Je weiter wir die Grenzen der Freiheit nach Osten verschieben, desto sicherer wird die Mitte.“

Otto von Habsburg, Sohn des letzten österreichischen Kaisers Karl, Europaabgeordneter von bayrischen Gnaden.

„Ungarn ist für mich wie ein Verwandter, den ich nicht oft sehe.“

Der Journalist und Autor Paul Lendvai über seine einstige Heimat.

„In Ungarn wurde ich eingesperrt, in Österreich ausgezeichnet.“

Aus diesem Satz erklärt sich obige Haltung.

„Es gibt eine Haltung gegen Ost- und Mitteleuropa, die ich als eine Mischung aus Arroganz und Ignoranz bezeichne.“

Paul Lendvai, ein echter Mitteleuropäer.

Pension

Österreich – ein einziges „Pensionopolis"? Sicher nicht – aber einen gewissen Hang zu diesem Lebensabschnitt können wir nicht bestreiten. Auf jeden Fall ist das Kapitel länger als das über den Fortschritt.

„In Italien ist die Steuerhinterziehung ein Volkssport, in Österreich die Frühpensionierung."

Der streitlustige Pensionsexperte Professor Bernd Marin.

„Die Pensionen sind das Heiligtum der Österreicher und ganz besonders der SPÖ-Klientel."

Hans Rauscher in einem seiner bekannt bissigen Kommentare im „Standard" während der Regierungsverhandlungen im Winter 1999.

„Wehrt Euch gegen Rentenraub – Wählt SPÖ"

„Rentenklau"-Wahlplakate der SPÖ anlässlich der Nationalratswahl 1953.

„Ich verspreche, dass in Österreich nie mehr Geld für Waffen als für Pensionen ausgegeben wird."

Leicht einzuhaltendes Versprechen von Viktor Klima – 1999 gaben wir 3,5 Mrd. Schilling für Waffen und 380 Mrd. für Pensionen aus.

„Wir Pensionisten sind keine zahnlose Masse."

Karl „Charly" Blecha im dritten Frühling als Präsident des SPÖ-Pensionistenverbandes.

„Österreich hat die mit Abstand jüngsten Pensionisten, die ältesten Studenten und die übergewichtigsten Einwohner."

Der frühere Finanzminister und nunmehrige Industrielle Hannes Androsch in einem Befund über seine Heimat.

„Österreich ist ein Pensionistenstaat. Alles Recht geht von der Kinderscheckbewegung aus, der Jörg Prinzhorn vorsteht."

Ein politisches Attest des politisierenden Arztes Werner Vogt im Vorfeld der Nationalratswahl vom 3. Oktober 1999.

„Die österreichische HeutekeinParteienverkehr-Frühpension-Hundigassigehen-Gesellschaft."

Sarkastische Zustandsbeschreibung der alpenländischen Gesellschaft durch den journalistischen Großspötter Hans Rauscher.

„In der Schlussphase des Lebens tut man gut daran, mit der Zeit möglichst sparsam umzugehen."

Damit begründete Richard „Staberl" Nimmerrichter, warum er vier Monate nach seinem 80. Geburtstag und 37 Jahre nach Erscheinen seiner ersten Kolumne mit 30. April 2001 in Pension ging.

„Ich arbeite, bis ich umfall. Denn wenn ich zum Arbeiten aufhör, fall ich wahrscheinlich um."

Der 79-jährige Journalist Georg Auer, ein Original der Sonderklasse, der den Absprung in die Pension verpasst hat.

„Aufhören können, das ist nicht eine Schwäche, das ist eine Stärke."

Von keinem Manager, von einer Dichterin: Ingeborg Bachmann.

„Senioren an die Maus"

Schlagzeile im „Standard" zum Internetboom unter den Pensionisten.

Peymann

Für einen Deutschen ein eigenes Kapitel? Claus Peymann ist einer der reichsten Zitatenspender über Österreich, die Österreicher, Haider und vieles noch mehr. Er taucht in mehreren Kapiteln auf. Hier nur die Zitate zu seiner Person.

„Therapeut des Größenwahns."

Der „Standard", Peymanns neue Rolle in Berlin beschreibend.

„Für Schiller war das Theater eine moralische Anstalt, für Brecht eine politische. Unter Peymann ist das Burgtheater dank Mühl zur Bedürfnisanstalt verkommen."

Professor Maxgeorg Marberg zum umstrittenen Auftritt des verurteilten Malers und Kommunarden Otto Mühl am Ring.

„Wir brauchen nicht schon wieder einen Deutschen."

Reaktion Jörg Haiders auf die Pläne, für Claus Peymann eine dritte Amtszeit als Burgtheaterdirektor herauszuschlagen.

„Österreich ist eine Komödie, die nicht einmal ich inszenieren könnte."

Peymann über seine Wahlheimat, eine Anleihe bei Thomas Bernhard nehmend.

„Der Peymann ist weg und es geht uns wieder besser."

Volkstheater-Prinzipalin Emmy Werner zum Umstand, dass nach Peymanns Abgang rasch Luc Bondy und Peter Stein die Lücke gefüllt haben.

„Er verhält sich so – verschwenderisch, launisch, hochfahrend, chaotisch –, wie man sich ‚große Theaterleute' in der Provinz immer vorgestellt hat."

P. M. L. – Kürzel für Peter Michael Lingens – zerzaust im „Standard" den oben Zitierten.

Ich war dort 20 Jahre glücklich, bis zur Ära Peymann."

Fritz Muliar über seine Jahre am Burgtheater. Er hat Peymann überlebt.

„Für mich war Fritz Muliar immer die Bestätigung, dass wir es richtig machen. In dieser Rolle habe ich ihn gerne besetzt, er hat sie gern übernommen und großartig gespielt."

Peymann über sein Verhältnis zu seinen Kritikern.

„Wenn sie Podgorski und Muliar zusammen sehen, ist das schon wieder Komik zum Quadrat."

Peymann erweitert seine Kritik.

„Der Peymann der Museumswelt"

„Presse"-Schlagzeile über den agilen Direktor des KHM, des Kunsthistorischen Museums, Wilfried Seipel.

Politiker

Eine Zunft, deren Stern immer schwächer leuchtet. Vielleicht sind hier einige Antworten dafür zu finden.

„Ein Politiker muss mit der Zeit gehen, sonst muss er mit der Zeit gehen."

Kann nur vom Altmeister des Reimes vom unvergesslichen Karl Farkas stammen. Längst vor Gorbatschows Erkenntnis des Zuspätkommens.

„Im Leben eines Politikers befinden sich das Hosianna und das Crucifige dicht nebeneinander."

Ursprünglich von Julius Raab, wurde in der ÖVP aber aus gutem Grund sehr oft von seinen Schülern zitiert.

„Den Politikern geht es wie den Hunden. Da zählt auch ein Jahr für sieben."

Diesen Vergleich zog Wiens Bürgermeister Michael Häupl 1995 in „Wien heute".

„Man wähle von zwei Politikern das kleinere."

Den bösartigen Aphorismus hat Alexander Friedrich Rosenfeld geboren – besser bekannt unter seinem Künstlernamen Roda Roda.

„Ein Oppositionspolitiker muss lernfähig sein wie ein Pudel."

Von einem, der's wissen muss: Josef Taus, von Bruno Kreisky oft behandelt wie ein Schüler.

„Ich lege Wert darauf, nicht mit Politikern befreundet zu sein."

Robert Hochner, legendärer Moderator der „Zeit im Bild 2".

„Ob schwarz oder rot, Politiker sind immer dasselbe Gesindel."

Thomas Bernhard im Gespräch mit der TV-Journalistin Krista Fleischmann.

„Die Politiker verstehen unsere Argumente. Sobald aber eine Kamera oder ein Mikrofon in der Nähe ist, ist der Wähler wieder wichtiger."

OMV-Chef Richard Schenz zur Debatte über die exorbitanten Treibstoffpreise im Herbst 2000.

„Er hat bis zuletzt gelitten an der Ausrichtung der Politiker auf den bloßen Stimmenfang."

Weihbischof Helmut Krätzl im Stephansdom an der Bahre von Altbundespräsident Kirchschläger.

„Wir alle hören vor einer Wahl gerne Märchen. Schlimm ist nur, wenn die Politiker sie selbst glauben.“

Erich Streissler, Österreichs konservativer Paradeökonom, der oft den Finger trefflich auf die Wunde legt. Nur hörte man wenig auf ihn. Später Nachfolger seines bereits verstorbenen Kollegen Stefan Koren, der „Kassandra“ der Nation.

Populismus

Auch nichts Neues in der Politik, wird er tendenziell aber immer stärker. Wer trägt daran die Schuld? Ich fürchte, die Medien als ideale Bühne für die Populisten.

„Dinosaurier des Populismus“

Schlagzeile der Medienpostille „ExtraDienst“ zu 100 Jahre „Krone“.

„Der Populismus von links ist genau so schlimm wie der Populismus von rechts.“

Luc Bondy, Chef der Wiener Festwochen, vor Publikum und Künstlern zur Frage, ob man wegen der FPÖ das Land verlassen wolle.

„Der erbarmungslose Rechtspopulismus bringt automatisch einen erbarmenswerten Linkspopulismus hervor.“

Der Schriftsteller Michael Scharang, Exkommunist, der sich mit seiner Direktheit schon oft zwischen alle Stühle gesetzt hat.

„Herr Haider ist Experte für nichts – ausgenommen für den Populismus.“

Der Mann muss es ja wissen, ist er doch auch ein Meister seines Faches: Miloš Zeman, Premierminister der Tschechischen Republik.

„Historische Konflikte, die nicht aufgearbeitet sind, bieten eine Spielwiese für Populisten.“

Tirols Landeshauptmann Wendelin Weingartner, an die Adresse des Bärentals gerichtet.

Pröll

Hat der Mann schon seinen Zenit erreicht? Die Antwort wird es wahrscheinlich erst 2004 geben. Der Pröll ist für jede Überraschung gut – nicht nur bei Büchern.

„Herr der Ringe“

Damit ist Landeshauptmann Erwin Pröll gemeint, da er so stark den Kreisverkehr in NÖ propagiert hat.

„Er streichelt jeden Hund, eröffnet jeden Kreisverkehr, küsst jede Winzerkönigin.“

SPÖ-Chef Alfred Gusenbauer beim Wahlkampfauftakt der NÖ-SPÖ im Februar 2003 über den übermächtigen Gegner Erwin Pröll.

„Er ist absolut kein Spießer und hat die schärfste Frisur Mitteleuropas.“

Der Karikaturist Manfred Deix begründet damit sein Engagement für Erwin Pröll.

„Entweder fressen wir die rote Krot oder die blaue Krot. Die rote Krot hat sich verweigert, also ist die blaue Krot übrig geblieben.“

Niederösterreich starker Häuptling Erwin Pröll in der ihm eigenen deftigen Sprache zur Frage, wie es zur Koalitionsentscheidung kam.

„Der oberste Sowjet sollte nicht in St. Pölten sitzen."

Der steirische Landesamtsdirektor Gerhart Wielinger zur Anti-Semmering-Tunnel-Politik des niederösterreichen Landeshauptmannes Erwin Pröll.

„Wir behalten die Veto-Karte im Ärmel."

Der NÖ-Landeshauptmann Erwin Pröll hat offenbar in der Temelin-Frage noch ein Atout vorrätig.

„Ein scheinbarer Friede ist für mich schlimmer als ein gut ausgetragener Konflikt."

Pröll nach dem Temelin-Gipfel zwischen Bundeskanzler Schüssel und dem tschechischen Ministerpräsidenten Miloš Zeman im Stift Melk.

Provinz

Ein uraltes Thema, speziell in einem föderalen Land. Was die Städter bespötteln, darauf sind die Betroffenen stolz. Sie lesen's gleich.

„Ich spiele gerne in der Provinz, weil das Publikum sehr dankbar ist.."

Die Jazzlegende Oscar Klein zu seinem 70. Geburtstag .Nur echte Künstler schätzen die Bühnen abseits der großen Städte nicht gering.

„Provinz ist immer der nächstkleinere Ort."

Der anerkannteste Musikkritiker des deutschsprachigen Raumes, Joachim Kaiser.

„Sie haben uns erobert: Bruck, Gurgl, Gföhl ..."

Der Dichter Josef Weinheber meinte damit die Provinzialisierung Wiens, nicht die Provinz.

„Provinz ist dort, wo sich die Kritiker zuerst anschauen, was modern ist, und dann urteilen."

Der große Maler Max Weiler 1976, als er noch nicht so erfolgreich war.

„Wenn die österreichische Dynamik des Provinzlerischen und des Raunzerischen zur Erneuerung des Zeitgeistes beitrug, so galt dies auch für die Dynamik des Forstwurstelns."

Stammt vom in den USA lebenden, in Wien geborenen austro-amerikanischen Schriftsteller Frederic Morton.

„Heute scheint der Begriff Österreich wieder in provinziellen Mief eingehüllt."

Barbara Coudenhove-Kalergi, die für Kreisky in der legendären „AZ" gearbeitet hat, in einem Rückblick auf seine Ära.

Provisorium

Ein Kernstück der österreichischen Lebensphilosophie.

„Ein Provisorium ist in Österreich etwas Endgültiges auf Widerruf."

Der Kabarettist Gerhard Bronner, der uns viele „merk-würdige" Sätze hinterlassen hat.

„Nichts hat in Österreich mehr Bestand als ein Provisorium."

Oft zitierte Weisheit eines unbekannten Spötters.

„Bei uns in Wien halten Provisorien ewig."

Die „Edelfeder" der „Presse", Hans Werner Scheidl.

Psychoanalyse

Endlich ein Thema, wo wir wirklich Kompetenz haben. Das fordert natürlich auch die Spötter heraus. Und in dieser Spannung liegt die Qualität.

„Psychoanalyse ist jene Geisteskrankheit, für deren Therapie sie sich hält."

Karl Kraus schreckte auch nicht vor einem Großen zurück, vor Sigmund Freud. Blickt man in die USA, hat er möglicherweise Recht behalten.

„Die Psychoanalyse ist mehr eine Leidenschaft als eine Wissenschaft."

Noch eins drauf: Karl Kraus

„Psychoanalyse: eine Religion, die als Wissenschaft auftritt."

Nicht Kraus, aber nicht weit entfernt: Egon Friedell.

„Ein Psychiater ist ein Mann, der sich keine Sorgen zu machen braucht, solange andere Menschen sich welche machen."

Er hat's mit der Psyche: Karl Kraus.

„Die Psychoanalyse: eine Mischung aus Talmud und Singleliteratur."
Vom kongenialen Spötter Egon Friedell.

„Seit Freud und Adler ist nichts mehr in dieser Welt so wie vorher."
Aus der Programmheft der Opernpremiere „Frau ohne Schatten", die dem Andenken des Opernkenners Erwin Ringel gewidmet wurde.

„Es genügt nicht, nur den einen kranken Menschen zu behandeln, manchmal ist auch die Gesellschaft krank."
Stammt von Ringels großem Vorbild, dem Psychiater Alfred Adler. Ringel hat diesen Satz abgewandelt oft wiederholt:
„Was behandelt ihr einzelne Leute, revolutioniert die Gesellschaft."

Raab

Nur mehr die älteren Leser werden ein lebensnahes Bild von diesem Symbol der Wiederaufbaugeneration haben. Umso wichtiger, dass wir ihn hier mit einigen Zitaten auch den jüngeren Österreichern präsentieren.

„Der Kanzler mit der Virginia."
Synonym für den Staatsvertragskanzler, der ein begeisterter Raucher dieser urtyischen österreichischen Zigarre war.

„Raab war der größte aller Kleinbürger."
Das in Wirklichkeit respektvolle Urteil stammt vom Großbürger Bruno Kreisky.

„Nicht die Politik verdirbt den Charakter, sondern ein verdorbener Charakter die Politik."
Julius Raab – für seine Zeit mag das noch gegolten haben.

„I' brauch mei' Organ."
Entlarvender Ausspruch von Bundeskanzler und ÖVP-Obmann Julius Raab über die Aufgabe der Medien. Er sah – Fernsehen gab es damals noch nicht – Zeitungen nur von ihrer parteipolitischen Nützlichkeit her.

„Aus dem Narrenkastl wird eh nix. Des geb ma den Roten."
Julius Raab über das neu aufkommende Medium Fernsehen. Grobe Fehleinschätzung eines sonst großen Politikers, unter der seine Partei bis heute schwer trägt.

„Der Polier stimmt immer wie der Meister."

Nationalratspräsident Johann Böhm, gelernter Baupolier, ein Urgestein, nach einer Abstimmung zu Julius Raab, im bürgerlichen Beruf Baumeister.

„Die Monarchie war großartig, sie ist aber leider g'wesen."

Der k. u. k. Sappeuroberleutnant Julius Raab, der unter dem späteren Bundespräsidenten General Körner an der Isonzofront gedient hatte.

„Julius Raab war für mich, was für meinen Vater sein Hauptmann gewesen ist."

Heinrich Drimmel, letzter Unterrichtsminister Raabs, auf das väterlich autoritär-militärische Element des einstigen Oberleutnants anspielend.

„I bin froh, das i mir di nimmer antun muas."

Altkanzler Julius Raab knapp vor seinem Tod zum jungen neunmalklugen ÖAAB-Querdenker Josef Taus.

Radio

Schon oft totgesagt, lebt es immer noch: das Radio. Und viele glauben an das, was im Radio verbreitet wird, denn es heißt im Volksmund: „'s Radio hat g'sagt …"

„Großes Heil ist der Welt erflossen, der Hausmeister an den Kosmos angeschlossen."

Karl Kraus bei der Einführung des Radios in Österreich

„Hallo, Hallo! Hier Radio Wien"

Erste Signation des ersten österreichischen Radiosenders, der RAVAG, der Radio Verkehrs AG, am 1. Oktober 1924, gesendet aus dem Heeresministerium am Wiener Stubenring.

„Der Gedanke, dass man mich in Scheibbs und Palermo gleichzeitig hört, macht mich erbeben."

Startenor Leo Slezak bei seinem ersten Radioauftritt 1924.

„Die Erfindung des Rundfunks bringt größere Verantwortung mit sich als die Erfindung der Atombombe: denn Propaganda greift tiefer als Bomben."

Gerne von Gerd Bacher zitiert; stammt von Karl Friedrich von Weizsäcker.

„Was gibt es Neues, was gibt es Neues, was alle Menschen int'ressiert in unserer Zeit."

Anfangscouplet von Heinz Conrads bei seiner sonntägigen Guten-Morgen-Sendung im Radio, die er von 1946 bis 1986 bestritt – ein Weltrekord im Entertainment.

Recht und Unrecht

Das erste Zitat kann auch als Kapitelüberschrift genommen werden.

„Dazu wer'n mir doch kan Richter brauchen!"

Nach Fritz Kortner ist dies die gefährlichste Drohung Österreichs.

„Der größte Feind des Rechtes ist das Vorrecht."

Nicht erst im Zeitalter der Demokratie entstanden, nein, ein Satz von Marie von Ebner-Eschenbach.

„Das Recht des Stärkeren ist das stärkste Unrecht."

Ähnlich klug, ebenfalls von Marie von Ebner-Eschenbach.

„Unrecht kann nicht befristet werden. Es verjährt niemals."

Simon Wiesenthal als Antwort auf die Forderung des ehemaligen ÖVP-Chefs Erhard Busek Anfang 1998, dass die Diskussion um die Entschädigung der Holocaust-Opfer ein Ende haben müsse.

„Ungerechtigkeit muss sein, sonst kommt man zu keinem Ende."

Ob sich Karl Kraus bewusst war, dass er damit den Schlüssel zur Aufarbeitung des 20. Jahrhunderts geliefert hat.

Reich

Nicht unbedingt ein gängiges Vokabel hierzulande. Deshalb ist auch die Ausbeute eher schmal. Dafür steht unter dem Stichwort „Neid" mehr.

„Der Arme, der nix hat, behält das Seinige."

Galt schon vor Johann Nepomuk Nestroy und auch nachher.

„Der sicherste Reichtum ist der Mangel an Bedürfnissen."

Auch Franz Werfel konnte böse spotten.

„Reich ist man, wenn man etwas hat, das mehr wert ist als materielle Dinge."

Ingeborg Bachmann (1926–1973), österreichische Erzählerin, Dichterin, Essayistin und Hörspielautorin.

„Reich ist jemand, der gar nicht mehr arbeiten muss."

Alois Guger, Einkommensexperte beim Wirtschaftsforschungsinstitut.

„Lange Zeit entstanden große Vermögen durch Ausbeutung und Raubrittertum."

WIFO-Experte Alois Guger, der allerdings zugibt, dass dann die Vermögen in der Industrie und jetzt durch reine Kapitaltransaktionen gemacht wurden.

„Die Reichen sind die ‚Vorkoster' der Armen."

Franz Kreuzer, den österreichischen Nobelpreisträger Friedrich von Hajek interpretierend. Ohne die Reichen gäbe es kein Telefon, kein Auto, kein Badezimmer und keinen Lebenskomfort.

„Die Bibel mag die Reichen nicht."

Bibelkenner und Kirchenkritiker Adolf Holl.

„Das Einkommen ist in der österreichischen Gesellschaft ein absolutes Tabuthema."

Die Motivforscherin Helene Karmasin über den ausgeprägten Hang unserer Landsleute zum Diskreten. Man bekenne sich hierzulande nicht zu seinem Vermögen, erwartet aber dennoch Anerkennung.

„Einkommen und Vermögen sind keine Schande, höchstens die Art, wie sie zustande kommen."

Kreisky – ob vor oder nach Androschs Sündenfall – ist nicht sicher.

Reisen

Ein großer Reisender war der Österreicher bisher nicht. Das schlägt sich auch in Zitaten nieder. Oder hat nach Qualtinger niemand mehr so herrlich darüber gespottet?

„Wann mi des Reisebüro net vermittelt hätt!"

Legendärer Ausspruch des Kabarettisten Helmut Qualtinger alias „Travnicek" über die Bodenständigkeit vieler Österreicher.

„Gscherte im Pelz."

Aus der legendären Doppelconférence „Travnicek im Urlaub", geschrieben von Carl Merz und Helmut Qualtinger, vorgetragen von Letzterem und Gerhard Bronner. Es geht um eine Reise in den Norden:

„Fjorde? ... So was wie das Gänsehäufel haben die dort net ... Und die Lappen? Gscherte im Pelz."

„Manche Menschen reisen hauptsächlich in den Urlaub, um Ansichtskarten zu kaufen, obwohl es doch vernünftiger wäre, sich diese Karten kommen zu lassen."

Von Kreiskys Lieblingsautor Robert (Edler von) Musil.

„Abreisen sind immer überstürzt."

Ein weiser Spruch aus Friedrich Torbergs „Tante Jolesch".

Revolution

Selten in Österreichs Geschichte. Aber wie wir mit Revolutionen umgehen, darin liegt der Reiz der folgenden Darstellung.

„Dürfen s' denn das ?

Ferdinand I., der Gütige (1793–1875), als er vom Ausbruch der 48er-Revolution hörte. Kostete ihn übrigens den „Job". Er trat am 2. 12. 1848 zugunsten seines Neffen Franz Joseph zurück.

„Wenn in Wien Revolution ist, fahren die Ringwagen über die Zweierlinie."

Ja, in Wien merkt man von Revolutionen nicht viel; höchsten eine kleine Umleitung des Verkehrs.

„Revolution in Russland? Wer soll denn die machen? Vielleicht der Herr Bronstein aus'm Schachzimmer?"

Gutmütiger Spott des Oberkellners Johann Czerny aus dem legendären Café Central auf die Meldung, dass in Petersburg die Revolution ausgebrochen sei. Bronstein war der bürgerliche Name des späteren kommunistischen Revolutionärs Leo Trotzki, der 1901 illegal in Wien lebte.

„Ein alt gewordenen Revolutionär ist so ziemlich das Lächerlichste, das es gibt."

Auch von Michael Häupl, einst langhaariger Juso-Chef, sichtlich mit der Gabe zur Selbstironie ausgestattet.

„Wir dürfen den Linken nicht das Monopol auf eine revolutionäre Gesinnung überlassen."

Nein, nicht von Gerd Bacher, sondern von einem Studenten mit dem Couleurnamen „Roland" der schlagenden Burschenschaft „Rugia" in Krems. Später besser bekannt geworden unter seinem bürgerlichen Namen Michael Häupl. Quelle unverdächtig: das Zeitgeistmagazin „profil".

„Erfolgreiche Revolutionen wie in Russland brauchen Ingenieure. Gescheiterte Revolutionen wie in Österreich brauchen Psychologen."

Der Soziologe Paul Lazarsfeld, einer der zornigsten Männer der österreichischen Linken der Ersten Republik.

„Revolutionen sind wie Überschwemmungen, sie gehen über das Land und bedecken es, aber dauern nicht ewig."

Melanie Metternich am 10. November 1918 zu Kaiserin Zita. Damit lag sie aber falsch.

„Wir sind beide lang genug in der Politik, um zu wissen, dass alle 25 Jahre in Österreich eine steirische Revolution stattfindet."

Bundespräsident Adolf Schärf zum scheidenden Bundeskanzler Alfons Gorbach, den seine steirischen Parteifreunde gestürzt hatten.

Riess-Passer

Sie spielte nur kurz die erste Geige in der Politik, löste aber mit ihrem Spiel viel aus. Ohne sie wäre Knittelfeld noch immer eine nur den Eisenbahnfahrern bekannte Stadt.

„Königskobra"

Knallharte Chiffre für die FPÖ-Chefin Susanne Riess-Passer, die im Auftrag ihres Mentors Jörg Haider immer wieder unbotmäßige FPÖ-Funktionäre abhalftern musste.

„Die Britney Spears der österreichischen Innenpolitik"

Anneliese Rohrer verglich Riess-Passer mit dem britischen Pop-Sternchen: Sie singt fremde Texte, das zwar gut, aber nicht eigenständig.

„Neben Susi wird ein Strolchi sein."

Ex-FPÖ-Chef Jörg Haider über seine Nachfolgerin und ihre Rolle an der Seite von Wolfgang Schüssel.

„Susi, geh du voran."

Abschiedsworte von Jörg Haider bei der Übergabe des Parteivorsitzes an Susanne Riess-Passer im Feber 2000.

„Susi Steger"

Spottvokabel der Knittelfelder FPÖ-Rebellen über die Vizekanzlerin.

„Alle haben Fehler gemacht, nur die Susanne ist das unbefleckte Lamm."

Jörg Haider nach der Affäre Gaugg im Juli 2002

„Wir haben alle Aufgaben übernommen, die uns eine Schuhnummer zu groß sind."

Reaktion von Susanne Riess-Passer, nachdem Generalsekretär Schweitzer die Westenthaler-Nachfolge ablehnte.

Rücktritt

Selten in unserer Innenpolitik. Daher sind die Wortspenden dazu auch eher spärlich.

„Der beste Politiker ist immer der, der geht."

Kreiskys erster Vizekanzler Rudolf Häuser.

„I werd mi schon zurückziehen, aber drängen lass ich mi net!"

Bruno Kreisky auf die Frage, ob er ein zweiter Adenauer werden wolle.

Der Rücktritt war ein bitterer Augenblick, aber die einzige Möglichkeit, fair und anständig die Konsequenzen zu ziehen."

Der steirische Landeshauptmann Josef Krainer rückblickend zu seiner Wahlniederlage am 17. Dezember 1995. Er blieb damit ein Einzelfall.

„Ich bin schon weg."

Jörg Haider verspricht einmal mehr am 15. Feber 2002 seinen endgültigen Rückzug aus der Bundespolitik. Ein paar Tage später: **„Ich bin wieder da."**

„Haiders Rücktritt vom Rücktritt"

Schlagzeile von Phoenix-Online zu diesem Spiel.

„Wir nehmen den Hut, wir sagen Adieu."

FPÖ-Klubchef Peter Westenthaler beim gemeinsamen Rücktritt von Susanne Riess-Passer und Karl-Heinz Grasser am 8. 9. 2002.

„Ich will nicht mit Sicherheit ausschließen, dass ich sicher nicht zurücktreten werde."

So kann sich nur Bruno Kreisky alle Türen offen halten – wenige Wochen vor der entscheidenden Volksabstimmung über das Kernkraftwerk Zwentendorf am 5. November 1978.

„Auch in der Politik gilt, dass Salome auf ihren Teller keinen pensionierten Kopf wünscht. Interessiert ist sie nur an Köpfen von Leuten in Amt und Würden."

Franz Vranitzky – hat für seine Partei zumindest dies beherzigt.

Ruhm

Den Begriff haben wir ruhmreicheren Nationen überlassen. Aber nach zwei verlorenen Weltkriegen ist schwer zwischen Ruhm und Niederlage zu differenzieren.

„Und die Größe ist gefährlich und der Ruhm ein leeres Spiel;
was er gibt, sind nicht'ge Schatten, was er nimmt, es ist so viel."

Ach, hätten nur viele Machthaber den Schlussvers Grillparzers aus „Der Traum ein Leben" ernst genommen. Da hätten wir uns viel erspart.

„Flucht vor der Größe."

Der Geistesmensch Hans Weigel, unseren Charakter sezierend. Allerdings neigen wir dazu, diese Genügsamkeit auch auf die Verantwortung auszudehnen.

„Ruhm bedeutet vor allem, dass man im richtigen Augenblick stirbt."

Außer Karl Kraus kann nur Alfred Polgar so böse sein. Ist es mit diesem Zitat auch.

„Ruhm ist, wenn man sonst nichts davon hat."

Der Satz ist von Karl Kraus.

„Die Gefahren Europas sind die Österreichs, die Triumphe ebenso wie die Niederlagen, sie werden Österreichs persönliches Erlebnis, zu einer Art Familienchronik."

Oskar Kokoschka, der große Teile seines Lebens im Ausland verbrachte.

Salzburg

Eine Stadt, die entzweit – glühende Verehrer gegen beißende Spötter. Hochkultur versus Geschäftemacher, Zünftlertum gegen Weltoffenheit. Aber lesen Sie selbst.

„Das Salzburger Land ist das Herz vom Herzen Europas."

So überschwänglich kann nur einer zu Salzburg sein: Hugo von Hofmannsthal, Mitbegründer der „Salzburger Festspiele".

„Die Nationen sollen in Salzburg einander in ihrem Höchsten erkennen, nicht in ihrem Trivialsten."

Aus der Festspielidee Hofmannsthals von 1919, lange bevor McDonald in der Getreidegasse aufgesperrt hat.

„Salzburg ist von zwei Menschenkategorien bevölkert: von Geschäftemachern und ihren Opfern."

Wer sonst als Thomas Bernhard kann so trefflich und gleichzeitig bitterböse beobachten.

„Ich mag die Stadt Salzburg nicht, sie hat so etwas Ekelhaftes und Mieses an sich."

Von einem Urwiener, dem verstorbenen Schriftsteller H. C. Artmann. Mit dem wieder vermutlich die Salzburger nichts anzufangen wussten.

„Die Salzburger Innenstadt verkommt zum Ganzjahresmuseum unter freiem Himmel, zum barocken Disney-Land, zum kulturellen Fast-Food-Happen für eilige Europareisende."

Kommt in der Schärfe fast an Karl Kraus heran. Ist aber von einem jüngeren Salzburger Journalisten: Roman Hinterseer.

„So wie das Eichamt für Wagner in Bayreuth steht, muss jenes für Mozart in Salzburg sein."

Gerd Bacher, als er im Gespräch über die Position des Festspielpräsidenten war. Geworden ist es dann seine Tochter.

„Die Mozartstadt lässt niemanden kalt. Schon gar nicht ihre Bewohner."

Aus einem Kulturkommentar über die Hassliebe der Salzburger zu ihrer Stadt und den Festspielen, hin und her gerissen zwischen glanzvoller Vergangenheit, betörender Umgebung und der Skepsis, die diesem Glanz nicht trauen will.

„Man mag die Stadt und ihre Leute, oder man mag sie nicht. Dazwischen gibt es nichts. Salzburg taugt nicht für ein lauwarmes Verhältnis.“

Aus dem hintergründigen Kommentar des Journalisten Roman Hinterseer „Der Nabel der Welt“. So sieht sich ja die Mozartstadt.

„Ich wäre auch gerne in dieser schönen Stadt geblieben, aber als Jude wäre ich nie zur Stellung eines Richters befördert worden.“

Theodor Herzls Zitat „In Salzburg brachte ich einige der glücklichsten Stunden meines Lebens zu“ hatte jahrelang allein auf einer Gedenktafel an den Begründer des Zionismus in Salzburg gestanden. Der Künstler Wolfram Kastner hat 2001 den zweiten Satz mit Filzstift dazugefügt.

„Er hat für die Entjodelung der Darstellungskunst bei Raimund und Nestroy in Salzburg wie kein anderer Sorge getragen.“

Die Präsidentin über den gewichtigsten Grund, warum sich der neue Intendant Peter Ruzicka für Jürgen Flimm als neuen Schauspieldirektor entschieden hat.

„Er hat Schauspiel und Oper gerne als kleine, rote Kirsche auf seinem zuckersüßen Festspiel-Punschkrapferl betrachtet.“

Der Salzburger Journalist Roman Hinterseer über den verstorbenen Societygranden und Mercedes-König Dimitri Pappas.

„Die seinerzeitigen Kassandrarufe, dass Mortiers Festspielreform der Tod der Salzburger Gastronomie sei, hat sich jedenfalls nicht bewahrheitet.“

Von einem, der es wissen muss: Christoph Wagner, Österreichs Gourmetkritiker Nr. 1.

„Ich habe mich sehr gefreut, dass er gekommen ist. Ich freue mich noch mehr, dass er geht.“

Ein enttäuschter Gerd Bacher, der am Engagement Mortiers nicht unbeteiligt war, über seinen einstigen Favoriten.

Schicksalsjahr 1934

Das Ende der Ersten Republik – sagen die einen; der Auftakt zum Untergang – finden die anderen. Am 34er Jahr litten wir wohl am längsten in der Geschichte des 20. Jahrhundert.

„Wir werden morgen an die Arbeit gehen, und wir werden ganze Arbeit leisten für unser Vaterland …“

Vizekanzler Major Emil Fey am 11. Februar, dem Faschingssonntag des Jahres 1934. In diesem Satz sehen viele Historiker die Kriegserklärung der Heimwehren, deren Führer Fey war. Der Montag, der 12., sollte blutig werden.

„Als die Lichter verlöschten, betete der Kanzler im Dom.“

Am Vormittag des 12. Februar betete Kanzler Engelbert Dollfuß gerade im Stephansdom, als die Lichter ausgingen. Die Stromsperre war für den Republikanischen Schutzbund das vereinbarte Zeichen zum Generalstreik.

„Es war ein Fingerzeig Gottes!“

Kanzler Engelbert Dollfuß nach der Selbstauflösung des Parlaments am 4. März 1933 zum späteren SPÖ-Innenminister Oskar Helmer.

„Die Sozialdemokraten sind skrupellos bis zum Hochverrat in der Verfolgung parteipolitischer Ziele.“

Schwarze Kampfrethorik rund um den „Korneuburger Eid“.

„Wir verwerfen den westlichen demokratischen Parlamentarismus und Parteienstaat.“

Zentraler Satz des viel diskutierten „Korneuburger Eides“ vom 30. Mai 1930, beschlossen von den bewaffneten rechten Heimwehrverbänden in ihrem Kampf gegen die Sozialdemokratie.

„Nie wieder 1934!“

Glaubensmotto der Lagerstraße des KZ Dachau, in dem sich Vertreter der Bürgerkriegslager wie Figl, Gorbach und Franz Olah wieder fanden.

„Und ihr habt doch gesiegt!“

Titel der Siegesfeier der NSDAP am 25. Juli 1938 in Graz, mit der der „Helden“ des Juliputsches 1934 gedacht wurde, bei dem Bundeskanzler Dollfuß erschossen worden war.

Schulden

Ein Lieblingsvokabel der Politik – egal ob dafür oder dagegen.

„Die Schulden von heute sind halt die Steuern von morgen.“

Der Kurzzeit-ÖVP-Obmann Josef Taus, als Bruno Kreisky mit seinem obigen Zitat weiter die absolute Mehrheit für die SPÖ gewonnen hatte.

„Genossen, Schulden kann man nicht verstaatlichen."

Der Vorsitzende der Provisorischen Staatsregierung Karl Renner zur Forderung des linken Flügels seiner Partei nach totaler Verstaatlichung.

„Dieses Land wurde durch Jahrzehnte systematisch süchtig nach schuldenfinanzierten Wohltaten gemacht."

Der Wirtschaftsjournalist Jens Tschebull zum Sanierungskurs der schwarz-blauen Koalition.

„Den Glauben an den Staat als sozialen Selbstbedienungsladen, den Kreisky begründet hat, konnten seine Nachfolger bis heute nicht ganz ausräumen."

Der Wirtschaftsjournalist Kurt Horwitz 1995 in der „Presse" über den „Schuldenkanzler" und seine schweres Erbe.

„Der Staat befreit sich von seinen Schulden durch die Inflation."

Trockenes Fazit durch den Wirtschaftswissenschafter Gerhard Seicht.

„Verstehen Sie doch, meine Herren, wir sind pleite!"

Mit diesem legendären Ausruf versuchte ÖIAG-Chef Hugo Michael Sekyra den aufgebrachten Arbeitern im Juni 1987 in Kapfenberg klar zu machen, wie ernst die Situation der Verstaatlichten Industrie sei.

SCHÜSSEL

Er sagt selbst von sich: „Ich habe neun Leben, mich muss man erst einmal um die Ecke bringen." Oft Totgesagte leben bekanntlich länger. Auf jedem Fall hat er der ÖVP nach 30 Jahren wieder den Kanzler gebracht.

„Mehr privat, weniger Staat"

Titel einer Thesenschrift des damaligen Generalsekretärs des Wirtschaftsbundes: Wolfgang Schüssel.

„Schüssel ist der einzig wahre Thatcherist in der ÖVP."

Stammt vom SPÖ-Wirtschaftssprecher Ewald Nowotny und war nicht als Kompliment gedacht.

„Hietzinger Napoleon"

Josef Cap, nachdem die Regierungsverhandlungen mit den Grünen geplatzt waren.

„Wer Nerven zeigt, hat in der Politik nichts verloren."

Wolfgang Schüssel, im Sommer 2001, zur Halbzeit seiner Regierung.

„Es gibt Lieblinge, die den Massen nicht gut tun."

Gerd Bacher über die mangelnde Popularität Wolfgang Schüssels.

„Schüssel ist unter mehreren Unmöglichen noch der Beste."

Hans Dichand unterstützte im Wahlkampf 2002 verhalten ÖVP-Obmann Schüssel.

„Im Grunde ist Schüssel ein hartgesottener Finsterling, ein gestandener Rechter."

Der Karikaturist Manfred Deix über den kleinen Kanzler.

**„Widerstand, Widerstand,
Schüssel, Haider an die Wand!"**

Kampfesruf einiger Demonstranten am Ballhausplatz nach der Bildung der schwarz-blauen Koalition im Feber 2000.

„Er ist ein perfekter Mundwerker."

Der wortgewaltige einstige Generalsekretär der Industriellenvereinigung, Professor Herbert Krejci.

„Das ist das Pokerface des größten politischen Spielers, den Österreich je hatte."

„News" zwischen Anerkennung und Verachtung pendelnd.

„Er hat rhetorisch einen gesunden Zug zum Tor.“

„Edelfeder“ Helmut Gansterer über den (Wende-)Kanzler.

„Ich halte Schüssel – mit Kreisky – für den begabtesten Bundeskanzler der 2. Republik.“

Gerd Bacher, ein halbes Jahr nach Start der schwarz-blauen Regierung.

„Ich bin nicht Dollfuß, und Haider ist nicht Hitler.“

Wolfgang Schüssel, bereits Bundeskanzler, zur Kritik der Opposition, die Zusammenlegung des Wirtschafts- und Sozialministeriums sei ein Rückfall in den Ständestaat der dreißiger Jahre.

„Millimetternich“

Spottbezeichnung der Sozialdemokraten für den kleinwüchsigen Kanzler Dollfuß in Anspielung auf den einstigen Zuchtmeister der Habsburger, Fürst Metternich.

„Der Machtpragmatiker Schüssel verhaidert, anstatt Haider zu verschüsseln.“

Nicht unoriginelles Wortspiel des Oppositionsführers Alfred Gusenbauer.

Schweigen

In einem Buch über wortgewaltige Menschen darf natürlich ein Kapitel über die Schweiger nicht fehlen. Nicht zum Ausgleich, das wäre zu billig. Sondern weil Schweigen oft wertvoller als reden ist.

„Worüber man nicht reden kann, darüber muß man schweigen.“

So simpel sind die Wahrheiten. Stammt von Ludwig Wittgenstein, oft unterschätzter österreichischer Philosoph. „Es gibt allerdings Unaussprechliches“, hatte W. dem viel zitierten Satz aus dem „Tractatus Logico-philosophicus“ vorausgeschickt. Erschienen 1921.

„Die große Schweigerin“

So wurde die k. u. k. Armee wegen ihrer distanzierten Haltung zu den Fragen der innenpolitischen Auseinandersetzung oft bezeichnet. Während die einen darin strategische Klugheit der Verantwortlichen sahen, fanden andere, es wäre schlichte Feigheit der Generale gewesen.

„Es gibt nichts Schöneres, als dem Schweigen eines Dummkopfes zuzuhören.“

Helmut Qualtinger, wie immer hintergründig.

„Er war wohl der einzige Mensch, dem man beim Nachdenken zuhören konnte."

Ein Zeitgenosse über Bruno Kreisky, zehn Jahre nach seinem Rücktritt.

„Um Gottes willen, treten Sie aus Ihrem Schweigen heraus!"

Der neue Innsbrucker Bischof Alois Kothgasser an die Adresse von Erzbischof Kardinal Groer.

„Schweigt ihn tot."

Aufforderung des Journalisten Albert Sachs über den Umgang mit Jörg Haider an die Adresse seiner Kollegen, denn ohne mediale Präsenz sei ein Charakter wie er nicht lebensfähig.

„Schweigekanzler"

Punzierung von Bundeskanzler Schüssel durch fast alle Redaktionen, da er ihrer Ansicht nach zu oft gegenüber den verbalen Ausritten des einfachen FPÖ-Parteimitgliedes geschwiegen hat.

„Schweigen, wenn es klug erscheint."

Antwort des Meinungsforschers Rudolf Bretschneider auf den gängigen Journalistenvorwurf, Schüssel schweige zu viel gegenüber den verbalen Ausritten Haiders.

Schweiz

Auch wenn wir die Schweizer meist nicht verstehen, und das ist nicht nur sprachlich gemeint, sollten wir uns mit ihnen auseinander setzen. Das geht aber nicht nur gut für uns aus.

„Die Schweizer bewahren ihre nationale Identität, indem sie eine unverständliche Sprache sprechen."

Von einem Lordsiegelbewahrer der Sprache: Gerd Bacher.

„Die Schweiz hatte sich spezialisiert auf eingeschmolzenes Gold, die Österreicher auf das Verbrennen von Menschen."

Robert Menasse, das neue, unbequeme Gewissen des Landes.

„Die Schweiz ist so sehr das Gegenteil von Österreich, dass sogar jene Österreicher, die das Gegenteil von Österreich sein wollen, das Gegenteil der Schweiz bleiben."

Auf den ersten Blick verwirrend; auch von Robert Menasse.

„Zürich ist doppelt so groß wie der Wiener Zentralfriedhof, aber nur halb so lustig."

Böser Wiener Seitenhieb auf die heimliche Schweizer Hauptstadt.

Schwierig(keit)

Obwohl wir selbst von uns behaupten, nicht schwierig zu sein, ist das Bild, das die folgenden Zitate zeichnen, ein anderes.

„Schwierigkeiten macht, wer Schwierigkeiten hat."

Kann auch nur aus Österreich, dem Land der Tiefenpsychologen, stammen. Ist aber von Alfred Adler.

„Wir sind ein Land, das die Neigung hat, nur mit seinen Nebensächlichkeiten Schwierigkeiten zu haben."

Erhard Busek, wie wahr!

„Die Schwierigkeit, mit den meisten Leuten umzugehen, besteht darin, zu ihnen gleichzeitig ehrlich und höflich zu sein."

André Heller, Multitalent, weiß, wovon er spricht.

„Es ist schwierig, Menschen hinters Licht zu führen, sobald es ihnen aufgegangen ist."

Auch von einem ewigen Spötter: Alfred Polgar.

„Nichts ist einfacher, als sich schwierig auszudrücken, und nichts ist schwieriger, als sich einfach auszudrücken."

Karl Heinrich Waggerl muss es verstanden haben, er wurde viel gelesen.

Seele

Endlich ein Thema, wo wir Österreicher zu Hause sind. Mehr noch, wo wir wirklich der Welt etwas vorgegeben haben.

„Die Seele ist ein weites Land."

„Ihre natürliche Ordnung ist das Chaos", schrieb der Dichter-Arzt Arthur Schnitzler 1911. Die Uraufführung des Stücks „Das weite Land" fand übrigens in Berlin statt.

„Österreich ist eine einzigartige Brutstätte von Neurosen."

Erwin Ringel in seinem berühmt gewordenen Essay über die „Österreichische Seele". Seinen Arbeiten über die Selbstmordverhütung verdanken viele Landsleute ihr Leben.

„Österreich ist ein Land, wo ein Sigmund Freud kein Genie ist, weil man in Österreich die Neurosen einfach entdecken muss."

Stammt von einem der wenigen Politiker mit Bildungshintergrund, dem Juristen Heinrich Keller. War daher auch nur kurz in einer politischen Spitzenposition.

„Es wäre falsch zu glauben, die österreichische Seele hätte mehr oder schwerere Störungen oder Krankheiten als die Seelen anderer Völker."

Der Psychotherapeut Stefan Rudas als Antwort auf Erwin Ringels Befund der „Österreichischen Seele".

„Die Dinge haben eine Seele."

Ernest Dichter, der weltberühmte Vater der Motivforschung, stammte auch aus Wien und musste es 1938 verlassen.

Seitenblicke

Hurra, da gibt's jetzt Futter für die Katze.

„Die Österreicher haben einen Hang zum Klatsch."

Nicht von Roman Schliesser (langjähriger „Krone"-ADABEI) oder seinem Nachfolger Michael Jeaneé, nein, vom Nachrichten-Chef der schweizerischen Boulevardzeitung „Blick", Rene Haselmann, auch einem Fachmann auf diesem Gebiet.

„Die verlogene Küss-die-Hand-Gesellschaft gibt es überall, ich will das gar nicht als österreichische Spezialität anprangern."

Der Schauspieler und Direktor der Wiener Josefstadt, Helmuth Lohner.

„Eine Gesellschaft, der nichts peinlich ist, ist peinlich."

Gerd Bacher zum Zeitgeist, der ihn ankotzt.

„Ich verachte die Fun-Gesellschaft."

Der feinsinnige Dirigent Nikolaus Harnoncourt über die stete Zuwendung zum Hedonismus und Materialismus.

„Leute von heute werden zur Meute der Beute."

Erinnert im sprachlichen Scharfsinn an den unvergesslichen Karl Farkas. Umso überraschender, dass es vom Society-Reporter Dieter Chmelar ist.

„Der Schein trügt, besonders in der Welt des Scheins."

Lange noch vor der TV-Seitenblicke-Gesellschaft von Helmut Qualtinger gesagt.

„Schein hat mehr Buchstaben als Sein."

Der Urvater der Sprachkritik: Karl Kraus.

„Diese Gesellschaft gibt mir zu denken. Das ist alles, was sie mir gibt."

Der Schriftsteller Alois Brandstetter in seinem Buch „Überwindung der Blitzangst".

„Doppelt gespart und viermal so viel gegessen"

Schlagzeile des TV-Seitenblickers Dieter Chmelar über die Buffetgewohnheiten der Wiener Society: Die Leute greifen ins Volle und essen viel mehr, als wenn sie dafür bezahlen müssten. Das Seitenblicke-Ehepaar Friedrich und Jeannine Schiller fühlte sich davon angesprochen und klagte.

„Der Mörtel ist ja ein eleganter Mensch."

Selbst(über)einschätzung von Richard Lugner, um auch unter der Opernballregie von Sacher-Chefin Elisabeth Gürtler eine Loge zu bekommen.

„Er war sauberer als Doris Day, hatte die Ausstrahlung eines englischen Landarztes der dritten Generation und war berühmter als der Uraniakasperl."

„Seitenblicker" Karl Hohenlohe in einem Hohelied auf die ORF-Sprecherlegende Peter Fichna.

Sieg und Niederlage

Das Thema entspricht schon eher unserem Erfahrungsschatz. Hoffentlich schummeln wir nicht dabei.

„Die Engländer verlieren jede Schlacht bis auf die letzte. Die Österreicher, so scheint es, verlieren alle Schlachten bis auf die aussichtslosen."

Österreichkenner Hans Weigel in seinem Buch „Oh du mein Österreich".

„Die großen Schlachten werden im Kleinen geschlagen, weil der Mensch nicht merkt, um was es bereits geht, um das Ganze."

Marie von Ebner-Eschenbach.

„Ein Sieg für einen Gegner, der kein Blut vergossen hat, ist ein leerer Sieg."

Der US-Autor Norman Mailer im Gespräch mit Hans Dichand über den NATO-Einsatz in Ex-Jugoslawien.

Sinowatz

„Ironimus" hat ihn stets mit einem Weinglas gezeichnet, was ihn auf den ersten Blick sympathisch machte. Dabei konnte der füllige Burgenländer auch ein eiskalter Machtpolitiker sein. Wir wollen beide Bilder zeigen.

„Es ist alles sehr kompliziert!"

Politisch-philosophischer Leitspruch des burgenländischen Kurzzeitkanzlers Fred Sinowatz in den Jahren 1983–1986. Damals viel belächelt – heute bereits das Feeling einer Generation an Fortschrittsverlierern.

„Diese Feststellung ist einem Philosophen, offensichtlich aber nicht einem Bundeskanzler erlaubt."

Der Klubobmann der SPÖ, Sepp Wille, um den Spott über Sinowatz etwas zu bremsen.

„Hamlet vom Land"

„profil"-Cover 3/1973 über den neuen, aus dem Burgenland stammenden Unterrichtsminister Fred Sinowatz.

„Ohne die Partei sind wir nichts."

Auch von Fred Sinowatz; ebenso grundehrlich, aber noch erschreckender. Ein treffliches Bild über die Aufstiegschancen im rot-schwarzen Österreich.

„Der Sinowatz ist eine Art Julius Raab der SPÖ."

Von Kreisky nachgereichte verschönernde Charakterisierung seines ungeliebten Nachfolgers.

„Es ist ja kein Geheimnis, dass ich nicht Kanzler werden wollte."

Fred Sinowatz zu seiner Loyalität Kreisky gegenüber.

„Wenn man mit den ‚Helden von Kaprun' aufgewachsen ist und plötzlich kein Kraftwerk bauen kann, dann ist das eine politische Niederlage."

Exbundeskanzler Fred Sinowatz im Rückblick auf die Ereignisse in der Hainburger Au.

„Die Regierung Sinowatz/Steger hat für die FPÖ jene Absolution besorgt, die heute der Jörg Haider als Heiligenschein trägt."

Der damalige FPÖ-Chef Norbert Steger in einem Rückblick auf seine Amtszeit 1983–1987.

Soldaten

Zwei Kriege im vergangenen Jahrhundert haben auch im Zitatenschatz Niederschlag gefunden.

„Soldaten sind keine Mörder."

Hans Dichand in einem Interview über seine Kriegserlebnisse, dem Zitat Kurt Tucholskys entgegentretend: „Soldaten sind Mörder."

„Unsere Soldaten waren nicht Täter, sie waren bestenfalls Opfer."

Jörg Haider 1990 auf dem Kärntner Ulrichsberg. Was für viele, aber nicht für alle gestimmt haben dürfte.

„Die toten Soldaten derer, die den Krieg gewonnen haben, nennt man Helden."

Werner Mitsch, Schriftsetzer und Aphoristiker.

„Die Männer der Waffen-SS waren Soldaten, wie alle anderen auch."

Jörg Haider, sich auf den deutschen Kanzler Konrad Adenauer berufend. Dessen Urteil stammt allerdings aus den ersten Nachkriegsjahren und ohne historische Forschung.

„Das große Verdienst der Weltreligionen ist, dass sie den Soldaten die Angst vor dem Jenseits genommen haben."

Werner Schneyder, Literat und Kabarettist.

„Es ist Mode geworden, eine ganze Generation von Österreichern zu verurteilen, auch wenn sie nicht Braun, sondern Feldgrau getragen haben. Mode kann töricht und ein Kollektivschuldurteil kann nicht moralisch sein."

General Emil Spannocchi, dessen Familie von den Nazis verfolgt wurde, bei der Veranstaltung „Schalom für den Frieden".

„Wir sollten uns hüten, die selbstgerechte Überheblichkeit der Nachgeborenen zum Maßstab des historischen Urteils werden zu lassen."

Der Salzburger Historiker Fritz Fellner, der sich dagegen verwahrte:
„Es geht nicht an, eine ganze Generation schuldig zu sprechen, nur weil sie damals gelebt hat."

„Ich wette, dass Bruno Kreisky, wäre er heute noch Bundeskanzler, Reder empfangen hätte. Und wäre Reder nicht in Graz, sondern in Salzburg gelandet, dann können sie sicher sein, dass Landeshauptmann Haslauer zur Begrüßung bereitgestanden wäre."

Nochmals Jörg Haider.

„Der militärische Ehrbegriff ist ein arischer, daher dem jüdischen Wesen strikt entgegengesetzt und den Hebräern von Grund aus verhaßt."

Die „Österreichische Volkspresse" 1901 zur Entscheidung des militärischen Ehrenrates, dem Arzt Arthur Schnitzler wegen der Novelle „Leutnant Gustl" seines „Offizierscharakters für verlustig zu erklären".

Sozialdemokratie

Was ist aus dieser großartigen Idee geworden? In Zitaten kommen weniger die Verdienste als die Kritik zum Tragen.

„Mit uns zieht die neue Zeit."

Früheres Kampflied der Linken, stammt aus der Hamburger Arbeiterbewegung, wurde aber auch bei uns in der Zwischenkriegszeit populär. Wirkt heute – angesichts von Globalisierung und Digitalisierung – etwas verstaubt.

**„Was wir ersehnen von der Zukunft Fernen:
Dass Arbeit uns und Arbeit gerüstet stehen,
Dass unsere Kinder in der Schule lernen,
Dass unsere Alten nicht mehr betteln gehen."**

Entstand in der Revolution 1848 und ist aus der Feder des französischen Arbeiterdichters Gustave Leroy. Wurde auch von der österreichischen Arbeiterbewegung gepflegt.

„Genossen, wir haben eine Nacht im Zorn geweint."

Der legendäre Chefredakteur der „Arbeiter-Zeitung" Oscar Pollak nach der Nationalratswahl 1959, bei der die SPÖ stimmen – aber nicht mandatsstärkste Partei geworden war.

„Das Erbe verschleudert, die Zukunft verspielt."

Paul Blau, einstiger Chefredakteur der „Arbeiter-Zeitung", zum Jahrhundertjubiläum der SPÖ im Jahr 1989.

„Diese Partei mit ihrer grandiosen Tradition ist verkommen zum Anbieter von Werbetexten."

Heinrich Keller im Vorwort der kritischen SPÖ-Bilanz des Politologen Norbert Leser „Elegie auf Rot."

„Die SPÖ ist heute eine Wüste mit nur wenigen verbliebenen Oasen des Geistes und der Seele."

Der Geschichtsphilosoph Norbert Leser in seiner Abrechnung mit der Sozialdemokratie „Elegie auf Rot".

„Aus einer Klassenpartei der Zwischenkriegszeit, aus einer linken Volkspartei unter Bruno Kreisky wurde in den letzten Jahren ein Wahlverein für den jeweiligen Bundeskanzler und Parteivorsitzenden."

SPÖ-Querdenker Bruno Aigner in der „Süddeutschen Zeitung" vom 8. 3. 2000.

„Die Sozialdemokratie war zwar nie besonders erfreulich, aber immer notwendig."

Günther Nenning, von seiner Partei oft enttäuschter Intellektueller.

„Sozialismus ist nicht halb richtig, sondern ganz falsch."

Der in Österreich geborene Nobelpreisträger Friedrich von Hajek in einem Gespräch mit dem TV-Journalisten und Wissenschaftsguru Franz Kreuzer.

„Die SPÖ wäre gut gefahren, wenn sie nicht zur Allerweltspartei geworden wäre."

Hans Sallmutter, mächtiger Gewerkschaftsboss, dem man zugute halten muss, dass er oft ein einsamer Rufer im roten Gewerkschaftsturm war.

„Der Sozialismus ist eine aufgezogene Uhr, die in der Westentasche eines Leichnams weitertickt."

ÖVP-Unterrichtsminister Heinrich Drimmel, ein strammer Konservativer, der oft recht demagogisch sein konnte, im Wahlkampf 1956.

Sport

Der Sport ist inzwischen mehr als „die wichtigste Nebensache der Welt". Das hoffe ich mit den folgenden Zitaten zu belegen. Dabei sollen auch die Legenden nicht zu kurz kommen.

„Im Grunde genommen spielt Österreich gegen sich selber, wenn es gegen Deutschland spielt."

Von Armin Thurnher, der meint, Österreich trete auch im Sport nach wie vor gegen die Gespenster der Vergangenheit an.

„A Unentschieden is a Sieg für Österreich."

Helmut Qualtinger kennt die Mentalität seiner Landsleute.

„In Wahrheit sind wir die besseren Kicker, obwohl wir meist gegen Deutschland verlieren."

Der Sporthistoriker Rudolf Müller über die unterschiedliche Fußball-Philosophie der beiden Nachbarn:

„Uns ist ein Geniestreich alle dreißig Jahre wichtiger, als mit Fleiß und Arbeit alle vier Jahre die WM-Endrunde zu erreichen."

„Die Italiener sind Weltmeister, die Deutschen Vizemeister und die Österreicher wieder Hausmeister.“

So höhnte der österreichische Fußballtrainer und „Bild“-Kolumnist Max Merkel 1982 nach den Fußball-Weltmeisterschaften in Spanien, als Österreich schmachvoll ausschied.

„Simmering – Kapfenberg, das nenn ich Brutalität.“

Klassischer Sager von Helmut Qualtinger. Das Originalzitat im Dialog seiner Kunstfigur Travnicek lautet: „Die Stierkämpf' – a matte Sache …“

„Wenn ich einen Deutschen sehe, werde ich zum lebendigen Rasenmäher.“

Die Cordoba-Legende Hans Krankl über das besondere Verhältnis der beiden Fußball-Nachbarn.

„Das 3:2 von Cordoba ist die späte Revanche für Königgrätz.“

Der ewig listige „Steinkauz“ Gerhard Steininger in den „Salzburger Nachrichten“. Vielleicht gar nicht so abwegig.

„Toor, Toor, Toor, i wer narrisch!“

Mit diesem Urschrei nach dem 3:2 gegen Deutschland bei der Weltmeisterschaft 1978 in Argentinien wurde Edi Finger sen. endgültig zur Reporterlegende.

„Autofahrer, rechts ranfahren, Motor abstellen, Elfmeter für Österreich.“

Aufforderung der Reporterlegende Edi Finger an seine motorisierten Zuhörer bei Ö 3.

„Finger ist ein Denkmal, an dem sich niemand vergreifen sollte. Jeder, der auf Finger macht, ist zum Scheitern verurteilt.“

Robert Seeger, TV- und Radio-Sportreporter. Inzwischen selbst eine kleine Legende.

„Ein Hauch von Großmacht ging über das Land.“

Der Sport-Historiker Michael John nach dem überraschenden Sieg über den ewigen Rivalen.

„Daneben, daneben, daneben!“

Für die ältere Generation fast so legendär wie Fingers Torschrei. Stammt allerdings von der Radio- und Fernsehreporter-Legende Heribert Meisel, der 1966 viel zu früh im Alter von 46 Jahren starb.

„Ich musste nie Elfer schinden, weil ich mich immer aufs Tor konzentriert habe und nie auf die Verteidiger."

Hans Krankl, seit Jänner 2002 auch ÖFB-Teamchef.

„Die Angst des Tormanns beim Elfmeter"

Titel einer Erzählung von Peter Handke, die gerne zitiert wird, um die Angst eines Menschen in entscheidungsträchtigen Situationen auszudrücken.

„Noch ein Sieg über Deutschland, und Österreich ist endgültig eine Nation."

Schlagzeile der Münchner „Abendzeitung" nach dem Triumph von Thomas Muster im Daviscup über Michael Stich 1994.

„Erst hat man kein Glück, und dann kommt auch noch Pech dazu."

Alte Fußballerweisheit. Gilt meist auch für die Politik.

„Anhänger der Austria zu sein, heißt: Zum Leiden geboren."

Friedrich Torberg. Könnte auch von Frank Stronach sein.

„Die größten Trotteln sitzen oft auf den teuersten Plätzen."

Ebenfalls Hans Krankl, wenig diplomatisch, dafür aber ehrlich.

„Die Fußballer san vü g'scheiter, als manche Trotteln glauben."

Krankl, inzwischen Nationaltrainer und daher zu so einer Aussage befugt.

„Jeder Tag ohne Fußball ist ein verlorener Tag."

Das kann nur ein Mann sagen, der viel erreicht hat. Ernst Happel, erfolgreichster Trainer, den Österreich je hatte.

„Andreas Herzog spielt zu viel Mozart und zu wenig Wagner."

Sein deutscher Trainer beim FC Bremen Otto Rehagel.

„Ist Österreichs Fußball so mittelmäßig, weil er so österreichisch ist?"

Stammt nicht von einem Fußballtrainer sondern von einem fußballbegeisterten Journalisten: Kurt Wimmer.

„Wir verlieren immer siegreich, manchmal unglücklich, aber nie schuldhaft."

Der Obige in einem perfekten Befund unserer aus dem Nationalcharakter erfließenden Schwäche.

„Es interessiert mich, wie Sindelar heute die Rolle des Mittelstürmers auffaßt."

Aus Friedrich Torbergs „Künstler, Käuze, Zwetschgenröster".

„Der Papierene"

Der Kapitän des Wunderteams Mathias Sindelar wurde so auf Grund seines Federgewichtes genannt.

„Er war ein Kind aus Favoriten
und hieß Mathias Sindelar.
Er stand auf grünem Platz inmitten,
weil er der Mittelstürmer war …
Sein Überblick ließ ihn erspüren,
daß seine Chance im Gashahn lag.
Das Tor, durch das er dann geschritten,
lag stumm und dunkel ganz und gar.

Beeindruckendes Gedicht von Friedrich Torberg über den rätselhaften Tod von Österreichs Wunderstürmer Mathias Sindelar.

„Heute spielt der Uridil!"

Lied von Hermann Leopoldi, dem beliebten Klavierhumoristen, das dem populären Rapid-Star Pepi Uridil gewidmet war.

„Schall zu Vogel – Vogel zu Schall."

Standardrepertoire von Professor Willy Schmieger, dem legendären ersten Sportreporter der RAWAG zur Zeit des „Wunderteams" in den dreißiger Jahren. Schall und Vogel waren neben dem Mittelstürmer Sindelar weitere Stützen dieser bis heute unerreichten Mannschaft.

„Also gut, ich werde das Schmieranski-Team nominieren."

Verbandskapitän Hugo Meisel vor dem entscheidenden Spiel gegen England am 7. Dezember 1932, bei dem das viel zitierte „Wunderteam" geboren wurde. Meisel spielte damit auf die vielen Aufstellungs-Vorschläge der Sportjournalisten („Schmierer") an. Österreich verlor zwar (auswärts) 3:4 gegen die favorisierten Engländer, das Ergebnis wurde aber auch international als Sieg gewertet.

„Jeder redet mit, aber im Sport hat Demokratie keinen Platz."

Der erfolgreiche „Peitschenknaller" Gunnar Prokop, der Österreichs Handballdamen mit enormer Härte an die Weltspitze führte.

„Wenn sich eine Spielerin nicht trainieren lässt, muss man sie halt dressieren."

Echt Gunnar Prokop.

„Die Wut im Bauch ist nicht das schlechteste Doping im Sport."

Sportreporterlegende Heribert Meisel weiß, wovon er spricht.

„Eine stolz getragene Niederlage ist auch ein Sieg."

Kann nur von einer Frau stammen: Marie von Ebner-Eschenbach

„Ich tue überhaupt nichts für die Fitness, darum bin ich so fit."

Otto von Habsburg wurde mit dieser Einstellung mehr als 90 Jahr alt.

„Der Alpen-Ecclestone"

Journalistisches Prädikat für ÖSV-Präsident Peter Schröcksnadel.

„Tiroler Napoleon"

Bissiger Spott über den allmächtigen Präsidenten und Manager.

„Skisport ist ästhetisch, findet auf der schönsten Bühne der Welt statt und ist gefährlich, aber man sieht das Blut nicht."

Gerd Bacher über das Erfolgsgeheimnis der Skirennen im Fernsehen.

„Wie kann ein Millionär sich in die Situation eines Menschen versetzen, der sein Geld verdienen muss, um leben zu können."

Karl Schranz über IOC-Präsident Avery Brundage, der ihn 1972 von der Olympiade in Sapporo ausschließt, da er bei einem Hobby-Fußballspiel einen Dress mit der Aufschrift „Aroma Kaffee" getragen hatte.

„Ein beispielloser Akt der Heuchelei."

Bundeskanzler Kreisky zum undurchsichtigen Akt der IOC-Herren, darunter der österreichische Unternehmer Manfred Mautner-Markhof.

„Vom Bodensee bis Wien/stehen wir alle im Geist auf den Schien"

Holpriger Text eines Song-Schnellschusses zur Disqualifikation von Schranz. Von Erwin Ringel als „neues Horst-Wessel-Lied" bezeichnet.

„Olympiasieger gibt's viele, aber nur einen, der ausgeschlossen wurde."

Karl Schranz selbstkritisch, dass er durch seinen Ausschluss bei der Olympiade in Sapporo 1972 heute bekannter als viele „echte" Olympiasieger ist.

„Herminator"

Rufname für Ski-Ass Hermann Maier seit den Olympischen Spielen 1998 in Nagano – wo er nach seinem spektakulären Sturz im Abfahrtslauf zwei Tage später Gold im Super-G gewann – in Anlehnung an die unverwundbare Filmgestalt des „Terminators", den sein Landsmann Arnold Schwarzenegger verkörpert.

„Der Außerirdische"

Josef Metzger, Sportchef der „Presse", findet, dass sich Maier offenbar allen medizinischen und sportlichen Grenzen entzieht.

„Ihr Sieg ist ein Sieg Ihres Willens über den Körper, über Schmerzen und Depressionen. Ganz Österreich ist stolz auf Ihre Leistung.“

Überschwängliches Telegramm von Bundespräsident Thomas Klestil nach Maiers sensationellem Comeback 2003 auf der „Streif“ in Kitzbühel.

„Der große Sport fängt da an, wo er längst aufgehört hat, gesund zu sein.“

Kein Sportmediziner, nein, der Dramatiker Bertolt Brecht, zeitweise nicht recht erwünscht in der Alpenrepublik, aber doch seit 1950 österreichischer Staatsbürger.

„Ich werde fürs Fahren und nicht fürs Parken bezahlt.“

Niki Lauda 1973 auf Reporterfragen, warum er beim Rennen in Zandvoort am brennenden March des jungen Briten Roger Williamson nicht angehalten habe.

„I’ soll vor’m Unfall ärger ausg’schaut haben als nachher.“

Niki Lauda zwanzig Jahre nach seinem Unfall am Hockenheimring 1976.

„Ich habe genug davon, mein Leben lang im Kreis zu fahren.“

Der Obige zwischen dem zweiten Weltmeistertitel (1979) und dem Anlauf zum dritten (1982). So kurz können oft Rücktritte sein.

„Der Sport ist dazu da, dass man gesünder stirbt, und nicht dazu, dass man länger lebt.“

Ludwig Prokop, Sportmediziner und weltweit bekannter „Dopingjäger“.

„Sport. Die wichtigste Nebensache der Welt.“

Titel des Fotobandes von Lothar Rübelt (1901–1990). Er war einer der wichtigsten Pioniere der Sportfotografie.

„Mir ist es lieber, die Menschen leben den Patriotismus beim Sport aus als auf dem Schlachtfeld.“

Elmar Oberhauser, Sportchef des Fernsehens, vorher auf dem „Schlachtfeld“ der Innenpolitik tätig.

„Wenn man den Begriff Sport aus den entsprechenden Seiten der Zeitungen herausnähme, würden Frontberichte übrig bleiben.“

Der Schriftsteller Peter Turrini, nicht unbedingt der Typ eines Sportlers.

„Mehr Sport statt Latein.“

ÖFB-Chef Hans Krankl zur Diskussion um Stundenkürzungen an den Mittelschulen im Jahr 2003.

Sprache

Sprechen wir deutsch oder österreichisch? Beherrschen wir unsere Sprache oder beherrscht sie uns? Und wie oft versündigen wir uns an ihr? Hoffentlich finden Sie genügend Antworten.

„Österreich ist seine Sprache.“

Helmut Eisendle in „Glückliches Österreich. Literarische Besichtigung eines Vaterlandes“.

„Hätten wir das Wort, hätten wir die Sprache, wir bräuchten die Waffen nicht.“

Ingeborg Bachmann, wie immer mit hohem Anspruch.

„Worte sind alles – wir haben nichts anderes.“

Der Arzt und Schriftsteller Arthur Schnitzler.

„Ich beherrsche die gemeinsame Sprache, aber sie gehorcht nicht immer.“

Er war in der Sprache wie kein Zweiter zu Hause: Alfred Polgar.

„Die Sprache hat es hier nicht leicht, weil man in Österreich gleich alles für blöd hält, wenn es gescheit klingt.“

Franz Schuh, nach Ansicht vieler Kenner der bedeutendste lebende Prosaschriftsteller Österreichs.

„In keiner Sprache kann man sich so schwer verständigen wie in der Sprache.“

Ein echter Karl Kraus.

„Er spricht die Sprache seines jeweiligen Publikums.“

Hubertus Czernin, Autor des Buches „Die Haider-Macher“, über die rhetorische Begabung des FPÖ-Chefs.

„Eine der schwersten Sünden, die ein Mensch begehen kann, ist jene an der Sprache.“

Auch Alexander Roda Roda war in diesem Punkt unerbittlich.

„Die deutsche Sprache schützt nicht vor jenen, die sie schreiben.“

Karl Kraus, noch böser über seine Zunft denkend.

„Im Umgang mit der Sprache steht der Schriftsteller vor der Aufgabe, eine allgemeine Dirne zur Jungfrau zu machen.“

Wer kann so drall mit Worten umgehen? Karl Kraus.

„Die Welt meiner eigenen Sprache ist für mich untergegangen …“

Aus dem Abschiedsbrief des exilierten österreichischen Schriftstellers Stefan Zweig, der sich am 23. Februar 1942 in Brasilien zusammen mit seiner Frau das Leben nahm.

„Wer viele Sprachen spricht, kann in vielen Sprachen Unsinn reden.“

Lange vor dem Talk-Zeitalter: der k. u. k. Humorist Alexander Roda Roda (mit bürgerlichem Namen: Sandor Friedrich Rosenfeld). Ob Roda Roda als Rosenfeld auch so erfolgreich geworden wäre?

„Ohne die Möglichkeit der Verantwortung verfällt Sprache in Journalismus.“

Der Sprach- und Kulturphilosoph George Steiner – wie könnte es anders sein: auch ein Exil-Österreicher.

„Wenn Tischler, Köche, Maurer, Schlosser, Elektriker und Rauchfangkehrer so wenig von ihrem Handwerk verstünden wie Journalisten und Politiker von der Sprache, wären wir ein Entwicklungsland.“

Von einem genialen Nachfahren der großen Sprachkritiker: Gerd Bacher.

„Es gibt keine größere Illusion als die Meinung, Sprache sei ein Mittel der Kommunikation.“

Die Quelle überrascht: der Nobelpreisträger für Literatur, der Altösterreicher Elias Canetti.

„Wer die Sprache preisgibt, hat schon vorher der Vernunft entsagt.“

Erich Hackl, erfolgreicher Autor mit sozialkritischem Einschlag der österreichischen Nachkriegsgeneration.

„Der Weg zur hörigen Gesellschaft ist ganz gewiss mit der Sprache gepflastert.“

Gerd Bacher beim 6. Salzburger Humanismusgespräch, 1972.

„Woran es uns mangelt, das ist die mittlere Sprache, nicht zu hoch, nicht zu niedrig.“

Hundert Jahre danach mag es sinnvoll sein, über Hofmannsthals Wunsch wieder nachzudenken.

„Alles ist eine Frage der Sprache.“

Schlicht und wahr – wie so oft von Ingeborg Bachmann. Vollständiges Zitat: **„… und nicht nur dieser einen deutschen Sprache, die mit den anderen geschaffen wurde in Babel, um die Welt zu verwirren.“**

„Die Sprache ist mir nie schwer gefallen. Sprechen hab ich früher gelernt als Laufen. Ich tue es auch heute noch lieber.“

Der über 80-jährige Fritz Muliar. In dem Alter versteht man das.

„In Österreich gibt es weniger Widerstand gegen die Rechtschreibreform, da die Schüler dort Deutsch als erste Fremdsprache lernen.“

Die hessische Wissenschaftsministerin Ruth Wagner meinte aus aktuellem Anlass in der „FAZ“, hierzulande wachse man zuerst in Regionalsprachen auf, während in Deutschland die Hochsprache die gesprochene Sprache sei.

Staatspolizei

Sie können das Kapitel auch überblättern! Ich rate trotzdem, sich hier ein paar Tipps zu holen. Wann weiß nie, ob man's nicht einmal brauchen kann.

„Manche behaupten, die Staatspolizei ist die größte Schaumschlägerei nach der Konditorei Demel.“

Nicht von Udo Proksch, dem einstigen Demel-Herrn, sondern von Michael Sika, zehn Jahre lang Österreichs oberster Polizist.

„Es gibt eine alte staatspolizeiliche Faustregel: Verdächtig ist jeder, am verdächtigsten der Unauffällige.“

Der Doyen der Berufsdetektive, Walter Penk-Lipovsky.

„Ich kann die Geheime Staatspolizei jedermann bestens empfehlen.“

Sigmund Freuds Urteil über die Gestapo, das ihm vor seiner Emigration nach London abverlangt worden war.

Staatsvertrag 1955

Über dieses Jahr haben wir uns am meisten gefreut: es brachte uns die Freiheit. Womit das Kapitel auch beginnt.

„Österreich ist frei!“

Originalzitat von Leopold Figl am 15. 5. 1955:
„Mit dem Dank des Allmächtigen wollen wir die Unterschrift setzen und mit Freude rufen wir aus: Österreich ist frei!“

„Ein siebzehn Jahre lang dauernder grauenvoller Weg der Unfreiheit ist beendet."

Leopold Figl vor den Außenministern der vier Alliierten im Belvedere.

„Zehn Jahre nach Kriegende war das ‚befreite' Österreich auch wirklich frei."

Der spätere Gewerkschaftspräsident Franz Olah 1955 im Parlament.

„Heute gibt es innere Besatzungsmächte: Geiz, Mutlosigkeit und Kampf um wohlerworbene Rechte."

Bundeskanzler Wolfgang Schüssel in seiner Rede aus Anlass „45 Jahre Staatsvertrag".

„Die Sonne scheint auf alle gleich, warum nicht auch auf Österreich."

Stammt nicht aus der Zeit der EU-Sanktionen, sondern aus einem Lied von Hans Moser aus dem Jahr 1952, sieben Jahre nach Kriegsende und drei Jahre vor dem Staatsvertrag; aus dem Science-Fiction-Film „1. April 2000".

„Staberl“

Die einen hassen ihn, die andern vergöttern ihn: Der Journalist Richard Nimmerrichter hat das geschafft, wovon viele ein Leben lang träumen: er ist eine Legende, eine Figur der Journalistik geworden – eben der „Staberl“, entnommen der Alt-Wiener Posse von A. Bäuerle 1813, das Urbild des kleinen Mannes, der sich mit Mutterwitz zu helfen weiß.

„Jeder Anschlag ein Anschlag.“

Andreas Wollinger im „Format“ zur Arbeitsweise des Richard Nimmerrichter: Jede Kolumne hatte 110 Zeilen zu 27 Anschlägen – in Ausnahmefällen auch mehr.

„Hausmasters Voice“

Sigrid Löffler, lange vor dem Literarischen Quartett, in ihrem ersten großen Nimmerrichter-Porträt, 1973, im „profil“.

„Der Großmeister des Hausschlapfen-Journalismus“

„profil“-Chefredakteur Herbert Lackner in einem Porträt zum Pensionsantritt von „Staberl“

„Zuchtrohr der Nation“

Der Medienprofessor Peter A. Bruck, der drei Bücher über die „Krone“ verfasst hat, der ihm allerdings mangels pädagogischen Anspruchs diesen Titel nicht zugestehen will.

„Staberl erfüllt das Prinzip der Rache des kleinen Mannes an den Regierenden.“

Der USA-Korrespondent der „Krone“, Hans Janitschek, in dem Buch „Nur ein Journalist, Hans Dichand – Ein Mann und drei Zeitungen“.

„Du bist ein Haider-Journalist, der von uns bezahlt wird.“

Hans Dichand selbstkritisch in einem „profil“-Interview über seinen jahrelangen Paradeschreiber und dessen unkritische Haltung gegenüber den verbalen Ausritten Haiders, wie etwa „Dreck am Stecken“.

„Es hat mich ganz immens gefreut.“

Richard Nimmerrichter alias „Staberl“ in seiner letzten Kolumne nach 37 Jahren, eine Anleihe beim seligen Kaiser nehmend. Und Nimmerrichter dürfte damit nicht einmal lügen.

„Ich finde es zum Kotzen, wenn man heute einem reichlich erwachsenen Menschen vorwirft, dass er vor dreißig Jahren als junger Hupfer ein Nazi gewesen sei."

Nimmerrichter, Jahrgang 1920, Kriegsteilnehmer, zum Thema Vergangenheitsbewältigung.

„Wir sind alle Opfer eines Wahnsinnigen."

Richard Nimmerrichter überraschend offen über seine Kriegsjahre, in „Der Österreichische Journalist".

Städtevergleich

Was hat Berlin in einer Sammlung österreichischer Zitate verloren? Weil sich Wien gern an Berlin gemessen und stets auf seine längere Geschichte als Hauptstadt verwiesen hat. Dabei sind mehr Wiener nach Berlin gezogen als umgekehrt. Im Kräftemessen der Metropolen spielen aber auch noch andere Städte mit – z. B. St. Pölten. Gerade diese Vergleiche haben's in sich.

„Alle Städte sind gleich, nur Venedig is a bisserl anders."

Die berühmte Tante Jolesch in „Der Untergang des Abendlandes in Anekdoten" von Friedrich Torberg.

„Das Deutsche Reich ist 70 Jahre von Berlin aus regiert worden, aber 300 Jahre von Wien aus."

Ein Diskutant während einer Veranstaltung des Rings Freiheitlicher Jugend an der Wiener Universität im November 1987.

„Berlin ist wie Wien, nur mit weniger Schlagobers."

Billy Wilder, 6 Mal mit dem Oscar gekrönte Hollywood-Legende, wohnte bis 1926 am Wiener Fleischmarkt, ging dann nach Berlin und emigrierte 1933 in die USA.

„Wenn Paris nach Wien blickt, schielt es mit einem Auge nach Berlin."

Der Wiener Historiker Thomas Angerer zu Frankreichs ambivalentem Österreich-Bild und dem Versuch von Präsident Chirac, den Eintritt der FPÖ in die Regierung zu verhindern.

„München ist, wie sich St. Pölten Paris vorstellt."

Der Historiker Lothar Höbelt in einem Artikel über „Preußen – ein Staat und kein Reich".

„Ich fahre nach Wien, um die Armut der Berliner Küche für ein paar Tage hinter mir zu lassen."

Das Kompliment stammt von dem in Berlin lebenden Journalisten Henryk M. Broder.

„Berlin ist meine Frau und Wien meine Geliebte."

Der Mann muss beide Städte sehr lieben: Harald Juhnke, deutscher Entertainer mit besonders starkem Österreichbezug.

„In Berlin vermisse ich den vergifteten Charme des Wieners."

„Nachschlag" Peymanns aus seinem neuen Domizil an der Spree.

„Der Berliner Charme walzt einen ja förmlich nieder, während der Wiener Charme mehr so hintenrum daherkommt."

Peymann, schon etwas milder gestimmt.

„Schon vor dem Krieg war man in Wien mit Recht oder Unrecht stolz, weniger regsam zu sein als in Berlin."

Der Zwölftöner Arnold Schönberg 1930 in einem Vergleich der beiden „Musikhauptstädte" Wien und Berlin.

„Jeder Wiener ist eine Sehenswürdigkeit, jeder Berliner ein Verkehrsmittel."

Karl Kraus in seinen „Aphorismen".

„In Berlin wächst kein Gras. In Wien verdorrt es."

Karl Kraus, wie immer unnachgiebig, wenn es um seine Heimat ging.

„Wien ist die undeutscheste aller deutschen Städte."

Unschwer in der Diktion zu erraten: Adolf Hitler in „Mein Kampf".

„Ich erwarte von einer Stadt, in der ich leben soll: Haustorschlüssel, Straßenspülung, Asphalt, Warmwasserheizung – gemütlich bin ich selbst."

Karl Kraus.

„Paris ist zu drei Vierteln amerikanisiert, Wien verbudapestet."

Stefan Zweig, wohl einer der bedeutendsten Schriftsteller des 20. Jahrhunderts, 1925 in einem Essay über die Monotonisierung der Welt.

„Österreich besteht aus zwei Millionen Wienern und fünf Millionen St. Pöltnern."

Anton Kuh, nach eigener Definition: Sprechsteller.

„Den Mutigen graut selten, warum graut dir vor St. Pölten."

Die TV-Ansagerin Hanne Rohrer am Ende eines Fernsehabends. Kostete ihr den Job und machte aus ihr eine erfolgreiche Schauspielerin.

„St. Pölten ist ein Dorf. Wir sind eine Stadt."

Die Bürgermeisterin der „allzeit Getreuen", der einstigen Residenzstadt des Habsburgers Friedrich III., Traude Dierhof. Wr. Neustadt ist allerdings mit 38.000 Einwohnern deutlich kleiner als St. Pölten mit 49.000.

„Graz ist stolz darauf, eine Großstadt zu sein. Die Linzer sind stolz darauf, daß Linz keine Großstadt ist. Salzburg ist nicht einmal stolz."

Wer kann so boshaft sein? Hans Weigel in „Oh du mein Österreich."

„Wenn die Salzburger von heute Salzburg gebaut hätten, wäre bestenfalls Linz daraus geworden."

Karl Kraus kritisierte 1920 nach den ersten Salzburger Festspielen die Vereinnahmung der barocken Atmosphäre für den Fremdenverkehr. Ist inzwischen eine echte Beleidigung von Linz, das eine Brucknerhalle, eine moderne Landesgalerie baut, während Salzburg kein Guggenheimmuseum im Mönchsberg zustande brachte. Zur Entschuldigung: Karl Kraus kannte den heutigen Salzburger Bahnhofsplatz mit dem Hotel Europa noch nicht.

„Ich bin lieber in Berlin unter Wienern als in Wien unter Kremsern."

Der geniale Schrift- und Sprechsteller Anton Kuh, erbitterter Gegner von Karl Kraus, Wahlberliner seit 1928. Aber, was hat er gegen die weinseligen Kremser?

„Die Kremser bieten pro Quadratmeter mehr Kultur als die Wiener."

Helmut Gansterer, ein fast legitimer Enkel Kuhs, sieht dies inzwischen anders.

„Das Orchester aus Ungarn, der Kellner aus Wien
So schwindest du hin, mein altes Berlin."

Hedda Adlon, die Frau Sacher von Berlin, verewigt wenig schmeichelhaft den Wiener Kellner in diesem Reim.

„Wilder brachte es fertig, dass ‚Old Hollywood' wie eine Wiener Vorstadt wirkte."

Der Wilder-Biograph Hellmuth Karasek in einem Nachruf auf den „letzten Giganten Hollywoods", den US-Entertainer David Thomson zitierend.

„Der Unterschied zwischen New York und Wien? Hier ärgert man sich jeden Tag über etwas anderes, in Wien jeden Tag über das gleiche."

Georg Heindl, der jahrelang Österreichs Kultur in den USA vertrat, in seinem „Wiener Geschichtenbrevier".

„Wien ist die größte Kleinstadt und die kleinste Großstadt."

Wien-Kenner und Wien-Kritiker Hans Weigel über das doppelte Gesicht Wiens. Wörtlich:

„Es gibt fortschrittliche Städte, es gibt rückschrittliche Städte. Wien ist beides."

Weigels Zitat hat bis heute gehalten.

„Jeder Großstädter ist ein Kleinstädter, denn er hält die trotzdem kleine Stadt für die große Welt."

Der Wiener Kaffeehausliterat Peter Altenberg.

Steiermark

Ist nicht jedes Bundesland gleich wert? Die Steirer sehen das anders. Zu Recht? Lassen wir die Zitate sprechen.

„Die Steiermark ist ein Wald der Seligen."

Fritz Rinnhofer. Stimmt meist nicht einmal mehr im Wald.

„Steiermark: Ein Hauch von Sterz"

Klingt wie eine Werbebotschaft im BSE-Zeitalter.

„Es ist kein Bundesland. Es ist wie ein eigenes Land."

Der Grazer Schriftsteller Wolfgang Bauer („Magic Afternoon"), einst Revoluzzer, inzwischen etabliert, über seine Heimat: die Steiermark.

„Dem Steirer ist alles natürlich."

Aus dem Buch von Reinhard P. Gruber „Aus dem Leben Hödlmosers". Ein steirischer Roman mit „Regie".

„Die ganze Steiermark ist ein einziger Jodler; ein schöner."

Nochmals Reinhard P. Gruber.

„I wü wieder ham, ham nach Fürstenfeld"

Steirische Ersatzhymne des Trios STS, wurde allein als Single mehr als 200.000 Mal verkauft und wird vor allem von steirischen Politikern am Südbahnhof gesungen.

„Steirerman san very good,
very, very good for Hollywood,
Arnold und sein Steirerschmäh,
kennan s' drüben in USA."

Eine weitere Ersatzhymne der Steirer, diesmal vom Stoakogler Trio, haben damit bisher über 2 Millionen Tonträger verkauft.

„Jedes Mal, wenn sich Österreichs Wirtschaft in früheren Rezessionsphasen einen Schnupfen einfing, bekam die Steiermark eine Lungenentzündung."

Der Wirtschaftsjournalist Reginald Benisch in einem „Trend"-Spezial.

„Wir müssen Gastarbeiter beschäftigen, viele Tausend aus der Steiermark."

Leopold Wagner, Kärntens Landeshauptmann von 1974–1988.

„Der lärchene Stipfl"

Ehrenname für den steirischen Landeshauptmann Josef Krainer senior (1903–1971), einst Holzknecht, der sein Land mehr als zwanzig Jahre unbestritten regierte.

Sterben

Schon wieder ein typisch österreichisches Thema – werden manche Leser finden. Ja, wenn man es auf den Osten des Landes bezieht. Hier hat das Sterben allerdings wirklich eine andere Verbrämung, wie wir gleich lesen werden.

„Auch Nichtraucher müssen sterben."

Stammt vom unverbesserlichen Raucher Torberg.

„Sterben muss a' jeder, aber drängen lass i mi net."

Der gesundheitlich angeschlagene Bruno Kreisky auf die Frage, wann er aus der Politik ausscheiden werde.

„Das Sterben; ins Kaffeehaus seiner selbst zurückziehen."

Der Dichter Franz Werfel (geb. 1890 Prag, gest. 1945 Beverly Hills)

„Die Menschen verlieren zuerst ihre Illusionen, dann ihre Zähne und ganz zuletzt ihre Laster."

Von einem großartigen Menschenbeobachter: dem Volksschauspieler Hans Moser.

„Österreich ist ein Land, über das man sich zu Tode ärgert, wo man aber trotzdem sterben will.“

Sigmund Freud zum Regisseur Ernst Lothar beim Abschied in die Emigration 1938. Lothar ist 1974 in Wien gestorben, Freud allerdings bereits ein Jahr später im Exil in London.

„Wir alle sterben an Österreich.“

Gilt vor allem für Intellektuelle, die sich mit der Lauheit des Landes schwer tun, wie etwa der Historiker und Kulturkritiker Friedrich Heer.

„In Wien musst erst sterben, damit s' dich leben lassen, aber dann lebst lang.“

Traurige Wahrheit von Helmut Qualtinger.

„Lieber in Wien sterben als in Australien leben.“

Edmund Eysler, schrieb 60 Operetten, von denen „Die goldene Meisterin“ den meisten Anklang fand. Von den Nazis mit Aufführungsverbot bedacht, entging er dem KZ, weil seine „arische“ Frau für ihn kämpfte.

„Generäle wollen angeblich im Sattel sterben, Autoren verbluten langsam.“

Gerhard Roth, der kritische Chronist des Nachkriegsösterreich mit seinem Mammutwerk „Die Archive des Schweigens.“

„Das Sterben ist das Hauptproblem des Lebens.“

Von einem, der viel ans Sterben dachte: Udo Proksch, zu lebenslanger Haft verurteilt und darin verstorben.

„Ja, wenn ich die Einzi zur Witwe hätte, könnt ich auch beruhigt sterben.“

Der Direktor der „Josefstadt“, Ernst Haeusserman, nach dem Tod des weltberühmten Komponisten Robert Stolz, dem Schöpfer von „Im Prater blühen wieder die Bäume“, zur Geschäftstüchtigkeit seiner letzten Ehefrau und Managerin.

„Muss ich den sterben, um zu leben.“

Letzter Song des einzigen österreichischen Pop-Barden mit Weltruf: „Falco“ alias Hans Hölzl, erst nach seinem Tod veröffentlicht.

„Welch ein tragischer Irrtum, für eine Sache zu sterben, statt zu leben.“

Der Schriftsteller Karl Heinrich Waggerl, Teilnehmer des Ersten Weltkrieges.

Theater

Schon die ersten hier veröffentlichten Zitate zeigen den Stellenwert, den dieses Thema in Österreich einnimmt. Wo werden schon Fernsehnachrichten mit der Meldung aufgemacht, wer neuer Direktor des Burgtheaters wird?

„Wäre Theater noch nicht erfunden, die Österreicher erfänden es."
Heinrich Laube, 1850–1867 Direktor des Wiener Hofburgtheaters.

„Nichts wird in Österreich ernsthaft diskutiert, höchstens das Theater."
Der Autor Franzobel 2002, inzwischen erster Träger des Arthur-Schnitzler-Preises.

„Fahren sie nach Österreich, und sie kommen in das allerbeste Theater der Welt."
Der Neuankömmling Claus Peymann – wie immer doppelsinnig.

„Der Zweck des Theaters ist das Theater."
Max Reinhardt (eigentl. M. Goldmann), 1873–1943, Schauspieler, Regisseur, Theaterdirektor.

„Der Unterschied zwischen einem Theater und einem Irrenhaus besteht darin, dass in einem Irrenhaus der Direktor normal ist."
Helmut Lohner, ab 1997 als Nachfolger von Otto Schenk Direktor des Theaters in der Josefstadt.

„Wenn Theater Politik kommentiert, dann durch den Spielplan."
Von einem der großartigen Schauspieler, immenser Breite und frei von politischen Hintergedanken: Michael Heltau.

„Theater besteht nur aus Maskerade, aber gerade das ist das Aufrichtige an ihm."
Peter Turrini, Dramatiker; er muss es ja wissen.

„Großes Theater ist nicht intellektuell, sondern sinnlich."
Publikumsmagnet Michael Heltau, der – so wörtlich – das kopflastige deutsche Regietheater nicht mag.

„Das Theater hat sich immer als staatsfeindlich und menschenfreundlich empfunden."
Claus Peymann in seinem berühmt-berüchtigten „Zeit"-Interviews mit André Müller.

„Theater braucht die Leute. Ein Theater ohne Leute ist sinnlos."

Von Volkstheater-Prinzipalin Emmy Werner. Dagegen wird nur leider oft verstoßen.

„Wien ist ein Schlaraffenland für Theatermenschen. Doch man trifft hier ständig auf giftige Schlangen."

Luc Bondy, Intendant der Wiener Festwochen, dachte, dies sei nur der Ruf dieser Stadt. Die Realität hat das Bild bestätigt.

„Die Wiener glauben, das Theater gehört zu ihrem Leben, kritisieren es, schimpfen und gehen doch hinein. Eine Hassliebe."

George Tabori, Regisseur und Dramatiker ungarischer Herkunft, Wien trotzdem verbunden.

„Die Krise der Josefstadt spielte sich vor vollem Haus ab."

Der legendäre Schauspieler und Regisseur Fritz Kortner erkannte schon in den fünfziger Jahren das Problem des zu kleinen Hauses (700 Sitze).

„Die Josefstadt braucht einen Direktor, der auf der Bühne steht."

Der einstige Josefstadt-Direktor Otto Schenk über die Auswahlkriterien dieser Position.

„Die Wiener Josefstadt ist ein KZ auf Urlaub."

Reichspropagandaminister Joseph Goebbels zum Umstand, dass die Josefstadt anlässlich des Todes von Max Reinhardt in der Emigration in New York eine Feier für den einstigen Direktor abhielt. Aus Heinz Marecek: „Das ist ein Theater!"

„Ich bin eine kleine Person, darum brauche ich ein großes Theater."

Wiens einzige Prinzipalin, die umtriebige Volkstheaterchefin Emmy Werner.

Tirol

Sie sind ein selbstbewusstes Volk, die dreigeteilten Tiroler. Die Berge und die Politik haben das zu verantworten. Daher streben sie stärkere als andere nach Einheit.

„Tirol is lei oans!"

Unerfüllter Anspruch vieler Tiroler nach der Abtrennung Südtirols im Vertrag von St.-Germain.

„Mander, 's ischt Zeit!"

Legendärer „Schlachtruf" des Sandwirtes Andreas Hofer, bis heute oft und unbegründet strapaziert.

„Er ist Tirol!"

Eine Legende über eine andere Legende. Rudolf Sallinger über Tirols Langzeit-Landeshauptmann Eduard Wallnöfer.

„Ich bin so schön, ich bin so toll, ich bin der Anton aus Tirol!"

Österreichische Reservehymne für die Wintermonate, populär gemacht durch DJ Ötzi, alias Gernot Friedle.

„Ein Volk, das um nichts anderes kämpft als um sein natürliches verbrieftes Recht, wird den Herrgott zum Bundesgenossen haben."

Kanonikus Hans Gamper, eine Leitfigur des Tiroler Widerstandes, zur „Feuernacht" in Südtirol im Sommer 1961.

„Auf ein paar Masten mehr oder weniger soll's mir net ankommen."

Außenminister Bruno Kreisky nach der Sprengung des Mussolini-Denkmals in Waidbruck und einiger Strommasten gegenüber Eduard Wallnöfer, mit dem er wetteiferte, wer mehr für Südtirol getan hat. Zitiert von Hans Werner Scheidl in „Die Monarchen der Zweiten Republik – Landeshauptleute im Portrait".

„Unrechtsgrenze"

„Kampfvokabel" von Schützenaufmärschen und Politikerreden über die Brenner-Grenze nach 1918. Ist durch den Beitritt Österreichs zur EU für manche Tiroler noch nicht obsolet, aber gemildert.

„Da müss ma mit die Schiitzen einmarschier'n."

Eduard Wallnöfer, legendäres Tiroler Urgestein, zum (nicht ganz ernsthaft gemeinten) Vorschlag des Kärntner Landeshauptmannes Leopold Wagner, Osttirol wieder mit Kärnten zu vereinen, wie es zwischen 1938 und 1947 war.

„Ein Schütze ohne Waffe ist wie ein Nackerter."

Der Tiroler Landeshauptmann Wendelin Weingartner zum Umstand, dass die Tiroler Schützen für einen Auftritt in Berlin ihre Gewehre nicht mitführen durften.

„Andreas Hofer war Tiroler und Held, Franz Fischler ist Tiroler und kein Held."

„Alterspatriot" Günther Nenning zur Haltung des EU-Kommissars in dieser Causa.

Titel

Selten ein Land, das so sehr an Titeln orientiert ist wie Österreich. Das macht uns nicht unbedingt sympathisch, wird aber meist unter dem Aspekt „Schrulligkeit" verziehen.

„Kennt man den genauen Titel einer Person nicht, so spricht man sie am besten mit dem höchsten Titel an, der in Frage kommt. Das tut nicht weh – und der Angesprochene freut sich."

Der urige Soziologe Roland Girtler über die nicht nur im Spott existierende nationale Krankheit des Österreichers, die Titelsucht.

„In Österreich ist Professor so etwas wie ein zweiter Vorname."

Vom Spötter der Nachkriegsjahre Helmut Qualtinger.

„Ich lege meinen Professor zurück! Albert Einstein."

Böses Ulk-Telegramm von Hans Weigel an den Schauspieler Fritz Eckhardt, als diesem der Professorentitel verliehen wurde.

„Sagen S' nicht Professor zu mir, Professor is heut scho' jedes Oaschloch."

Deftige Antwort des Schauspielers Fritz Muliar auf die österreichische Titelinflation.

„Ich bin nicht Doktor, nur Brillenträger."

Heribert Steinbauer, langjähriger ÖVP-Mediensprecher, wies so nicht vorhandene akademische Würden zurück.

„Ich bin nicht Doktor, aber ich beaufsichtige Doktoren."

Gerd Bachers steile Karriere gab vielen Anlass zur Titelsuche.

„Die österreichische Gesellschaft ist sehr titelorientiert. Motto: Titel statt Mittel."

Einer, der seine Landsleute gut kennt: der Historiker Roman Sandgruber. Er führt übrigens das gestörte Verhältnis der Österreicher zum Geld auf die Keuschheit der katholischen Kirche gegenüber dem irdischen Glück zurück.

„Was gäbe wohl ein Baulöwe heute für einen Grafentitel."

Fritz Muliar in Anspielung auf eine bekannte Society-Figur.

Tod

Der Tod und das Begräbnis spielen in Österreich, speziell in Wien, eine dominante Rolle in der Literatur. Fast scheint's, als wären wir dem Jenseits mehr zugewandt als dem Diesseits. Und den Erfolg anerkennen wir auf jeden Fall erst nach dem Ableben.

„Stärker als der Lebenstrieb ist der Todestrieb."
Sigmund Freud, Autorität für die österreichische Seele.

„Die anzige Art von Zufriedenheit, die's in Wien gibt, ist der Tod."
Helmut Qualtingers, Wiens Gewissen.

„Der Tod, das muss ein Wiener sein."
So bitterböse kann nur einer sein:
Georg Kreisler in einem Lied aus dem Jahr 1969.

„Z' Tod g'fürchtet i a g'storben."
Lieblingssatz des früheren Fernseh-Intendanten E. W. Marboe, sich auf den einstigen KZ-Häftling und ÖVP- Nationalratspräsidenten Alfred Maleta beziehend.

„In Gefahr und größter Not ist der Mittelweg der Tod."
Alte Weisheit, von vielen Managern zu wenig beachtet. Zuletzt von Volksoperndirektor Dominique Mentha beim radikalen Umbau seines Hauses am Gürtel herangezogen.

„Treu bis in den Tod!"
Fahnenspruch der alten Neustädter Militärakademie, der als Schwur der jungen Leutnante bei ihrer Ausmusterung bis heute erhalten geblieben ist.

„Es ist alles lächerlich, wenn wir an den Tod denken."
Mit diesen Worten begann Thomas Bernhard seine Dankesrede bei der Verleihung des Staatspreises an ihn.

„In mancher Hinsicht macht der Tod das Leben überhaupt erst sinnvoll."
Der Psychiater und Weltbürger Viktor E. Frankl.

„Der Tod ist nicht tragisch für den, der stirbt, sondern für die, so sie ihn überleben."
Aus den Notizbüchern des Schriftstellers und Burgtheaterdirektors Anton Wildgans.

„Der Tod soll sein Ansehen verlieren. Der Tod ist falsch."

Der Altösterreicher Elias Canetti kannte wohl den Todeskult, der in unserem Land betrieben wurde.

„Der Tod desavouiert unseren Kram."

Stimmt nachdenklich. Steht auf einem Grab am Wiener Zentralfriedhof.

„Das Lügen ist eine Erfindung von und für Lebendige, im Tod muss Wahrheit sein, schon deswegen, weil er der Gegensatz vom Leben ist."

Der Lebensphilosoph der Wiener Bühnen Johann Nepomuk Nestroy.

„Sein Tod nimmt Österreich Farbe."

Der Wiener Galerist Ernst Hilger zum Tod von Friedensreich Hundertwasser, bürgerlicher Name Fritz Stowasser. Es gibt auch andere Meinungen über den „Spiralenapostel".

Tradition

Ein Begriff, der in Österreich enorm hochgehalten wird. Für den Fremdenverkehr bestens geeignet … Sonst sollten wir es eher mit dem ersten Zitat halten.

„Tradition ist die Bewahrung des Feuers und nicht die Anbetung der Asche."

Wird Gustav Mahler zugeschrieben, dem großartigen Komponisten und einstigen Hofmusikdirektor.

„Entweder wir globalisieren uns, oder wir musealisieren uns."

Der unbequeme Medienkünstler Peter Weibel.

„Ohne Tradition kann der Mensch in Gesellschaft nicht leben."

Friedrich Heer, Historiker, Nach- und Querdenker.

„Die Tradition, die dem Menschen übertragen ist, heißt Geist."

Gottfried Benn, Arzt und Schriftsteller – leider kein Österreicher, hierzulande aber viel gelesen.

„Bei Klaus ging es um das Gleichgewicht zwischen Tradition und Moderne, bei Kreisky um die Priorität der Moderne."

Das unterschiedliche Profil zweier Regierungschefs auf den Punkt gebracht – vom Historiker Ernst Hanisch.

„In Österreich ist es Tradition, den Finanzminister zu vergöttern."

„profil"-Journalistin Rosemarie Schwaiger in einem Artikel über die seltsame Liebe der Österreicher zu ihren Finanzministern.

Tschechen

Zum nördlichen Nachbarn haben wir ein latentes Spannungsverhältnis. Dabei stammen sehr viele Österreicher von dorther.

„Als Böhmen noch bei Öst'reich war …"

Von Heinz Conrads und Peter Alexander popularisiertes Lied, wurde (fast) zur Hymne der Heimatvertriebenen.

„Böhmen liegt am Meer"

Eines der berührendsten Gedichte von Ingeborg Bachmann:
„Liegt Böhmen noch am Meer, glaub ich den Meeren wieder. Und glaub ich noch ans Meer, so hoffe ich auf Land."

„Die Beneš-Dekrete gehören weg."

Bundeskanzler Schüssel im Februar 2002 – was ihm spontanes Lob von „Cato" einbrachte.

„Österreicher und Tschechen trauen einander traditionell nicht über den Weg."

Von einem besonderen Kenner beider Völker: Michael Frank, Korrespondent der „Süddeutschen" in Prag und Wien.

„Österreicher und Tschechen trennt der gemeinsame Charakter."

Botschafter Jiři Grusa nimmt eine Anleihe bei einem berühmten Zitat, um das Dauerthema zu erläutern.

„Österreicher und Tschechen sind missgünstige Vettern."

Der Historiker Arnold Suppan, der sich auf die jüngste Vergangenheit der beiden Staaten spezialisiert hat.

„Völker erinnern sich lang."

Fritz Muliar, genialer Darsteller des Soldaten „Schwejk", über das gespannte Verhältnis zwischen Tschechen und Österreichern.

„Kaum zwei Nationen sind sich so nahe wie Österreicher und Tschechen."

Vaáclav Havel, tschechischer Staatspräsident, 1991, also noch lange vor Temelin.

„Wir sind uns erschreckend ähnlich, von der Musikalität und Vitalität bis zur Neidgenossenschaft und Provinzialität."

Der nach Österreich emigrierte tschechische Schriftsteller Pavel Kohout.

„Die Tschechen sind eben für viele Ressentiments gut."

Jiři Grusa, Schriftsteller und Botschafter Prags in Wien, stets auf Annäherung aus.

Udo Proksch

Ist das nicht zu viel Ehre? Für einen Lebenslänglichen? Dem spricht entgegen, dass Udo Proksch mit seinem „Club 45" das innenpolitische Klima nachhaltiger beschädigt hat, als es auf den ersten Blick scheinen mag.

„Die Suppe ist zu dünn."

Mit diesen Worten lehnte der damalige FPÖ-Justizminister Harald Ofner die Anklage in der „Lucona-Affäre" gegen Udo Proksch ab. Erst sechs Jahre später wurde er wegen sechsfachen Mordes verurteilt.

„Die rote Loge von Wien."

Hans Pretterebner, Mit-Aufdecker des Lucona-Skandals, über den von Udo Proksch gegründeten „Club 45".

„Proksch war von einer gewissen Militaria-Obsession befallen."

Teddy Podgorski, Mitbegründer des Vereins CUM, einer Art militärischen Disneylandes.

„Er war ein kreativer, erdbezogener Produktivspinner."

Niki Lauda über Udo Proksch, dem er bis zuletzt die Treue hielt.

„Ein phantasievoller Österreicher mit Weltniveau."

Auch Große können irren: Gerd Bacher über (den frühen) Udo Proksch, alias Serge Kirchhofer.

„Er war ein sehr intelligenter, phantasiereicher, kreativer, ehrlicher und zuverlässiger Mensch mit einem Hang zur Exzentrik."

Podgorski vor dem parlamentarischen Untersuchungsausschuss zum Fall „Lucona" über seinen Haberer Proksch.

„Zerstörung ist Kreation."

Provokante These von einem, der damit problematisch umgegangen ist: Udo Proksch

„Eine kulturlose Gesellschaft sucht sich ihre Kultur bei jedem Marktschreier."

Peter Pelinka versucht in seinem Buch „Das Ende der Seligkeit – wohin steuert Österreich" die Phänomene Udo Proksch und „Club 45" zu erklären.

„Eiterbeulen wie der Club 45 brechen auf, parasitäre Erscheinungen wie Winter, Wilfling, Bauer und Co. nehmen zu."

Bruno Aigner, SPÖ-Vordenker, bekam mit diesem Satz, geschrieben in der „Zukunft" Feber 1981, Schwierigkeiten. Für den ersten Halbsatz gab es eine Rüge der Parteisekretäre Marsch und Blecha und für den zweiten einen zehnjährigen Prozess, den der „Consultatio"-Partner von Hannes Androsch, Bauer, anstrengte und an dessen Ende Aigner durch alle Instanzen freigesprochen wurde.

Urteil

Bald sind wir an dem Punkt angelangt, wo Sie ein Urteil über dieses Buch abgeben werden. Vorerst aber noch ein paar Zitate zum Stichwort: Urteil.

„Ein Urteil lässt sich widerlegen, ein Vorurteil nie."

Marie von Ebner-Eschenbach, Schriftstellerin und Menschenbeobachterin.

„Der österreichische Staat ist ein Gebilde, das fortwährend zum Scheitern verurteilt ist."

Thomas Bernhard über seine Heimat anlässlich der Verleihung des Österreichischen Staatspreises für Literatur im März 1968 an ihn.

„Ein Stand muss sich gefallen lassen, dass er nach dem miesesten Mitglied, das er gerade noch in seinen Reihen duldet, beurteilt zu werden."

So etwas kann nicht aus Österreich stammen.
Ist auch vom unvergleichlichen Kurt Tucholsky.

„Man sollte bei der Beurteilung nicht nur die Achillesferse, sondern den ganzen sich bemühenden Achill sehen."

Vizekanzlerin Susanne Riess-Passer zieht nach einem Jahr Wende Bilanz.

Van der Bellen

Ein „Grüner" als Medienstar? Der Professor hat auf jeden Fall seine Partei für Wähler geöffnet, die bisher nicht von den Grünen anzusprechen waren. Wodurch? Vielleicht haben wir ein paar Antworten.

„Bruno der Zweite"

Titulierung von Grünen-Chef Alexander Van der Bellen durch den Chefredakteur der bürgerlichen „Presse" Andreas Unterberger. Hat ihn die betont langsame Sprechweise zu diesem Vergleich inspiriert?

„Vor drei Jahren galt ich schlicht als langweilig. Es braucht seine Zeit, bis man sich positiv absetzt vom Radau."

Der Wirtschaftsprofessor zu seinem neuen, medial positiven Image: keine schrille Aufgeregtheit, bürgerliche Contenance.

„Seit Jahren versuchen Sie, mich als habilitierten Hooligan hinzustellen."

Der Grünen-Chef nach den Zusammenstößen zwischen grünen Demonstranten und der Polizei am Heldenplatz im April 2002.

„Ich muss entweder aufhören zu rauchen oder zu sprechen."

Grünen-Chef Alexander Van der Bellen im Selbstbefund. Hielt nur kurz während einer starken Verkühlung.

Vaterland

Ein Begriff, der zeitweise aus der Mode gekommen war, langsam aber wieder zu Ehren kommt. Früher wurden dafür Kriege geführt – heute werden dafür bestenfalls Schlager geschrieben.

„Ehre, Treue, Vaterland“

Wahlspruch der deutschen Burschenschaft aus dem Gründungsjahr 1815, der auch von den österreichischen übernommen wurde.

„Für Gott, Kaiser, Vaterland.“

Schlachtruf vieler Tausender Soldaten im Ersten Weltkrieg. Vorläufer der „Sager“ des 20. Jahrhunderts; lange vor dem Zeitalter der Spindoctors.

„Gut und Blut fürs Vaterland! Aber die Nerven?“

Karl Kraus aus „Sprüche und Widersprüche“.

„Das Vaterland ist das Land, welches man mit dem Verstande, die Heimat das, welches man mit dem Herzen liebt.“

Vom Aphoristiker Fritz Rinnhofer.

„Lieb Vaterland, magst ruhig sein“

Einer der Erfolgstitel von Johannes Mario Simmel, in Wien aufgewachsen und mit Österreich und seiner Vergangenheitsbewältigung oft im Hader liegend. Ging 1950 nach Deutschland und wurde dort zum Millionenautor, den die Literaturkritik lange nicht akzeptierte. Nach einem Lied, das im Ersten Weltkrieg gesungen wurde.

„Ohne Arbeiter gibt es kein Vaterland.“

Ständestaatrethorik von Bundeskanzler Schuschnigg bei der Eröffnung der neuen Reichsbrücke am 10. Oktober 1937.

„Sie waren schlechte Redner, lasen wenig Bücher und wenig Zeitungen, tranken immer denselben Wein und aßen die gleichen drei Gerichte, aber sie waren die Retter des Vaterlandes.“

Gerd Bacher über Politiker der Zweiten Republik, denen das Land am meisten verdankt, Männer wie Raab, Figl, Helmer und Böhm.

Veränderung

Damit ist es bei uns nicht weit her. Trotzdem beschwören wir sie immer wieder und nehmen auch gerne Anleihen aus dem Ausland.

„Wer Gutes bewahren will, muss vieles verändern."

Aus Schüssels Wahlkampf 1999; ist aber eine Anleihe bei Tomasi di Lampedusa (1896–1957) und seinem weltberühmten Roman „Der Leopard", der höchst erfolgreich verfilmt worden ist.

„Wenn wir wollen, dass alles so bleibt, wie es ist, dann ist es nötig, dass sich alles ändert."

Gerne von Erhard Busek zitiert, stammt aber auch aus dem „Leopard".

„Eine Veränderung, die keine Verbesserung ist, ist eine Verschlechterung."

Was Adolf Loos am Beginn des vergangenen Jahrhunderts über die Architektur schrieb, gilt natürlich auch für die Politik.

„Warum Österreich so ist, wie es ist"

Titel eines Buches von Hannes Androsch, in dem der ehemalige Finanzminister und Unternehmer aus den historischen Quellen unsere Andersartigkeit ableitet.

„Austria as it is."

Österreich zu beschreiben, wie es ist, hat Tradition. Einen ersten Versuch, natürlich im Ausland, unternahm in der Metternich-Ära Carl Postl, der 1823 in die USA floh und dort unter dem Namen Charles Sealsfield als erfolgreicher Journalist arbeitete. 1828 wurde das Österreich-kritische Buch durch die Zensur in Österreich verboten.

Verfassung

Nicht unbedingt ein Thema, das auf den ersten Blick spannend wirkt. Aber auch so eine trockene Materie kann prägnante Zitate liefern.

„Österreich ist, wo ein Verfassungsgesetz noch lange nicht eingehalten wird."

Der Journalist Gerhard Marschall im „WirtschaftsBlatt" zum Thema Bezügegesetz.

„Der Verfassungsgerichtshof ist die wichtigste Modernisierungsagentur Österreichs."

Michael Prüller in der „Presse" zur Entscheidung des VfGH, die Meisterprüfung de facto abzuschaffen.

„Seiner Verfassung nach ist Österreich eine parlamentarische Demokratie. Das ist es allerdings nicht in Wirklichkeit."

Robert Menasse, einer der schärfsten Kritiker der politischen Realität in diesem Land.

„Verfassungsbogen"

Zentrales Vokabel der Zweiten Republik, häufig verwendet von ÖVP-Klubobmann Andreas Khol, mit dem die Regierungsfähigkeit der Freiheitlichen gemessen werden sollte. Unterlag vieler Interpretationen durch den „Erfinder".

„Ein Gerichtshof, der sich so häufig und ohne zwingenden Grund in die politische Arena begibt, zur Kenntnis nehmen muss, dass er auch politisch gewertet und kritisiert wird."

Der anerkannte Verfassungsrechtler Günther Winkler, seiner Heimat Kärnten und auch Jörg Haider verbunden.

Vergangenheit

Dort leben wir bekanntlich so gerne und fühlen uns so wohl. Doch wie sie die Realität aus?

„Es ist an sich eine unerträgliche Vorstellung, als Einwohner eines Kleinstaates mit einem derartigen Übermaß an Vergangenheit konfrontiert zu werden."

Karl Kraus, zitiert bei Androsch: „Warum Österreich so ist, wie es ist".

„Die Habsburger sind eine unbewältigte Vergangenheit. Und was für eine!"

Der Historiker Gerhard Jagschitz zum umstrittenen „Schwarzbuch der Habsburger" der jungen Zeitgeschichtler Verena Moritz, Hannes Leidinger und Bernd Schippler.

„Wir Wiener blicken vertrauensvoll in unsere Vergangenheit."

Von Karl Farkas. War nicht unbedingt positiv gemeint.

„Wien lebt von seiner Vergangenheit."

Der Kulturhistoriker Alfred Pfabigan in einem Essay über „Hitlers Wien" von Brigitte Hamann.

„Es gibt keine Vergangenheit ohne Zukunft."

Egon Friedell, Kulturhistoriker, und kosmopolitischer Denker.

„Ich bitte Sie, aus der Vergangenheit eine Lehre zu ziehen, das Gemeinsame muss immer vor das Trennende gestellt werden."

Helmut Zilk am Ende seiner Verabschiedung als Wiener Bürgermeister.

„Wir wollen nicht immer in der Vergangenheit der anderen herumschnüffeln."

Schon im August 1945 gab der damalige Wirtschaftsbund-Obmann Julius Raab ein Signal in Richtung Exnazis.

„Jedes Zeitalter, ja fast jede Generation hat eben ein anderes Ideal, und mit dem Ideal ändert sich auch der Blick in die einzelnen großen Abschnitte der Vergangenheit."

Egon Friedell, Kulturhistoriker.

„Wer sich seiner Vergangenheit nicht erinnert, ist verdammt, sie wieder zu erleben."

Elisabeth Pittermann, Tochter eines wortgewaltigen Vaters, als Abgeordnete im Parlament, am 8. 2. 2000 Bundeskanzler Wolfgang Schüssel mit Dollfuß vergleichend, dem 1934 von den Nazis erschossenen Bundeskanzler des Ständestaats.

„Nur die Erinnerung schützt uns davor, von der Vergangenheit eingeholt zu werden."

Helmut Zilk bei der Neueröffnung des Wiener Stadttempels 1988.

„Wir dürfen nicht Gefangene der Vergangenheit bleiben – sonst hätte die Vergangenheit letztlich gesiegt."

Präsident Václav Havel 1997 in Prag zum Thema „Vergangenheitsbewältigung". Aus Österreich war ein ähnlicher Satz nicht zu hören.

„Vergangenheit ist stets das Opium ‚verspäteter Nationen', die auf diese Art und Weise ihre Verspätung zementieren."

Stammt leider von keinem Österreicher, sondern vom Schriftsteller, Dissidenten und tschechischen Botschafter in Wien, Jiři Grusa, den man wohl am besten als Mitteleuropäer bezeichnen kann.

„Intellektuelle und Populisten streiten um die Aufgabe, das Zentrum der österreichischen Gesellschaft zu definieren, nämlich das Verhältnis zur Vergangenheit. Mit diesem Zentrum hat die FPÖ die Wahlen gewonnen."

Isolde Charim, streitbare Philosophin, ebenfalls beim Intellektuellendisput.

„Nur wenn man die Vergangenheit zu deuten weiß, kann man die Zukunft gestalten."

Andreas Khols Antwort darauf aus seinem Buch „Die Wende ist geglückt. Der schwarz-blaue Marsch durch die Wüste Gobi".

„Man kann nur in die Zukunft schauen, wenn man die Vergangenheit verstanden hat."

Die Direktorin des Technischen Museums, Gabriele Zuna-Kratky.

„Der Wiederaufbau war nicht, wie lange und von vielen befürchtet, der Ersatz für die ‚Vergangenheitsbewältigung', sondern diese selber."

Rudolf Burger in seinem umstrittenen Essay „Die Irrtümer der Gedenkpolitik – Ein Plädoyer für das Vergessen".

„Man kann die Vergangenheit nicht im Schonwaschgang reinigen, sondern nur in aller Schonungslosigkeit."

„Salzburger Nachrichten"-Kolumnist Gerhard „Steinkauz" Steininger zum Versuch des jüngsten SPÖ-Vorsitzenden Alfred Gusenbauer, die SPÖ von „braunen Flecken" zu säubern.

„Ich bewältige meine Vergangenheit nicht, ich vergewaltige sie bloß."

Ein echter H. C. Artmann.

„Die SPÖ geht mutig zurück in die Vergangenheit."

ÖVP-Chef Wolfgang Schüssel zieht Bilanz der Zusammenarbeit mit der SPÖ unter Viktor Klima im Jahr 1999.

Vergessen

Wir leben in einem katholischen Land und sind daher beim Vergessen besser als beim Vergeben. Oder gibt's noch andere Gründe, warum wir uns dabei besonders leicht tun?

„Wir können den Nazis vielleicht verzeihen, aber niemals vergessen."

Die große alte Kämpferin Rosa Jochmann, Häftling im KZ Ravensbrück.

„Wer für die ÖVP stimmt, hat ehrlos die Vergangenheit vergessen."

Aus einem SPÖ-Flugblatt für die Wahl 1949, an ehemalige Nationalsozialisten gerichtet. Zitiert vom Journalisten Hans Pretterebner in seiner Zeitschrift „TOP" 1/96.

„Das Vergessen des Bösen ist die Erlaubnis zu einem Wiederholen."

Aufschrift auf dem griechischen Mahnmal im KZ Mauthausen.

„Gewissensbisse sind Erinnerungen an das, was man eigentlich vergessen wollte."

Bernhard Wicki (1919–2000), in St. Pölten geborener, international renommierter Bühnen- und Filmschauspieler, Theater- und Filmregisseur.

Versöhnung

Oft ein besonders schwieriges Vorhaben. Besonders in der Politik – wie unsere Beispiele zeigen.

„Die Sprache der Unversöhnlichkeit darf Österreich niemals wieder spalten."

Bundeskanzler Vranitzky am 14. Februar 1994 in Linz, an den Ausbruch des Bürgerkrieges erinnernd.

„Bevor man zur Versöhnung schreitet, müssen alle Gemeinheiten ausgetauscht werden."

Er kennt die Gesetze der Politik und Macht genau, Bruno Kreisky.

„Jene, die im KZ waren, hatten einen besonders großen Versöhnungswillen."

Der ÖVP-Parteihistoriker Helmut Wohnout die Haltung von Figl, Gorbach und Olah erklärend.

"Don't invite me never again with these horrible guys!"

Bruno Kreisky zu Leonard „Lenni" Bernstein, nachdem dieser am jüdischen Neujahrsfest 1986 bei einem Abendessen versucht hatte, eine Versöhnung zwischen dem Altkanzler und Hannes Androsch herbeizuführen, an dem auch Franz Vranitzky und Peter Weiser teilnahmen.

Visionen

Oje, das riecht nach geistiger Hochschaubahn. Keine Angst, in Österreich bewältigen wir auch dieses Thema auf unserem Niveau.

„Wer Visionen hat, braucht einen Arzt."

Heftig dementiertes Zitat, zu dem sich Franz Vranitzky erst mit Einschränkungen bekannte, als er merkte, durch Dementis noch mehr Schaden anzurichten.

„Wenn ich Visionen habe, gehe ich zum Arzt."

Endlich hat sich jemand zu diesem Satz bekannt: Der Philosoph Rudolf Burger gesteht, ihn in einem vertraulichen Gespräch mit Franz Vranitzky gesagt zu haben.

„Visionen sind vielfach das, was der Lacina heute bezahlen muss."

Späte Einsicht des SPÖ-Vorsitzenden „Vranz" im Mai 1988 über das unteilbare Verhältnis von Wahlversprechen und Budgetpolitik.

„Der Letzte mit Visionen ist mit der Rheintalflug abgestürzt."

Eine Sozialdemokratin an den Tod des früheren Sozialministers Alfred Dallinger erinnernd, eines oft unkonventionellen Querdenkers.

Volk

Endlich etwas über uns! Ob wir allerdings mit dem Gebotenen zufrieden sein können, muss ich dem verehrten Leser überlassen.

„Volk der Tänzer und der Geiger."

Von Anton Wildgans einst scharf beobachtet. Jetzt kommen wir von diesem Image nicht mehr los.

„Volk der Schilehrer und Oberkellner."

Der geniale Zeichner Paul Flora, geboren 1922 in Glurns in Südtirol.

„Volk kommt von folgen.“

Günther Nenning, Querdenker mit wechselnden Standpunkten, polemisch zur Debatte über die EU-Erweiterung.

„Ein aufgeklärtes Volk gehorchtet, weil es will; ein durch Vorurtheile geblendetes, weil es muss.“

Joseph von Sonnenfels (1732–1817), Hauptvertreter der Aufklärung unter Joseph II.

„Alles Misstrauen geht vom Volk aus.“

Nach Gerhard „Steinkauz“ Steininger von den „Salzburger Nachrichten“ ist dies der erste Satz unserer ungeschriebenen Verfassung.

„Wir sind auf dem Weg zu einem Volk von Filialleitern.“

Peter Puspöck, Chef der Raiffeisen Landesbank NÖ, zum Deal der Bank Austria mit der bayerischen Hypotheken Vereins Bank.

„Ich bin traurig, dass wir so wenig Freunde in der Welt haben und dass uns niemand davor bewahrt, einfach als Nazistaat und als Nazivolk zu gelten.“

Altbundespräsident Kirchschläger am Höhepunkt der Sanktionen im Jahr 2000.

„Das österreichische Volk hat eine sehr gesunde Einstellung.“

Klaus Beier, Sprecher der NPD, der Nationaldemokratischen Partei Deutschlands, zum Hoffnungsgebiet der Neonazis.

„Das Volk muß physisch beim G'nack gepackt werden und moralisch mit der Nasen drauf g'stoßen werden.“

Auch im Ansatz erkennbar: Johann Nestroy.

„Das Volk! Das sind die vielen leeren Nullen, die gern sich beisetzt, wer sich fühlt als Zahl, doch wegstreicht, kommt's zum Teilen.“

Kaiser Rudolf in Grillparzers „Ein Bruderzwist in Habsburg“.

„Diene dem Volk, dann wählt es dich auch.“

Gastkommentar im „Standard“ zum triumphalen Wahlsieg von Waltraud Klasnic.

Volkspartei

Die Wahrnehmung der Politiker ist eine andere als die Wahrnehmung ihrer Politik. Das gilt im Besonderen für die ÖVP. Oder wie Paul Watzlawick sagte: „Kommunikation ist, was beim Empfänger ankommt.“

„Ist diese ÖVP noch zu retten.“

Der Kaiserurenkel Vinzenz Liechtenstein, ÖVP-Bundesrat für die Steiermark, über das Zusammengehen mit der Haider-Partie. Ja, ein Franz Josef Strauß hat der ÖVP immer gefehlt. Sonst gebe es wahrscheinlich keinen Haider.

„Die ÖVP muss sich öffnen.“

Der Innsbrucker Bürgermeister Herwig van Staa, der gegen die offizielle Liste der Volkspartei angetreten war und dabei deutlich gewonnen hat.

„Wenn wir die Städte nicht gewinnen, verlieren wir das Land.“

Wolfgang Schüssel als frisch gewählter ÖVP-Parteiobmann 1995 prophetisch an seine Delegierten. Konnte nach vielen Niederlagen erst bei der Nationalratswahl 2002 eingelöst werden.

„Die ÖVP liegt auf dem Trockendock.“

Drastisches Bild des im Juni 1971 frisch gewählten Generalsekretärs Herbert Kohlmaier, hing, so richtig es war, der Partei jahrelang negativ nach.

„Wann immer es in der SPÖ drunter und drüber geht, stürzt die ÖVP in eine Führungskrise.“

Der innenpolitische Kommentator der „Salzburger Nachrichten“, Andreas Koller, beschreibt ein sich über viele Jahre wiederholendes Szenario. Begonnen hat es mit dem Einsturz der Reichbrücke am 1. August 1976: Das Opfer war kein verantwortlicher „Roter“ im Wiener Rathaus, wie Brückenstadtrat Hoffmann, sondern der Wiener ÖVP-Obmann Franz Josef Bauer.

„Die ÖVP wird wieder zu Kreuze kriechen, denn sie zählt nicht die Wählerstimmen, sondern nur die Posten, die sie bekommt.“

Jörg Haider im Sommer 1999 an die Adresse seines späteren Partners, eine Neuauflage der Koalition mit der SPÖ voraussagend.

Vorarlberg

Auch wenn manche unser westlichstes Bundesland mit dem Spottnamen „Kanton Übrig" bezeichnet haben, in Anspielung auf deren zeitweise Abwanderungsgelüste, ist es ein überaus positiver Teil unseres Staates. Manchmal etwas eigenwillig, wie die Beispiele zeigen.

„Ich beneide die Vorarlberger, dass sie von Geburt an eine Geheimsprache haben."

Die Salzburger Festspielpräsidentin Helga Rabl-Stadler.

„Was Gott durch einen Berg so schön getrennt hat, soll der Mensch nicht durch ein Loch verbinden."

Vorarlbergs Landeshauptmann Otto Ender, als erstmals in den dreißiger Jahren das Projekt eines (Straßen-)Tunnels durch den Arlberg diskutiert wurde.

„Lasst den Wiener Schmäh, Vorarlberg liegt am Bodensee."

Parole der aufgebrachten Demonstranten gegen die Taufe eines Bodenseeschiffes auf den Namen „Karl Renner" am 21. 11. 1964 in Fußach. Das Schiff wurde schließlich auf den Namen „Vorarlberg" getauft.

„In Vorarlberg sind sicher nicht mehrheitlich die Jusos angesiedelt."

Hannes Androsch, Exvizekanzler, ein Jahr nach der Atom-Volksabstimmung, die im Ländle ein achtzigprozentiges NEIN brachte.

Vorurteil

Auch darüber muss berichtet werden!

„Es gibt im Grund genommen nur Vorurteile, weil selbst Richter, die unumstößliche Urteile fällen, fällen im Grunde leider nur Vorurteile."

Thomas Bernhard im Interview mit Krista Fleischmann.

„Das Vorurteil ist eine Mauer, von der sich alle Köpf', die dagegen ang'rennt sind, mit blutige Köpf' zurückgezogen haben."

Unverkennbar, Nestroy.

„Vorurteil stützt die Throne, Unwissenheit die Altäre."

Von keinem Politologen oder Historiker, nein, von der Schriftstellerin Marie von Ebner-Eschenbach.

„Argumente nützen gegen Vorurteile so viel wie Schokoladenkekse gegen Verstopfung."

Max Pallenberg, begann als Charakterkomiker, spielte den Mephisto in Max Reinhardts „Faust"-Inszenierung der Salzburger Festspiele.

„Hans Dichand hat in handwerklich meisterhafter Weise die Ängste, Vorurteile und emotionalen Bedürfnisse vieler Österreicher instrumentalisiert."

Aus „Der Österreichische Journalist", der wichtige Medienleute fragte, welche Journalisten dieses Jahrhundert in Österreich geprägt hätten.

„Gesellschaftlicher Verkehr: der Austausch von Vorurteilen und Halskrankheiten."

Der Humorist Alexander Roda Roda.

Vranitzky

Der Mann, der Haider machte? Der Mann, der keine Visionen hatte? Unter welcher Chiffre wird er in die Geschichte der Zweiten Republik eingehen? Die folgenden Zitate mögen dabei helfen.

„Unter Vranitzky ist der Partei der Sozialismus abhanden gekommen."

Heinrich Keller, Exzentralsekretär der SPÖ unter Obmann Vranitzky, in einem Vorwort zu Norbert Lesers kritischem SPÖ-Buch.

„Was ökonomisch auf Dauer falsch ist, kann politisch auf Dauer nicht richtig sein."

Ob er damit Kreiskys Schuldenpolitik im Auge gehabt hat?

„Sphinx ohne Rätsel."

Böse Charakterisierung Franz Vranitzkys durch seinen Vor-Vorgänger, mit dem der Wunsch vieler am Leben gehalten wurde: „Dem Kreisky wär sicher was eingefallen." Allerdings hat uns auch er manches Rätsel zurückgelassen, etwa im Fall Androsch.

„Ein Mensch, der bei mir starke Nullgefühle erzeugt."

Das einstige SPÖ-Mitglied Günther Nenning über sein Verhältnis zum SPÖ-Vorsitzenden.

„Seit 1986 dieser Vranitzky kam, hat sich die Partei von uns wegbewegt."

Ein VOESTler auf die Frage, wofür die SPÖ stehen sollte.

„Vranitzky ist irrtümlicherweise in die Politik geraten und war wider sein eigenes Wollen erfolgreich."

Der einstige Chefredakteur der „Presse", Michael Maier, in einem Kommentar zum 10. Regierungsjubiläum des Kanzlers.

„Ich halte nichts davon, daß Frauen Kinder kriegen und sie um 7 Uhr früh abgeben, um dann vielleicht vier- bis fünftausend Schilling zu verdienen. Die Kinder kriegen und dann weglaufen. Das ist das Feigste."

Christine Vranitzky entschied möglicherweise mit diesem Satz im „profil"-Interview im Herbst 1994 die Wahl zuungunsten ihres Gatten.

„War Vranitzky Androschs Rache an Kreisky und seinem Erben Sinowatz?"

Von einem modernen Karl Kraus: Robert Menasse in einem Essay-Band „Dummheit ist machbar" über den Zustand der Zweiten Republik.

„Handlungsbedarf"

Eines der Lieblingsvokabel in der sonst sehr unkonkreten Sprache von Bundeskanzler Vranitzky. Meist sah er keinen Handlungsbedarf.

„Teflon-Kanzler"

Fast ehrerbietige journalistische Bezeichnung für Franz Vranitzky nach dem Wahlsieg 1994, als scheinbar alle Angriffe der FPÖ an ihm abprallten.

„Nadelstreifsozialisten"

Von Jörg Haider auf allen Märkten, vor allem am Wiener Viktor-Adler-Markt in Favoriten, verwendetes Kampfvokabel. Ging, wie die Wahlergebnisse bis 1999 zeigten, voll auf.

„Vranitzky hat den Nadelstreif nicht erfunden."

Heinrich Keller vor Journalisten als loyaler Verteidiger seines Parteichefs. Was Vranitzky aber nicht hinderte, ihn bei Gelegenheit wie einen heißen Apfel fallen zu lassen.

„Ich habe mir einen Nadelstreifanzug gekauft, damit keine Klischee-Schädigung eintritt."

Der einstige „Länder-Bänker" Vranitzky zum Thema Klischee.

„Der Vranitzky greift ja lieber bei Barockmusik zu Kaviarbrötchen als nach einer Arbeiterhand."

Haider vor johlenden Anhängern am Urfahraner Jahrmarkt, dem größten „Bierzelt" des Landes.

„Franz Vranitzky gehört als Alt-Altbundeskanzler bereits zum historischen Inventar der SPÖ."
Hannes Androsch über seinen einstigen Sekretär und späteren Intimfeind.

WAHLSLOGANS

In der Folge ein kleiner Abriss dessen, was in Österreich im 20. Jahrhundert an den Plakatwänden hing oder inseriert worden ist. Erstaunlich ist es allemal, wenn man es so konzentriert liest.

„Schwarz & rot: Elend & Not."
Das war die Botschaft der Nazis im Österreich der dreißiger Jahre.

„Wer einmal schon für Adolf war, wählt Adolf auch in diesem Jahr."
Wahlslogan der SPÖ in den Nachkriegsjahren unter ihrem Vorsitzenden Adolf Schärf, um die „Ehemaligen" zu umwerben.

„Unser Bundeskanzler ist a alter Hahnenschwanzler."
Die SPÖ-Jugend bei Maiaufmärschen in den fünfziger Jahren, auf die Vergangenheit von Julius Raab bei der Heimwehr anspielend.

„Urwiener und Wiener ohne Uhr, wählt Volkspartei."
Slogan der ÖVP im Wahlkampf 1945. Kann von Nachgeborenen nur verstanden werden, wenn man über die Sucht der russischen Besatzer nach Uhren deutscher Genauigkeit Bescheid weiß.

„Gegen Kapitalisten, Hahnenschwanzler, Faschisten"

Stand auf Wahlplakaten der SPÖ im November 1945. Erst später sollte sich zeigen, dass just die SPÖ zur neuen Heimat vieler Ehemaliger werden sollte.

„Kein roter Bundeskanzler, kein schwarzes Österreich."

Motto der FPÖ für die Nationalratswahl 1970, schon mit dem Hintergedanken, dass die ÖVP die absolute Mehrheit nicht werde halten können. Wurde trotzdem nicht von Josef Klaus eingelöst, sondern führte zur Minderheitsregierung Kreisky.

„Ein echter Österreicher"

Plakattext für ÖVP-Kanzler Josef Klaus im Wahlkampf 1970 gegen Bruno Kreisky. Stets wurde bestritten, dass dieser Slogan unterschwellig auf Kreiskys jüdische Abstammung angespielt habe. Kreisky siegte, Klaus trat von der politischen Bühne ab.

„Zwei echte Österreicher"

Abkupferung der FPÖ des vorhergehenden Zitats im Wahlkampf 1999 auf den Konterfeis von Thomas Prinzhorn und Jörg Haider.

„Wir sollten die Partei nach allen Seiten hin offen halten … Denn es gibt viele, die mit uns ein großes Stück des Weges gemeinsam gehen wollen, ohne dass sie sich vorerst deshalb zur Gänze unseren Zielvorstellungen verschreiben wollen."

SPÖ-Vorsitzender Bruno Kreisky am Parteitag in Villach am 18. April 1972, an dem er den nichtsozialistischen Wählern die oft zitierte Wählerkoalition anbot.

„Sie sind gegen ihn, weil er für euch ist."

Wahlslogan der FPÖ für ihren Führer im Jahr 1995.

„Der Jörg, der sich was traut!"

Wahlkampf 1999 – sehr erfolgreich.

„Kreisky – wer sonst?"

Der Satz bringt der SPÖ 1975 eine neuerlich verbesserte absolute Mehrheit.

„Wer, wenn nicht er?"

Höchst erfolgreicher, zentraler Slogan des ÖVP-Wahlkampfes 2002, zugeschnitten auf Bundeskanzler Schüssel.

„Wien darf nicht Chicago werden."

Wahlplakat der Wiener FPÖ für die Landtagswahl 1996. Ist durch die rigide Polizeistrategie in den USA als Metapher längst überholt.

„Groß-Wien darf nicht Groß-Jerusalem werden."

Kampfvokabel aus der Zeit Luegers und Schönerers. Beide, auf ihre Art, geistige Unterstützer und Wegbereiter eines später unheilvollen Weges.

„Stopp der Überfremdung"

Höchst umstrittener Wahlslogan der Wiener FPÖ, der ihren Chef Hilmar Kabas durch das Veto des Bundespräsidenten Klestil letztlich Ministerehren kostete.

„Der Scharf ist schärfer als der Schärf."

Parole der Anhänger des einstigen revolutionären Sozialisten Erwin Scharf, der eine Zeit lang als 'sozialdemokratischer Funktionär unterwegs war, bis er zum Kommunismus fand.

„Nazis nach Sibirien, Kriegsgefangene nach Haus!"

Wahlslogan der Linkssozialisten unter Erwin Scharf, der 1948 aus der SPÖ ausgeschlossen worden war und 1949 als „Linksblock" gemeinsam mit den Kommunisten kandidierte.

Wahrheit

Wie es in Wahrheit um die Wahrheit steht, finden sie in den nachstehenden Zitaten.

„Die Wahrheit ist dem Menschen zumutbar."

Zu oft zitierter und zu wenig akzeptierter Appell der großen Kärntner Dichterin Ingeborg Bachmann.

„Die Wahrheit ist eine Tochter der Zeit."

Andreas Khol zum Vorwurf, er habe gegenüber der FPÖ seine Meinung geändert. Es sei der Druck der Ereignisse gewesen, meinte Khol zu seinem Schwenk.

„Die Wahrheit ist das Kind der Zeit, nicht der Autorität."

Bertolt Brecht (1898–1956), ab 1950 auch österreichischer Staatsbürger.

„In diesem Land wird niemand lächerlich, als der die Wahrheit sagte."

Das gleichnamige Gedicht erschien in der „Fackel" Oktober 1933 und war eine Reaktion auf die Machtübernahme der Nazis.

„Wahrhaftigkeit und Politik wohnen selten unter einem Dach."
Stefan Zweig, geboren 1881 in Wien, gestorben 1942 im Exil in Brasilien.

„Das Falsche ist oft die Wahrheit, die auf dem Kopf steht."
Vom obersten Seelendoktor der Nation Sigmund Freud.

„Nichts ist erregender als die Wahrheit."
Vom Vollblutjournalisten Egon Erwin Kisch – dem ersten rasenden Reporter.

„Wahrheitsliebe ist die seltenste aller amourösen Bindungen."
Alfred Polgar (1873–1955), ewiger Spötter und auch im Leben erfahren.

„Wahrheit ist ein Ausgleich von Gegensätzen."
Der Dichter und Kulturkritiker Hermann Bahr.

„Wenn man die Wahrheit sagt, ist es eben unvermeidlich, provokant zu werden."
Erwin Ringel zum Vorwurf, oft mit seinen Ansichten das Kind mit dem Bad ausgeschüttet zu haben.

„So manche Wahrheit ging von einem Irrtum aus."
Marie von Ebner-Eschenbach. Frauen glauben sich nicht im Besitz der absoluten Wahrheit.

„Wir suchen die Wahrheit. Finden wollen wir sie aber nur dort, wo es uns beliebt."
Ebenfalls von Marie von Ebner-Eschenbach.

„Es gibt ebenso wenig hundertprozentige Wahrheit wie hundertprozentigen Alkohol."
Der Seelenforscher Sigmund Freud.

„Ganze Sachen sind immer einfach wie die Wahrheit selbst. Nur die halben Sachen sind kompliziert."
Der Schriftsteller Heimito von Doderer (1896–1966).

„Die Wahrheit hat Kinder, die sie nach einiger Zeit verleugnet: Sie heißen Wahrheiten."
Marie von Ebner-Eschenbach, Erzählerin mit psychologischem Tiefgang.

„Jeder besitzt das Recht auf die eigene Wahrheit."
Bundespräsident Rudolf Kirchschläger zu den Kreisky-Memoiren, dabei ein berühmtes Goethe-Zitat verwendend. Er habe in einzelnen Punkten eine abweichende Erinnerung gehabt.

„Die größten Gelehrten haben von der Wahrheit nie mehr als eine Ahnung gehabt."

Natürlich von keinem Gelehrten, aber einem Klugen: Johann N. Nestroy.

„Wahrheit ist das Erhabenste, drum kann man's nicht jedem auf die Nase binden."

Herr Nestroy, hoffentlich ist das nicht für Politiker gedacht?

„Er beschrieb die Wirklichkeit, ohne die Wahrheit zu verletzen."

Zwei Gleichgesinnte: Joseph Roths Urteil über den „rasenden Reporter" Egon Erwin Kisch.

Wald

Wir lieben den Wald, überhöhen ihn aber nicht wie unsere deutschen Nachbarn. Daher spielt er auch in der Literatur keine so große Rolle – sieht man vielleicht von Peter Rosegger, dem „Waldbauernbub", ab.

„Ich bin gegen die Grünen und für den Wald."

Gerd Bacher, prägnant wie immer.

„Es genügt nicht, dass man sich als Vogel verkleidet, damit rettet man keinen Wald."

Bundeskanzler Fred Sinowatz in Anspielung auf die Aktivitäten des „Auhirschen" Günther Nenning und seiner Mitstreiter im Kampf gegen das Donau-Kraftwerk Hainburg.

„Die Panikmache in Sache Waldsterben war haushoch übertrieben und von A bis Z falsch und kontraproduktiv, weil viele Leute heute sagen: Ihr habt's uns angelogen."

Der Innsbrucker Hochgebirgsforscher Gernot Patzelt zum Schlagwort „Waldsterben".

„Axt und Säge erhalten den Wald."

Österreichs langjähriger Forstpräsident Graf Heinrich Orsini-Rosenberg. Damit wird er die Grünen nicht überzeugt haben.

„Nur der Einsame findet den Wald; wo ihn mehrere suchen, da flieht er, und nur die Bäume bleiben zurück."

Nicht aus dem 21., nein, aus dem 19. Jahrhundert – von einem Weitsehenden: Peter Rosegger.

Waldheim

Für nur eine Amtszeit ist die Ausbeute an Zitaten – von ihm und über ihn – beachtlich. Die Person Waldheim markiert in der Geschichte der Zweiten Republik eine entscheidende Zäsur. Sie wird uns ebenso lange beschäftigen wie die Frage, ob ihm die Geschichte gerecht beurteilt oder übel mitgespielt hat.

„Ich habe damals nichts anderes getan als Hunderttausende anderer Österreicher auch, nämlich meine Pflicht als Soldat erfüllt."
An diesem Satz Kurt Waldheims sollte Österreich lang würgen. Traf voll das Selbstverständnis des Großteils der Kriegsgeneration wie das seiner Kritiker.

„Ich war immer ein Gegner der Nazis, bin dafür sogar verprügelt worden."
Kurt Waldheim zum Umstand, dass seine Familie als Anhänger des Ständestaates von den Nazis nicht wohl gelitten war.

„Wir wählen, wen wir wollen."
Wahlkampflinie der ÖVP für Kurt Waldheim, nachdem aus dem Ausland erste Kritik an seinem lückenhaften Umgang mit der Vergangenheit laut geworden war.

„Wenn in Österreich einer eine Frau hat, die Sissi heißt, ist er unschlagbar."
Bruno Kreisky zu den Chancen des damaligen Ex-UNO-Generalsekretärs Kurt Waldheim, bei der Bundespräsidentenwahl zu gewinnen. Kreisky sollte Recht behalten – wenn auch aus anderen Gründen.

„Die Österreicher muss man rechtzeitig an Waldheims braune Vergangenheit erinnern."
SPÖ-Vorsitzender Fred Sinowatz am 28. 10. 1985 im burgenländischen Parteivorstand. So bezeugte es Ottilie Matysek, jahrelang Chefin des SPÖ-Klubs, im Prozess gegen den „profil"-Journalisten Alfred Worm.

„Wenn man Waldheim nicht nachweisen kann, dass er eigenhändig sechs Juden erwürgt hat, ist er jedenfalls unschuldig."
Missglückter Versuch des damaligen ÖVP-Generalsekretärs Michael Graff, Kurt Waldheim Flankenschutz zu geben. Drehte sich aber mit diesem Übergag selbst den Strick. Logische Folge: Rücktritt.

„Waldheim hat nicht nur am Pferd seine Pflicht getan."
„profil" in einem Rückblick auf 30 Jahre „profil".

„Ich nehme zur Kenntnis, dass nicht er, sondern nur sein Pferd bei der SA war."

Sinowatz, nachdem Waldheim erklärt hatte, dass er ohne sein Wissen Mitglied der „SA-Reiterstaffel" geworden sei.

„Auch ein NSDAP-Mitglied oder ein SS-Mann muss in Österreich jedes Amt bekleiden dürfen, solange ihm keine Verbrechen nachgewiesen sind."

Bruno Kreisky, der in seine Regierung mehrere ehemalige NSDAP- und SS-Mitglieder aufnahm.

„Waldheimer Krankheit ist die Krankheit, bei der man vergisst, dass man ein Nazi war."

Österreichs berühmtester Filmregisseur Billy Wilder, emigrierte 1933 in die USA.

„Ich war im Krieg. Ich weiß, welchen Einfluss ein Leutnant hatte. Keinen."

Erstaunliches Urteil von Sir Peter Ustinov über den nach wie vor auf der „Watch-List" stehenden Altbundespräsidenten.

„Waldheim ist ein Diplomat. Er hat verschwiegen, wovor er sich fürchtete."

Auch von Sir Peter.

„Dass Waldheim nicht nach Amerika darf, ist eine zivilisierte Form dessen, was jetzt mit Arafat passierte."

Sir Peter Ustinov in einem „profil"-Interview im Mai 2002.

„Österreich wird schon mit Waldheim leben können. Die Frage ist nur, wie?"

Jörg Haider nach Erscheinen des Berichts der Historikerkommission über die Kriegsvergangenheit Waldheims.

„Die Waldheim-Affäre hat die Seifenblasen der Ära Kreisky zum Platzen gebracht."

Alfred Pfabigan, konservativer Philosoph, in seinem Essay „Der österreichische Kampf der Kulturen".

„Waldheim war das ideale Objekt eines Generationenkampfes, der im Jahr 1986 nur fragmentarisch ausgetragen wurde."

Nochmals Pfabigan, ebendort.

„Wir haben gedacht, Kurt Waldheim ist weg und wir sind wieder selig."

Erhard Busek, „Erfinder" des Walheim-Nachfolgers Thomas Klestil, zum Thema: Warum hat Österreich die Ablehnung in Europa nicht rechtzeitig erkannt.

Welt

Österreich und die Welt – eine schiefe Ebene? Von der Großmacht zum Kleinstaat, vom Vielvölkerreich zur deutschen Provinz?

„Dies Österreich ist eine kleine Welt, in der die große ihre Probe hält."

Von Friedrich Hebbel, aus seinem Prolog zur Feier des Jahrestages der Verkündigung der Österreichischen Verfassung am 26. 2. 1861.

„Die Welt ist ein Gefängnis, in dem Einzelhaft vorzuziehen ist."

Vom großen Einzelgänger Karl Kraus.

„Die Welt steht auf kein' Fall mehr lang, lang, lang …"

Das wohl berühmteste Nestroy'sche Couplet aus dem Kometenlied des Schusters Knieriem im „Lumpazivagabundus".

„Gott hat die Welt erschaffen, aber der Mensch hat sich eine zweite Welt erschaffen, die Kunst."

Max Goldmann, der als Max Reinhardt weltberühmt geworden ist.

„Alles Große in der Welt wird nur dadurch Wirklichkeit, dass irgendwer mehr tut, als er tun müsste."

Hermann Gmeiner, Sozialpädagoge und Vater der SOS-Kinderdorfidee.

„Wer will, dass die Welt so bleibt, wie sie ist, der will nicht, dass sie bleibt."

Der Schriftsteller Erich Fried, 1938 vertrieben, viele Jahre in England lebend, ein besonderer Denker.

„Die Welt kann ohne Europa leben, während Europa ohne die Welt stirbt."

Von einem Österreicher, der ein großer Europäer wurde: Richard Graf Coudenhove-Kalergi, der „Vater des Europagedankens".

„Dieses kleine Alpenländchen, das glaubt, der Mittelpunkt der Welt zu sein."

Der Auslandsösterreicher Walter Lürzer, Professor an der Wiener Angewandten, den der „Spiegel" die „geheimnisvollste Figur der deutschen Werbeszene" nennt.

„Die Stadt ist die große Welt, in der die kleine ihre Probe hält."

Nach Wiens Vizebürgermeister Bernard Görg müsse man zwischen Städten und Nichtstädten unterscheiden. Die Bürger der Stadt seien aufmüpfiger als jene im nichtstädtischen Bereich.

„Burgenlands kleine Welt, in der Österreich seine Probe hält."

Ironische Schlagzeile der „Salzburger Nachrichten" zur Milliardenaffäre um die Bank Burgenland und die Verantwortung der Politiker.

Werbung

Zitate waren eigentlich die Väter und Großväter unserer heutigen Werbebotschaften. Hier geht's mehr um die Regeln dieser Zunft.

„Der Körper reagiert anders als die Moral."

Der Werbefachmann Wolfgang J. Koschnik über Sex in der Werbung. Titel des Aufsatzes: „Fakten, Fakten, Fakten über Ficken …"

„Männer können besser gucken als denken."

Der Obige zur Begründung der These.

„Werbung ist die Antwort, aber was war die Frage?"

Wirtschaftsguru Helmut A. Gansterer in einem „Trend"-Essay über die Trends der Werbung.

„Man kann alles verkaufen, wenn es gerade Mode ist. Das Problem besteht darin, es in Mode zu bringen."

Der Pionier der Marktpsychologie, der als Vater der „Motivforschung" weltberühmt gewordene Ernest Dichter, musste Österreich 1938 verlassen.

„Für D-Mark verkaufen Tiroler alles und jeden, Kultur und Großmutter inklusive."

Der in Wien lebende Tiroler Journalist R. Nowak in der „Presse".

„Mit Werbung für dritte Zähne kann man kein Geld verdienen."

Helmuth Thoma, RTL-Chef, zur Frage, warum die TV-Werbung sich auf die unter Fünfzigjährigen konzentriert.

„Mit 30 hat man kein Geld, aber Zeit; mit 40 Geld, aber keine Zeit. Erst ab 50 hat man beides."

Erich-Helmut Buxbaum, rühriger Präsident der IAA, der International Advertising Association, kritisiert, dass die Werbung die Menschen über 50 links liegen lässt.

„fraaaanz, franz, franz, franz.
Humanic passt immer, franz"

Legendäre Werbung für die Grazer Schuhmarke mit Texten von H. C. Artmann, Wolfgang Bauer, Andreas Okopenko u. a., gesprochen von Axel Corti, erfunden von Gerhard Haberl, gestartet 1971 in Ö 3.

„bei de japana drongs papiarene schtifö,
des hast daun: GEDICHT.

Niemand Geringerer als H. C. Artmann lieferte diesen Humanic-Spot.

„Ich mach mir solche Sorgen um den Zgonc!"

Überaus populär gewordener Werbeslogan um eine Werkzeugfirma. Zusatz: „Raunz net, kauf!"

„Alltag raus, Österreich rein."

Erfolgreicher Gästeslogan der Österreichwerbung.

Wien

Keine Angst: das Motto des Buches ist nicht: „Wien, Wien nur du allein …“ Man muss aber auch als „Provinzler“ zugestehen, dass eine zweitausendjährige Geschichte an einem europäischen Drehkreuz, Metropole eines Vielvölkerreiches, Schmelztiegel von zigtausenden Aufstiegswilligen, Humus unterschiedlichster Talente und Charaktere, nachhaltigere Spuren des Geistes hinterlässt als der Stammtisch in einem Provinzkaffee.

„Wien ist ohne Österreich denkbar, aber nicht Österreich ohne Wien.“

Stammt von einem Salzburger, der in Wien zum Österreicher wurde: ORF-Generalintendant Gerd Bacher.

„Wien ist ein bisserl groß für Österreich.“

Ist übrigens von einem Linzer, der nach Wien gezogen ist: der Schriftsteller Alois Brandstetter.

„Wien bleibt Wien – und das ist wohl das Schlimmste, das man über diese Stadt sagen kann.“

Wer wohl – neben Karl Kraus – kann so trefflich bösartig sein? Der Satz stammt von Alfred Polgar und wurde von Erwin Ringel überliefert. Eine ähnliche Äußerung wird mit Karl Kraus in Verbindung gebracht: „Wien bleibt Wien ist eine gefährliche Drohung.“

„Anderswo machen die Leute aus ihrem Herzen eine Mördergrube, in Wien machen sie aus ihrer Mördergrube ein Herz.“

Nicht von Karl Kraus und nicht von Helmut Qualtinger, sondern von Fritz Kortner, der, obwohl Deutscher, zu Wien eine besondere Beziehung entwickelte.

„War net Wien, wan net durt, wo ka Gfrett is, ans wurt.“

Beste Charakterisierung des Homo vienensis. Stammt von Josef Weinheber.

„Wien ist anders.“

Gefährliche Drohung, die den Fremden an allen Stadteinfahrten Wiens empfängt und vor allem wahr ist.

„Wien hat immer Saison“

Erfolgreicher Werbeslogan, der erst lange nach seiner Schöpfung auch in die Tat umgesetzt wurde.

„Wien hat immer Saison. Im Februar eine tote."

Der bekannte TV-Kulturjournalist und Musikkritiker Karl Löbl.

„Wien, Wien, nur du allein, sollst stets die Stadt meiner Träume sein"

Weltberühmt gewordenes Wienerlied, getextet und vertont 1912 von einem echten Österreicher, Rudolf Sieczynski (1879–1952).

„Wien, Wien, nur du allein, sollst von allen verachtet sein."

Text von Arnold Schönberg, dem Neuerer der Musik, der zu Lebzeiten in Wien auf viel Unverständnis traf.

„Wie schön wäre Wien ohne Wiener."

„So schön wie eine schlafende Frau", findet der 1922 in Wien geborene, 1938 emigrierte Texter und Komponist Georg Kreisler in einem seiner bekanntesten Lieder.

„In Wien hat sich seit hundert Jahren nichts verändert. Nur der Kaiser kommt nicht mehr."

Fritz Molden, Verleger und Autor, beides mit Höhepunkten.

„Ich muss den Ästheten eine niederschmetternde Mitteilung machen: Alt-Wien war einmal neu."

Ist von keinem Architekten, sondern von Karl Kraus. Aber der hat sich auch über die Architektur ausgelassen.

„Wien hat lauter ‚Wahrzeichen', und jeder Wiener fühlt sich als solches."

Karl Kraus kannte eben seine Wiener besser als viele Schmeichler.

„Die meisten so genannten Sehenswürdigkeiten sind vom vielen Hinschauen ganz abgenutzt."

Bitterer Spott. Typisch Helmut Qualtinger.

„Wien ist eigentlich ein Museum vergangener Größe."

Die (in Deutschland geborene) Historikerin und Erfolgsautorin Brigitte Hamann („Hitlers Wien").

„In Wien ist die Legende oft stärker als die Wirklichkeit."

Der Austriaca-Sammler Gottfried Heindl in seinem Wiener Geschichtsbrevier „Wo selbst die Engel Urlaub machen".

„Legenden sind überhaupt das einzige, was in Wien funktioniert."

Friedrich Torberg gesteht im vollständigen Zitat ein, dass „dies nur Böswillige behaupten und entschieden zu weit geht".

„Die Wiener Mutlosigkeit liegt an der Mentalität."

Der vor allem im Ausland erfolgreiche Architekt Wilhelm Holzbauer.

„Wien ist nicht umzubringen."

Der großartige Kulturkritiker Otto F. Beer in einem Aufsatz, in dem er sich mit der Weltuntergangsfreudigkeit der Wiener befasst.

„Die tiefgründigste Emotion Wiens ist der Hass. Hass auf das Fremde und die eigene Enge."

Vom gebürtigen Bayern und speziellen Wien-Kenner: Michael Frank, langjähriger Korrespondent der „Süddeutschen Zeitung".

„Manchmal weiß ich nicht, ob ich ein Wiener bin oder ein Mensch."

Helmut Qualtinger, Wiens bitterster Sohn, harrte trotzdem hier lebenslang aus.

„Wien ist die einzige Stadt der Welt, in der sich Langhaarige nach Langhaarigen umdrehen."

André Heller, Unruhiger vom Dienst, Anfang der 70er Jahre.

„Die Leute in Wien kommen mit siebzig auf die Welt und leben sich dann auf fünfzig hinunter."

André Heller, als er noch unter fünfzig war.

„Hitler hat ganz Österreich gehasst, vor allem aber Wien."

Brigitte Hamann, Autorin des Erfolgsbuches „Hitlers Wien".

„Wien wird wieder deutsch, und Europa wird niemals russisch."

Ebenfalls Adolf Hitler am 15. April 1945 in seinem letzten Tagesbefehl an die Soldaten der deutschen Ostfront.

„Wien war eine multinationale Stadt, und die Kultur war die Wiener Moderne. Die Moderne war international, vor allem jüdisch."

Die Historikerin Brigitte Hamann. Das so genannte „gesunde Volksempfinden" wollte jedoch keine internationale Kunst in Wien – so Hamann.

„Wien wird wieder Weltstadt."

Stammt nicht aus dem Jahr 2000 oder aus 1955, sondern aus einer Broschüre des Kulturamtes der Stadt Wien kurz nach dem Ersten Weltkrieg.

„Die Stadt hat ihre Sklerose überwunden."

Wiens Planungsstadtrat Bernhard Görg 1999 zum Hochhaus- und Projektboom Ende des Jahrhunderts.

„Wien ist die bestilluminierte Leiche des Kontinents."

Ein anonymer Kreisler-Nachfolger in bester Manier.

„Wien ist eine der wenigen Großstädte, wo die Rettung schneller da ist als das Pizzaservice."

Bernhard Görg macht der roten Rathausverwaltung ein Kompliment.

„Wien drückt sich vor dem Leben und kokettiert mit dem Tod"

Titel einer herrlichen Beschreibung der Wiener Kaffeehauskultur in der Hamburger „Zeit".

„Der Wiener ist ein mit sich sehr unglücklicher Mensch, der den Wiener hasst, aber ohne den Wiener nicht leben kann."

Der Schriftsteller und Kritiker Hermann Bahr.

„Das Problem für jeden Wiener: man kann es in Wien nicht mehr aushalten, aber woanders auch nicht."

Vom bitterbösen Urwiener Helmut Qualtinger.

„Der Wiener ist ein Sammelsurium aus vielen Völkern."

Otto Schenk, selbst aus Triest abstammend, zur Tatsache, dass Wien zum Großteil aus Nicht-Geburtsösterreichern besteht.

„Ich habe mir Wien erliebt."

Der Doyen des Wiener Burgtheaters, Michael Heltau, von Geburt ein – wie er selbst sagt – Gscherter, aus Ingolstadt in Bayern.

„Passen Sie auf, Sie werden sich auch noch einwienern."

Der Reich-Ranicki der österreichischen Theater- und Opernkritik, Karl Löbl, warnend beim Amtsantritt von Claus Peymann als Burgtheaterdirektor.

Wiesenthal

Simon Wiesenthal zählt zu den herausragendsten Persönlichkeiten Nachkriegsösterreichs. Wen wundert's daher, dass ein Mensch seiner Vita Kontroversen auslöst. Hier werden sie unzensuriert präsentiert – auch zur Abschreckung.

„Wiesenthal ist der Betreiber einer privaten Femeorganisation."

Leopold Gratz, damals SPÖ-Klubobmann, seinem Kanzler bei den Attacken gegen Wiesenthal zur Seite springend.

„Ein Mann, der meiner Ansicht nach ein Agent ist und mit den Methoden der Mafia arbeitet."

Kreisky an die Adresse Simon Wiesenthals, nachdem dieser behauptet hatte, FPÖ-Chef Friedrich Peter sei Mitglied der 1. SS-Infanteriebrigade gewesen, die hinter der Ostfront Zehntausende Juden ermordet haben soll.

„Der Herr Wiesenthal hat zur Gestapo eine andere Beziehung gehabt als ich. Ich war ihr Gefangener, ihr Häftling, war beim Verhör."

Kreisky vor Auslandskorrespondenten, eine Kollaboration des KZ-Überlebenden Wiesenthal mit der Gestapo in den Raum stellend.

„Wenn Kreisky glaubt, dass es ihm zwei Mandate bringt, wird er alles tun."

Wiesenthals Rekonter auf Kreiskys Angriffe.

„Seine Vorwürfe an Simon Wiesenthal waren von Form und Inhalt her unfair und daher inakzeptabel ..."

Der neue SPÖ-Vorsitzende Alfred Gusenbauer entschuldigt sich für seinen Vor-Vor-Vorgänger Bruno Kreisky.

„Der Naziverfolgte Kreisky kam durch den SS-Offizier Peter an die Macht."

Peter Michael Lingens in „30 Jahre profil" zum Thema Wiesenthal.

Wir über uns ...

Das kann spannend werden. Ob wir dazu den nötigen Abstand haben?

„Über Österreich zu schreiben ist schwer – was wird das Ausland dazu sagen?"

Egon Friedell, die Seele des Österreichers enttarnend. Gern von Otto Schenk zitiert.

„Über Österreich schreiben? Hartes Brot."

Die Schriftstellerin Gertrud Fussenegger, für manche zu sehr einem Heimatgedanken verpflichtet, definiert ihr Verhältnis zu Österreich.

„Von den vielen Sünden, die Österreich zu begehen pflegt, begeht Österreich die meisten Sünden gegen Österreich."

Unnachahmlicher Hans Weigel nach dem Auffliegen der Weinpanschereien – auch „Glykolskandal" genannt.

„Österreich über alles, wenn es nur will."

Karl Schwarzenberg in einem Essay über Österreich, 2002. Das Originalzitat stammt aus dem Jahr 1684 und ist von Phillipp Wilhelm von Hörnigk, der unter diesem Titel ein grundlegendes Werk über den österreichischen Merkantilismus schrieb.

„Österreich wird das sein, was es immer sein wollte: ein kleines fettes Land mit kleinen fetten Leuten, ohne große außenpolitische Ambitionen, wohlgenährt, satt und sonst nicht weiter auffallend."

Der Politphilosoph Rudolf Burger über Österreichs Rolle in der EU.

„Das Fett, an dem ich würge: Österreich."

Der Schriftsteller Peter Handke formuliert ähnlich, wie immer aber eher drastisch.

„Ein Patriot ist ein Mann, der sofort fuchtig wird, wenn ein Fremder sich so über Österreich äußert, wie er selbst es ständig tut."

Karl Farkas 1962 zu den Protesten von Fernsehzuschauern nach dem TV-Bericht des US-Reporters David Brinkley, der in seinem Bericht Österreich als ein Volk von Faulenzern und Fressern dargestellt hatte.

„Wer sich über Österreich, seine Menschen, seine Regierung lustig macht, sie als dümmlich und/oder faschistoid hinstellt, der ist zum Intellektuellen promoviert."

Andreas Unterberger, Chefredakteur der „Presse", im Herbst 2002.

Zeitungen

Die Zeitungen veröffentlichen nicht nur viele Zitate, sie sind auch Anlass für selbige. Hier sind nur die allgemeinen zusammengefasst, die „Krone" oder die „Presse" füllen eigene Kapitel.

„Die Zeitung ist die Konserve der Zeit."

Vom prominentesten Medienkritiker des 20. Jahrhunderts, Karl Kraus.

„Jedes Land hat die Zeitungen, die es verdient."

Der Mann muss es wissen: Mehrfach-Zeitungsgründer („Trend", „profil", „Standard") Oscar Bronner.

„Zeitungen sind der Sekundenzeiger der Geschichte."

Auch in Österreich oft zitiert; stammt aber von einem großen deutschen Denker: Arthur Schopenhauer.

„In der Zeitung steht alles. Man muss sie nur mit genug Hass lesen."
Kann auch nur von einem Großen stammen. Elias Canetti gefällig? Sollte politkverdrossenen Menschen ständig vorgehalten werden.

„Jeder weiß es, aber wenn's in der Zeitung steht, ist es ein Skandal."
Alte Journalistenweisheit.

„Kaum ist Gras über die Geschichte gewachsen, kommt so ein Kamel und frisst es wieder ab."
Helmut Qualtinger und Carl Merz im „Blattl vor'm Mund".

„Zeitungsmachen ist ein dienendes Gewerbe, es soll die Denkfähigkeit der Menschen trainieren."
Vom einstigen Doyen dieser Zunft: Milan Dubrovic, Chefredakteur der „Presse" und Herausgeber der „Wochenpresse".

„Zeitungen sind Marketingartikel wie Suppenwürfel."
Der Mitbegründer der „Krone" und spätere Hälfte-Eigner Kurt Falk. Die Antwort darauf gab der einstige Boulevardjournalist Gerd Bacher:
„Falk ist kein Zeitungsmacher. Das ist ein Rotationspapierverwerter."

„Manche Zeitungen sind an und für sich ein Druckfehler."
Der Kabarettist Werner Schneyder.

„Die Zeitung, die sich was traut."
Ehrennamen für die frühe „AZ" der Nachkriegsjahre unter ihrem Chefredakteur Oscar Pollak, wegen ihrer mutigen Berichte gegen die Übergriffe der sowjetischen Besatzungsmacht so genannt.

„Wir haben noch alle Zeitungen, die in unserer Hand waren, zugrunde gerichtet."
Ehrliches Eingeständnis des einstigen Generalsekretärs der ÖVP Hermann Withalm über die Pressepolitik seiner Partei. Daran scheiterte auch eine Unterstützung der ÖVP für den Start der „Kronen Zeitung".

Zensur

Auch der Autor musste den Zensor spielen. Allerdings nur, um die Fülle des Materials zu bändigen.

„Solange es eine österreichische Monarchie gibt, wird dieses Schandstück verboten bleiben."

Ein eifriger Hofzensurbeamter 1910 über Roda Rodas „zersetzenden" Schwank „Der Feldherrnhügel". Roda Rodas Antwort:
„Na gut, dann wart ma halt noch die paar Wochen."

„Die Zensur ist die jüngere von zwei schändlichen Schwestern, die ältere heißt Inquisition."

Gallig und daher von Johann Nepomuk Nestroy.

„Die Zensur ist das lebendige Geständnis der Großen, dass sie nur verdummte Sklaven, aber keine freien Völker regieren können."

Ebenso von Nestroy.

„Eine Satire, die der Zensor versteht, wird mit Recht verboten."

Böse, aber wahr – von Karl Kraus.

„Jäten ist Zensur an der Natur."

Der weltberühmte österreichische Maler Oskar Kokoschka. Seine expressiven Bilder haben das nicht widergespiegelt.

Ziel

Es geht dem Ende zu. Hoffentlich hat dieses Buch das gesteckte Ziel erreicht?

„Wer alle seine Ziele erreicht, hat sie wahrscheinlich zu niedrig gewählt."

Von Herbert von Karajan. Und der war wohl ein Manager der Musik.

Man muss sich utopische Ziele setzen, um realistische zu erreichen."

Hans Böck, Journalist und Herausgeber der erfolgreichsten österreichischen Zitatensammlung.

„Ich habe, Gott sei Dank, oft übers Ziel und selten neben das Ziel geschossen."

Aphorismus von Karl Kraus, „Fackel" Nr. 202 aus dem Jahr 1906.

„Verbände sind oft Tummelplatz von Menschen, die im beruflichen Leben ihre Ziele nicht erreicht haben und dann eine Bestätigung in diesen Verbänden suchen."

Claus Raidl, Generaldirektor von Böhler-Uddeholm.

„Auf Ziele unter der Augenhöhe wird nicht geschossen."

Der Kolumnist Alfred Payrleitner zum Vorwurf, Bundeskanzler Schüssel hätte zu den ideologischen Ausritten des FP-Volksanwaltes Ewald Stadler geschwiegen.

Zilk

Über Helmut Zilk könnte man ein eigenes Zitatenbuch schreiben. Hier nur eine kleine, aber ergötzliche Auswahl.

„Öffentlichkeit ist seine Droge."

Von einem, der es ja wissen muss: Gerd Bacher, Ex-Chef von Helmut Zilk im ORF.

„Die meiste Zeit halte ich ihn wirklich für ein Phänomen."

Schwer abgerungenes Lob der Exfrauenministerin Johanna Dohnal über den „Helmerl". Aber auch mit so etwas kann er leben.

„Ich finde die Parteibuchwirtschaft zum Kotzen."

Zilk'sche Eruption, die allerdings deshalb noch lange nicht zu existieren aufgehört hat.

„Bei Helmut Zilk zählt das Gefühl mindestens so viel wie der Verstand."

Hugo Portisch über seinen einstigen Chef im Fernsehen.

„Der Kampfplauderer"

Rosemarie Schwaiger im „profil" zum 70. Geburtstag Zilks.

„Der Konfrontation mit dem veröffentlichten Zilk entgeht man ebenso wenig wie jener mit dem Wetter."

Die Obige über den Obigen.

„Der Mann hat die symbolische Politik erfunden."

Bernhard Görg meint, dass Zilk, indem er sich vordergründig mit Nebenthemen beschäftigt hat, im deren Windschatten auch echte Politik betreiben konnte.

„Zilk könnte bei einer gemeinsamen Versammlung von Kälbern und Fleischhauern bestehen."

Überraschendes, vielschichtiges Kompliment von Wiens ÖVP-Chef Bernhard Görg über seine politischen Widersacher.

„Was vor mir liegt, bestimmt ohnedies der liebe Gott – und nicht der Löschnak."

Helmut Zilk, nachdem ihm eine explodierende Briefbombe die linke Hand zerfetzt hatte, in Anspielung auf die im Dunkeln tappende Polizei.

„Zilk duzt mehr Menschen, als er kennt."

Kleiner böser Seitenhieb seines langjährigen Stellvertreters Hans Mayr.

„Das ist keine Medienschelte. Ich bin selbst ein Medium."

Helmut Zilk in der „ZiB 3" zum Vorwurf, er betreibe bei der Diskussion über die Regierungsbildung 2000 eine Medienschelte.

Zwerge

Gerade mit den Zwergen haben wir Österreicher viel Gemeinsames. Daher finden sich hier auch die bösesten Bonmots.

„Wenn die Sonne der Kultur niedrig steht, werfen selbst die Zwerge lange Schatten."

Nach neuesten Untersuchungen stammt dieses Zitat nicht von Karl Kraus; ein anderer geistiger Urheber wurde bisher nicht gefunden.

„Wenn man nach Wien kommt, fährt man in eine wundervolle Kulisse voll böser, giftiger kleiner Zwerge."

Wer wohl? Claus Peymann in seiner Hassliebe zu Wien. Ganz so Unrecht hat er ja nicht.

„Ich hatte viele Gegner. Sie waren alle Gartenzwerge."

Der einst mächtige Franz Olah, Exinnenminister und Ex-ÖGB-Chef in einem seiner letzten TV-Interviews.

„Siebenter Zwerg von links."

ÖVP-Klubobmann Andreas Khol über den niederösterreichischen ÖAAB-Funktionär Alfred Dirnberger, der die Politik der ÖVP im Zusammenhang mit der Abhalfterung von Hans Sallmutter als Präsident des Hauptverbandes der Sozialversicherungen im Juli 2001 heftig kritisiert hatte.

„Bei größeren Vorhaben sind wir Diagnoseriesen und Therapiezwerge."

Kleinmütig und zurückweisend bei den ersten auftretenden Problemen und Widerständen – der Unternehmensberater Klaus Woltron.

Gemischtes

Dieses Buch hat bewusst auf lexikalischen Anspruch verzichtet und hat die Zitate in Kapitel geordnet. Unter diesem Prinzip drohen allerdings viele Aussprüche auf der Strecke zu bleiben. Deshalb dieses Abschlusskapitel: „Gemischtes" – worunter sicher nicht die Qualität zu verstehen ist.

„Wenn es vom wilhelminischen Deutschland hieß, der Kaiser ging, die Generäle blieben, konnte man von Österreich sagen: Der Hof verschwand, die Hofräte blieben."

Der Historiker Adam Wandruska, gegenüber den Hofräten durchaus positiv gestimmt.

„Warum muss das Nichts als Erstes da gewesen sein?"

Der Philosoph Günther Anders, Pseudonym für Günther Stern, geboren 1902 in Breslau, gestorben 1992 in Wien.

„Wer das Gold hat, macht die Regeln."

Der Fußball-Magnat und Austro-Kanadier Frank Stronach, Chef der obersten österreichischen Fußball-Liga.

„Vieles wird nicht gewagt, weil es schwer erscheint; vieles erscheint nur darum schwer, weil es nicht gewagt wird.“

Wenzel Anton Fürst von Kaunitz hat dies seinen Landsleuten schon im 18. Jahrhundert ins Stammbuch geschrieben.

„Tarockanien“

Metapher für das kauzige, rückwärts gewandte Österreich. Stammt nicht von Herzmanovsky-Orlando, sondern von seinem Bearbeiter Friedrich Torberg.

„Es gibt keine Menschenrechte, nur Menschenpflichten.“

Muss von einem anderen Zeitgeist geprägt sein: Arthur Schnitzler, 1927.

„Wir haben, weil wir um keinen Preis, auch in diesen ernsten Stunden nicht, deutsches Blut zu vergießen gesonnen sind, unserer Wehrmacht den Auftrag gegeben, für den Fall, dass der Einmarsch durchgeführt wird, ohne Widerstand sich zurückzuziehen.“

Gedrechselter Stil eines Mannes, der mit dem Rücken zur Wand steht. Hat im ersten Moment Blut gespart, in der Endabrechnung aber viele tote Österreicher gekostet.

„Er hat aus dem Augenblick heraus eine ganze Weltanschauung revidiert.“

Der Austromarxist Otto Bauer über das „JA“ seines Parteifreundes Karl Renner im April 1938.

„Religio, amicitia, patria und scientia“

Die vier Grundprinzipien des CV, des Cartellverbandes: Glaube, Lebensfreundschaft, Vaterland und Wissenschaft.

„Die schwarze Spinne“

Spottname für den Cartellverband, in Anspielung auf seine einstige Dominanz im öffentlichen Bereich.

„Wissen ohne Gewissen wird zur größten Gefahr für die Menschen.“

Der aus Österreich gebürtige (1908–2002) Physiker Victor Weißkopf, der an der Entwicklung der Atombombe beteiligt war.

„Durch unser Wissen unterscheiden wir uns nur wenig, in unserer grenzenlosen Unwissenheit aber sind wir alle gleich.“

Österreichs großer Sohn, Sir Karl Popper, Philosoph von Weltformat.

„Der Selbstverrat Österreichs.“

So bezeichnete der NS-Gegner Friedrich Heer den Anschluss.

„Österreich, das ist Ausgeliefertsein, Scheitern, das ist Vergeblichkeit, Verkanntsein, sich Verkennen."

Hans Weigel, nicht so scharf, aber genauso prägnant im Beobachten seiner Landsleute wie Karl Kraus.

„Wandelbarkeit ist Österreichs tägliches Brot"

Der angesehene amerikanische Historiker William M. Johnston in seinem Buch „Österreichische Kultur- und Geistesgeschichte". Ist aber sicher nicht nur positiv zu sehen.

„Österreich neigt dazu, Wandel für entbehrlich zu halten, und schädlich ohnehin."

Der kenntnisreiche, langjährige Korrespondent der „Neuen Zürcher Zeitung", Beat Ammann.

„Es ist passiert, sagt man in Österreich, wenn andre Leute anderswo glauben, es sei wunder was geschehen."

So charakterisiert Robert Musil im „Mann ohne Eigenschaften" das Land Kakanien.

„Wir sehen nur überall die Risken, die Chancen sehen wir nicht."

Siemens-Generaldirektor Albert Hochleitner über das österreichische Bildungssystem und seine Technik- und Unternehmerfeindlichkeit.

„Die Lage ist hoffnungslos, aber nicht ernst."

Wurde gern von Fred Zinnemann zitiert, gebürtiger Österreicher und Starregisseur in Hollywood, wenn er über seine Heimat sprach.

„Warum sind wir Österreicher alle so bös aufeinander? Weil wir alle so begabt sind!"

Alexander Lernet-Holenias Antwort auf die Frage von Helmut Qualtinger.

„Wenn jeder Mensch diese Welt einen Schilling hergibt, dann muss niemand auf dieser Welt Hunger und Not leiden."

Hermann Gmeiner, Gründer der SOS-Kinderdörfer, fasste seine Philosophie in einem schlichten Satz zusammen.

„Demokratie ist ja schön und gut, aber anschaffen kann schließlich immer nur einer."

Credo des legendären Landeshauptmannes der Steiermark, Josef Krainer senior, was aus der Situation nach dem Krieg noch verständlich war.

„Mehr Demokratie wagen."

Auch ein Kreisky'sches Diktum, das uns Gremien und Bürokratie beschert hat; von den Hochschulen bis zum ORF.

„In der Politik bestimmt sehr oft der Standort den Standpunkt."

Andreas Khol, ein berühmtes Zitat auf den Boden der heimischen Innenpolitik projizierend.

„Beginnen wir also überall mit der Trockenlegung der Sümpfe und nehmen wir, weil wir auf einer Landwirtschaftsmesse sind, gleich auch die sauren Wiesen dazu."

Viel beachtete Anspielung von Bundespräsident Kirchschläger auf den so genannten AKH-Skandal, gehalten 1980 bei der Eröffnung der Landwirtschaftsmesse in Wels.

„Der Skandal fängt an, wenn die Polizei ihm ein Ende setzt."

Karl Kraus, lange noch vor der Zweiten Republik.

„Der Nationalrat ist eine Gruppe von Menschen, die einzeln nichts macht, aber beschließen kann, dass nichts gemacht wird."

Stammt vom Philosophen der Kabarettisten, vom Grandseigneur der genialen Gedankengänge, Karl Farkas.

„Satire ist die Kunst, einem anderen so auf den Fuß zu treten, dass er es merkt, aber nicht aufschreit."

Von einem Meister des Faches: Helmut Qualtinger.

„Schade, dass die meisten sofort aufhören zu rudern, wenn sie ans Ruder gekommen sind."

Von keinem Politologen, sondern von einem Menschenbeobachter: Alfred Polgar.

„Ich könnt' weinen, was alles aus mir hätt' werden können."

Nenning zu den vertanen Chancen seines Lebens. Das Originalzitat stammt allerdings von Ferdinand Raimund.

„Die Kennworte des Wieners: Wie komm denn i dazu? Es zahlt sich ja net aus! Tun S' Ihnen nix an."

Der Arzt und Menschenbeobachter Arthur Schnitzler.

„Sechs Monate sind genug."

Wahlschlager Bruno Kreiskys. Legte damit den Grundstein für dreißig Jahre sozialistische Kanzlerschaft, ohne dass dadurch das Bundesheer besser geworden wäre.

„Wir sollten die Partei nach allen Seiten hin offen halten … Denn es gibt viele, die mit uns ein großes Stück des Weges gemeinsam gehen wollen, ohne dass sie sich vorerst deshalb zur Gänze unseren Zielvorstellungen verschreiben wollen."

SPÖ-Vorsitzender Bruno Kreisky am Parteitag in Villach am 18. April 1972, an dem er den nichtsozialistischen Wählern die oft zitierte Wählerkoalition anbot.

„NEWS = Nicht Ein Wort Stimmt"

Der FPÖ-Pressedienst, in Polemik nicht unerfahren, über das Lieblingsobjekt seiner Klagebegierde. Diese Übersetzung wurde allerdings von 57 „News"-Redakteuren eingeklagt; jedoch als Kritik im Rahmen der freien Meinungsäußerung vom Richter anerkannt.

„Einer Nation einzureden, dass wichtig ist, wer in ‚News' vorkommt, und unwichtig, wer dort fehlt, ist ein Bravourstück, das jeder Wurstelprater als Drehbuch nehmen könnte."

Die Medienjournalisten Harald Fidler und Andreas Merkle in ihrem bissigen Buch „Sendepause, Medien und Medienpolitik in Österreich".

„Alles, was Geld bringt, ist wahr."

Definition der Wahrheit durch Wolfgang Fellner, Gründer von „News", Frontmann der neuen Medien-Macher-Generation.

„Und 's ist alles nit wahr! Und 's ist alles nicht wahr."

Wohl einer der meistbesungenen Refrains Nestroy'scher Couplets.

„Niemand ist sich seiner Sache so sicher wie der Ahnungslose."

Der einstige „profil"-Herausgeber Peter Michael Lingens in einem Artikel über die Sicht amerikanischer Journalisten über die österreichische Vergangenheit.

„Wenn die Fahne fliegt, ist der Verstand in der Trompete."

Egon Friedmann, genannt Friedell, österreichisches Multitalent, 1878–1938.

„Wenn alle Stricke reißen, häng ich mich auf."

Erraten? Johann Nepomuk Nestroy.

„Wann werden Medienpolitiker je lernen, dass jedes Geschäft mit den Medien nur bis zur nächsten Erpressung reicht?"

Gerd Bacher zur – von der Regierung nicht beeinspruchten – Fusion der Magazine „profil" und „Trend" mit jener der „News"-Gruppe im Frühjahr 2001.

„Jeder Mensch hat einen Vogel. Nur die Prälaten glauben, der ihre ist der Heilige Geist!"

Der sehr dem Diesseits zugewandte frühere Abt Wilhelm Zedinek des Bendiktinerstiftes Göttweig. Zum Unterschied von Bischof Kurt Krenn offenbar mit stärkeren Selbstzweifeln über die Unfehlbarkeit im geistlichen Amt ausgestattet.

„Der rote Kaiser"

Ernst Trost in einer Fernsehdokumentation über Bundespräsident General Theodor Körner, dem einstigen adeligen k. u. k. Generalstabsoffizier und späteren SPÖ-Bürgermeister von Wien.

„Die Polizei, dein Freund und Helfer"

Wurde vom legendären Wiener Polizeipräsidenten „Joschi" Holaubek verbreitet, um den erfolgreichen „Wiener Weg" einer engen Zusammenarbeit zwischen Polizei und Bevölkerung zu charakterisieren. Das Original stammt allerdings von einem übel beleumundeten Vorbild, von Heinrich Himmler, dem obersten Polizeichef Hitler-Deutschlands.

„Mistelbacher"

Böser Spottname für Wiens Polizisten, um sie als tumbe Provinzler und Bauernburschen hinzustellen. Hat seinen Ursprung unter dem legendären letzten k. u. k. Polizeipräsidenten Johannes Schober genommen, der, um den „roten" Einfluss nicht zu stark werden zu lassen, Polizisten bevorzugt aus Landgegenden rings um Wien rekrutierte. Als er für die Wiener Polizei just in Mistelbach ein Erholungsheim einrichtete, war der Spottname geboren.

„Kum aussa, i bin's, dei Präsident."

Josef „Joschi" Holaubek zum entsprungenen Stein-Häftling Schubirsch. Damit wurde Wiens Polizeipräsident endgültig zur Legende, obwohl Vertraute berichten, dass er nicht „dein", sondern natürlich „der Präsident" gesagt haben soll.

„Was a Mann schöner als ein Aff ist, is a Luxus!"

Durch Bruno Kreisky popularisierte Einschätzung aus der „Tante Jolesch" von Friedrich Torberg. Ob das nicht auch ein Selbstschutz war? Denn die Tante Jolesch hielt nicht viel von Schönheit, bei Frauen nicht und schon gar nicht bei Männern.

„Nazi" = „neu, attraktiv, zielstrebig, ideenreich"

Mit dieser Aussage wurde der Kärntner FPÖ-Abgeordnete Reinhart Gaugg zum „Nazibuchstabierer".

„Wann i, vastehst, was z'reden hätt' – i schaffert alles ab."

Den nörgelnden Österreicher hat Josef Weinheber mit diesem Vers treffend charakterisiert.

„Hint'n nach is a jed'r a Prophet."

Solche Weisheiten können nur von Johann Nepomuk Nestroy stammen.

„Gedanken sind zollfrei, aber man hat doch Scherereien."

Auch auf den Punkt gebracht – von Karl Kraus, 1907 in der „Fackel".

„Wir sind beide aus Österreich, und beiden war uns Österreich nicht groß genug."

Bezieht sich auf zwei höchst ungleiche, aber höchst erfolgreiche Ex-Österreicher: Billy Wilder und Arnold Schwarzenegger. Und stammt von Arnie.

„Ich mag Leute, die Dialekt können, ihn aber nicht sprechen. Etwa Kreisky."

Gerd Bacher zum Thema Provinzialismus.

„Ein norddeutscher Fußballspieler spricht meist ein besseres Deutsch als ein österreichischer Hochschulprofessor."

Erraten, nochmals Gerd Bacher.

„Man kann von einem Karnickel nicht verlangen, dass es seine eigene Vivisektion betreibt."

Von Bruno Kreisky gerne verwendet, um klar zu machen, dass sich manche Reformvorhaben nicht gegen die Interessengruppen durchsetzen lässt.

„Betriebsratskaiser"

Einmal einen Kaiser, immer irgendwelche Kaiser. Wurde den sozialdemokratischen Betriebsratsobmännern Franz Ruhaltinger (VOEST) und Alois Rechberger (VEW) verliehen. Letzterer bemühte sich auch, im Lebensstil entsprechend auf großem Fuß zu leben.

„Minuswachstum"

Eine der genialsten Wortschöpfungen des Journalistenkanzlers, denn auch am Höhepunkt des Erdölschocks musste die Welt zumindest verbal heil bleiben. Und die Bürger liebten ihn ob solcher Beruhigungspillen.

„Pragmatisierte Tänzer sind keine guten Tänzer."

Rudolf Nurejew, nicht pragmatisierter Weltstar über seine pragmatisierten Kollegen der Wiener Staatsoper.

„Sterbien für Serbien."

Ist nicht von Karl Kraus, sondern von Otto (v.) Habsburg aus einem Vortrag vor Studenten der Wirtschaftsuniversität Wien. Das Original aus den „Letzten Tagen der Menschheit" lautet: **Die Sache, für die wir ausgezogen wurden, ist eine gerechte, da gibt's keine Würschteln, und daher sage ich auch: „Serbien muss sterbien."**

„Bürger sein heißt, sich in seine eigenen Angelegenheiten einzumischen."

Stammt leider von keinem Österreicher, sondern vom Schweizer Schriftsteller Max Frisch. Wurde aber oft von Erhard Busek zitiert.

„Mit Verboten treibt man die Menschen nicht gerade in die Ehrlichkeit."

Manfred Mautner-Markhof der Jüngere, offensichtlich ein überzeugter Marktwirtschaftler, wiewohl hoher Kammerfunktionär.

„Was ich sagen kann, will ich nicht sagen; was ich sagen will, kann ich nicht sagen."

Hertha Firnberg; zitiert von Heinz Fischer bei seiner Geburtstagsrede zum 60er seines einstigen Partners Andreas Khol.

„Das Wort ‚kompromisslos' kenne ich aus dem Mund Hitlers, daher lehne ich es ab."

Der Dirigent Nikolaus Harnoncourt auf die Frage, wie ein kompromissloser Musiker mit den Zwängen des Neujahrskonzertes zurechtkomme.

„Man muss über diese Zeit einen Strich ziehen."

Stammt von keinem Ewiggestrigen. Den Satz hat Bruno Kreisky in der Affäre Wiesenthal gesprochen.

„Ich bin stolz darauf, ein hochgradiger Hitlerjunge gewesen zu sein."

Der Kärntner SPÖ-Landeshauptmann Leopold Wagner noch im Jahr 1975 – und das nicht erzwungen, sondern mit Stolz.

„Eine lange Reise beginnt mit dem ersten Schritt."

Andreas Khol bei der Vorstellung seines Buches „Der schwarz-blaue Marsch durch die Wüste Gobi".

„Der Trafikant ist der Hausmeister der Menschenrechte."

Für den Publizisten Armin Thurnher materialisiert sich die Pressefreiheit in der Trafik. Und als Verteiler des Gedruckten hält der Trafikant die Meinungsfreiheit aufrecht.

„Speed kills“

Lieblingsslogan für die Arbeit der Regierung Schüssel I von ÖVP-Klubobmann Andreas Khol.

„Beziehungen sind eine Rutschbahn nach oben.“

Karl Farkas erklärt das österreichische Phänomen Protektion.

„Der Übergang vom Affen zum Menschen sind wir.“

Stammt von einem Menschen mit Kompetenz in der Beobachtung von Mensch und Tier: Konrad Lorenz.

„Die Zukunft kommt in Raten. Das ist das Erträgliche an ihr.“

Alfred Polgar (eigentlicher Name A. Pollak), Feuilletonist und Menschenbeobachter.

„Wir haben mit unseren besten Eigenschaften die Mauer getragen, hinter der das Verbrechen Wirklichkeit wurde.“

General Emil Spannocchi, im Krieg Panzeroffizier, konstatiert mit Entsetzen und Beschämung, wie man seine Generation verführt hat.

„Kamerad Schnürschuh“

Germanische Hegemonie sogar auf unterster Ebene. Die preußische Militärkaste machte sich über die schlechter ausgerüsteten österreichischen Waffenbrüder lustig.

„Marmeladinger“

Antwort der geschmähten österreichischen Landser auf die preußischen Kameraden, wegen deren Vorliebe, Marmelade aufs Brot zu streichen.

„Große Staatsmänner wirken äußerlich immer etwas komisch.“

Aus Fritz von Herzmanovsky-Orlandos „Das Maskenspiel der Genien“, herausgegeben von Friedrich Torberg.

„Beethoven ist ein Österreicher. Es ist nicht Österreicher, wer in Österreich geboren ist, sondern Österreicher ist, wen die Österreicher für einen Österreicher halten.“

Professor Peter Weiser, kulturelles Mehrfachtalent.

„Die Selbstbezogenheit des Kleinstaates verführt dazu, Kleinigkeiten zu großen Dramen zu stilisieren, während große Zusammenhänge mit blinder Gleichgültigkeit bagatellisiert werden.“

Hannes Androsch in „Warum Österreich so ist, wie es ist – eine Synthese aus Widersprüchen“.

„Ich spiele den Helden, sie sind der Held.“

Arnold Schwarzenegger voll Respekt zu Michael Gorbatschow in der Sendung „Wetten, dass …“

„Der Geist der Lagerstraße.“

Politisches Synonym für das gemeinsame Wirken der in der Ersten Republik verfeindeten Parteien, deren führende Köpfe von den Nazis in das KZ Dachau gesteckt wurden.

„Durch den Rost gefallen“

Stammt aus dem NS-Jargon und bedeutet: verbrannte KZ-Leichen. Wird heute immer gedankenloser für Beispiele verwendet, wo jemand zu kurz gekommen ist.

„Mei potschertes Leb’n“

„I hob verlur’n, wie nur ana verlier’n kann“, österreichische Boxerhymne von Karl Kriechbaum über die tragische Figur des Ex-Europameisters Hans Orsolics.

„Schande Europas“

„profil“-Schlagzeile zur schwarz-blauen Regierungsbildung im Jahr 2000. Von „profil“-Herausgeber Christian Rainer auch ein Jahr später noch in einer TV-Diskussion mit Bundeskanzler Schüssel und Vizekanzlerin Riess-Passer verteidigt. Brachte ihm einiges Ungemach.

„Nil petere, nil recusare – Nichts anstreben, nicht verweigern”

Motto der langen politischen Laufbahn des früheren ÖVP-Vizekanzlers Hermann „Der Eiserne“ Withalm, der im August 2003 91-jährig starb. In einem Fall, der Kandidatur um das höchste Amt im Jahr 1972, entband ihn die Partei von dieser Formel, in dem sie, obwohl bereits Plakate für Withalm gedruckt waren, überraschend den Innsbrucker Bürgermeister Alois Lugger aufbot. Der unterlag allerdings gegen Rudolf Kirchschläger.

Register